冰与火之歌

卷一 权力的游戏 3 [下]

[美]乔治·R.R.马丁 著

谭光磊 屈畅 译

重庆出版集团 重庆出版社

Copyright ©1996 by George R.R. Martin
The Song of Ice and Fire (Book 1)
A Game of Thrones
By George R.R. Martin
Simplified Chinese Translation Copyright © 2018 by Chongqing Publishing House Co., Ltd.
This edition arranged with The Lotts Agency Ltd.through Andrew Nurnberg Associates International Limited.
All rights reserved.

本书中文简体字版通过美国 Lotts Agency 公司及安德鲁·纳伯格联合国际有限公司独家授权出版
版权所有，侵权必究
版贸核渝字（2016）第 150 号

图书在版编目(CIP) 数据

冰与火之歌.3：卷一，权力的游戏.下/（美）乔治·R.R.马丁著；
谭光磊，屈畅译.—重庆：重庆出版社，2018.1
ISBN 978-7-229-12856-2
Ⅰ.①冰… Ⅱ.①乔… ②谭… ③屈… Ⅲ.①长篇小说－美国－现代
Ⅳ.① I712.45
中国版本图书馆 CIP 数据核字 (2017) 第 281072 号

冰与火之歌 3
【卷一】权力的游戏（下）
BING YU HUO ZHI GE 3
［JUAN YI］ QUANLI DE YOUXI （XIA）
［美］乔治·R.R.马丁 著 谭光磊 屈 畅 译
责任编辑：邹 禾 唐弋淄
装帧设计：谢颖设计工作室
封面图案设计：罗 烜
插图：曹 珂
责任校对：何建云

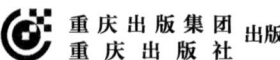
重庆出版集团 出版
重庆出版社
重庆市南岸区南滨路 162 号 1 幢 邮政编码：400061 http://www.cqph.com
重庆出版社艺术设计有限公司 制版
重庆市国丰印务有限责任公司 印刷
重庆出版集团图书发行有限责任公司 发行
E-mail:fxchu@cqph.com 邮购电话：023-61520646
全国新华书店经销

开本：890mm×1230mm 1/32 印张：9.25 字数：208 千
2018 年 1 月第 2 版 2024 年 4 月第 4 次印刷
ISBN：978-7-229-12856-2
定价：39.80 元

如有印装问题，请向本集团图书发行有限责任公司调换：023-61520678

版权所有 侵权必究

布兰

在一个北风飕飕的寒冷清晨，卡史塔克家族从卡霍城带着三百骑兵和近两千步兵抵达了临冬城。兵士们的枪尖在苍白的日光中眨着眼睛。有个士卒走在队伍前方，敲着一个比他人还大的鼓，"咚，咚，咚"，击打出缓慢而沉厚的行军节奏。

布兰待在外城墙上一座守卫塔里，坐在阿多肩头，正用鲁温学士的青铜望远镜观察渐渐走近的军队。瑞卡德伯爵亲自领军，他的儿子哈利昂、艾德和托伦骑马与之并肩而行，他们头顶飞扬着以漆黑夜色为底、白色日芒为徽的旗帜。老奶妈说他们体内流有史塔克族人的血液，可以追溯到数百年前，然而在布兰看来，这些人实在不像史塔克家后代，他们个个生得人高马大，神情剽悍，脸上长着粗粗的胡子，发长过肩，披风则是用熊、海豹和狼的皮做成。

他知道，这是最后一批军队。其他领主已先后率兵抵达。布兰满心期盼能和他们一道骑马出城，去看看避冬市镇的屋宇人满为患、挤得水泄不通的模样；看看每天早上市集广场上的摩肩接踵；看看巷道印满车辙马蹄的景况。可罗柏不准他离开城堡。"我们没有多余的人手保护你。"哥哥向他解释。

"我会带夏天一起去啊。"布兰辩解。

"布兰，别跟我孩子气，"罗柏说，"你自己很清楚。前两天波顿大人的手下才在烟柴酒馆杀了赛文伯爵一位部属。我若是让你身处险境，母亲大人不把我皮剥了才怪。"说这话的时候，他用的是"罗柏城主"的语气，布兰知道没有回旋余地。

其实他心里明白，这一定是因为之前狼林里那件事。如今回想起来，他依然会做噩梦。他像个婴儿一般无助，换做小瑞肯，大概也不会比他更无力。说不定他还比不上瑞肯……瑞肯至少能踢他们。为此他深感羞耻。他只比罗柏小几岁；假如哥哥已近成年，那他也相去不远。照说他应该能保护自己才对。

若是一年前，在事情发生以前，就算必须爬墙，他也会去探访市镇。那些日子里他可以奔跑于楼梯，不假他人之力上下小马，还可以挥舞木剑，将托曼王子打倒在地。如今他只有拿鲁温师傅的望远镜观望的份。老学士把所有的旗帜家徽都教给了他：葛洛佛家族红底银色的钢甲拳套旗，莫尔蒙伯爵夫人的大黑熊旗，飞扬于恐怖堡领主卢斯·波顿队伍前方的剥皮人旗，霍伍德家族的驼鹿旗，赛文家族的战斧旗，陶哈家族的参天三哨兵树旗，以及安伯家族那吓人的碎链咆哮巨人旗。

短短时日里，北境诸侯们纷纷带着儿子、骑士和部属前来临冬城聚餐，他把他们的容貌也都记住了。但即便是城堡大厅，也无法同时容纳所有人，于是罗柏依次分开宴请主要封臣。布兰通常坐在哥哥右边的荣誉高位，可总有些领主眼神怪异地看着他，仿佛在质疑这么个乳臭未干的小孩儿有何资格坐他们上位，更何况他还是个残废。

"之前到了多少人？"卡史塔克伯爵和他的儿子们骑马穿过外墙城门时，布兰问鲁温学士。

"约莫一万两千人吧。"

"有多少骑士呢？"

"非常少。"老师傅话中有些不耐烦，"要成为骑士，你必须先在圣堂里守夜，接受修士用七种圣油的涂抹，宣读誓言后方能得到祝福。在我们北方，多数人信奉旧神，少有贵族归化七神，所以并不册封骑士……然而这些领主和他们的儿子、部下不论武艺、忠诚还是荣誉感，可一点也不输他人。**人的价值并非以爵士这个头衔来衡量，我告诉过你几百遍了。**"

"可是,"布兰说,"到底有几个骑士嘛?"

鲁温学士叹了口气。"三四百罢……但骑马配枪的普通战士总共约有三千。"

"卡史塔克大人是最后来的,"布兰若有所思地说,"罗柏今晚会宴请他。"

"毫无疑问。"

"还有多久……他们才会出发?"

"他得尽快动身,否则就走不了了。"鲁温师傅道,"避冬市镇里已经人满为患,而这支军队若是再待久一点,会把附近地区的存粮吃得一干二净。更何况国王大道沿途还有荒冢地的骑士、泽地人、曼德勒伯爵和佛林特伯爵等着加入呢。战火已在三河流域蔓延开来,你哥哥有很长一段路要走。"

"我知道。"布兰说。他把青铜镜管还给老学士,一边注意到鲁温脑顶的头发愈发稀少,以至于粉红的头皮若隐若现。这样从上俯视他感觉有些古怪,自己向来都是抬头仰望他的。话说回来,一旦坐上阿多的肩头,无论看谁都成了俯视。"我不想看了。阿多,带我回城去。"

"阿多。"阿多说。

鲁温师傅把镜管藏进袖子里。"布兰,你哥哥现在没空见你,他得去迎接卡史塔克大人父子一行。"

"我不会打扰罗柏,我要去神木林。"他把手放在阿多的肩上。"阿多。"

塔楼内部的大理石墙上,有一连串凿出的把手,可作攀爬的楼梯。阿多一边哼着不成调的小曲,一边慢慢地爬下去。布兰坐在他背后的柳条篮子里,晃荡不停。篮子是鲁温学士特别制作的,他从妇女捡拾柴火所用的背篮中得到灵感,在此基础上割出两个洞让脚伸出,多加几条皮带以分散布兰的重量,完成了这个作品。这当然比不上骑乘小舞的感觉，但小舞有很多地方没法去，况且比起被阿多像个婴儿似的抱来抱去，这样起码不会让布兰觉得那么丢脸。阿多似乎也挺喜欢这个设计，虽然阿多到底在想些什么谁也说不准。唯一麻烦的是进出门，阿多有时会忘记背上还有个小布兰，这种进门方式可真让他疼痛难忘。

近两周来，由于人马进出频繁，罗柏下令将内外城墙的闸门全都升起，两者之间的吊桥也放下，即使入夜也不例外。布兰从守卫塔出来时，一列长长的重装枪骑兵纵队正穿越护城河，他们是卡史塔克家的部队，跟随主子进入城堡。这群人头戴黑色的半罩铁盔，身披有着白色日芒图案的黑羊毛披风。阿多快步走在旁边，自顾自地笑笑，靴子咚咚咚踩着木头吊桥。骑兵神情怪异地看着他们经过，布兰听见有人粗声大笑，但他忍耐住不让心绪被扰乱。"别人会看着你，"当他们头一次把柳条篮绑上阿多后背时，鲁温师傅就警告过他，"他们不但会看，会议论纷纷，有些人还会嘲笑你。"*让他们嘲笑去罢*，布兰心想。如果他待在卧房，没有人能嘲笑，但他不愿一辈子都在床上度过。

从闸门下经过时，布兰将两根手指伸进口中，吹起口哨。夏天立刻从广场彼端轻步跑来。霎时，马儿纷纷翻起白眼，惊恐地嘶声鸣叫，卡史塔克家的枪骑兵不得不努力维持平衡。有一匹战马尖叫着抬起前蹄，骑在上面的武士高声咒骂，好容易才没摔下去。非经天长日久的习惯，马匹通常一闻到冰原狼的味道就会害怕得发狂，直等夏天走远它们才没事。"去神木林。"布兰提醒阿多。

他想不到临冬城也有人满为患的时候。场子里处处是刀斧碰撞、马车辘辘和猎狗吠叫声。兵器库门大敞，布兰瞥见密肯站在锻炉边，不停敲打铁锤，赤裸的胸膛上汗水淋漓。布兰这辈子从没见过这么多陌生人，即便是劳勃国王来拜访父亲时也比不上。

阿多低身穿过一道矮门，布兰努力克制住自己不要畏缩。他们

沿着一条漫长而阴暗的走廊前进，夏天脚步轻快地走在旁边，不时抬眼看他，眼睛好似两团熊熊燃烧的液态黄金。布兰好想摸摸它，可他离地太远，手够不到。

这段日子以来，若说临冬城成了一片混乱汪洋，那神木林则是其中的宁静之岛。阿多穿过繁密的橡树、铁树和哨兵树，来到心树下静止无波的水潭边。他停在盘根错节的鱼梁木枝干底，口中哼着歌。布兰伸手抓住头顶的树枝，把自己拉出篮子，也将他那双软弱无力的脚自柳篮的两个洞里拉出来。他在那儿挂了一会儿，晃了几下，任暗红的树叶拂过脸庞，然后阿多接住他，把他放在池边平坦的大石上。"我想独处一下，"他说，"你去洗洗吧，去温泉。"

"阿多！"阿多踩着"咚咚"大步，消失在树丛中。在神木林的另一边，客房窗户的正下方，有一座天然的地底温泉，注满了三个小池。池水日夜热气蒸腾，池边高墙爬满青苔。阿多痛恨冷水，若是叫他用肥皂，更会像只被踩到尾巴的山猫般拼死抵抗，但要换成温泉，即便最滚烫的池子他也不在乎，而且一泡动辄几个小时。每当浑浊的绿水面冒出气泡，他就大声打嗝，好像是在相互应和。

夏天舔舔池水，在布兰身边坐下。他挠挠狼的下巴，接下来的短短时间，小男孩和冰原狼都觉得宁静而安详。布兰向来很喜欢神木林，在意外发生前就很喜欢，而近来他发现自己越来越常来这里。即便心树，也不再像以前那么令他害怕。刻在惨白树干上的那对深邃红眼依旧凝视着他，然而他却能从中寻得慰藉。这是诸神在看顾着他，他这么告诉自己；这是古老的诸神，属于史塔克家族、先民和森林之子的神，是父亲所信仰的神。在他们的注视下，他觉得很有安全感，而树林里深沉的寂静更有助于他理清思绪。自坠楼以来，布兰经常陷入沉思：思索，做梦，和诸神对话。

"请不要让罗柏离开，"他轻声祷告，一边伸手拨弄冰冷的池水，池面激起涟漪。"请让他留下来吧。如果他真的非走不可，就让他平安归来,和父亲母亲以及姐姐们一起回家。还有,请让……请让瑞肯懂事。"

得知罗柏即将率兵出征的那一天,他的小弟弟便像冬天的暴风雪一样发了狂,一会儿号啕大哭,一会儿又大发脾气。他不肯吃饭,整晚哭闹尖叫,连给他唱摇篮曲的老奶妈,他也拳头相向,第二天更是跑得没了踪影。罗柏派出城里大半人手去找他,最后才发现他躲在地下墓窖,还从某个死去国王的雕像手中抓了把生锈铁剑,朝人们又挥又砍,毛毛狗也流着口水从暗处冲出挑衅,活像个绿眼睛的恶魔。那只狼差不多跟瑞肯一样狂乱:他咬伤盖奇的手,还撕掉密肯一块大腿肉。最后是罗柏带着灰风亲自出马,才把他们制伏。现在法兰把黑狼锁在狗舍里,瑞肯没了狼,哭得更厉害了。

鲁温师傅建议罗柏留在临冬城,布兰也向他哀求过,不光为了自己,更是为了瑞肯。但哥哥固执地摇摇头:"我并不想走,但我非走不可。"

这并非全然是谎话。总得有人去防守颈泽,协助徒利家族对付兰尼斯特,这点布兰可以理解,但不一定非要罗柏出马啊。哥哥大可把指挥权交给哈尔·莫兰或席恩·葛雷乔伊,甚或他手下的封臣。鲁温学士也劝他这么做,可罗柏不肯听。"父亲大人绝不会派别人去送死,自己却像个胆小鬼似的躲在临冬城的墙垒之后。"他这么说,完全是罗柏城主的口气。

对布兰来说,如今的罗柏活像半个陌生人,仿佛真正变成了一方之主,虽然他还不到十六岁。父亲的封臣们注意到他的状况,许多人试图用自己的方式来考验他:卢斯·波顿口气莽撞地要求让他领军;罗贝特·葛洛佛虽是说说笑笑,但有着相同的目的;体格粗壮,头发灰白,像男人般全身穿着盔甲的梅姬·莫尔蒙毫不客气地说罗柏的年纪足以当她孙子,没资格对她颐指气使……不过呢,她倒刚巧有个孙女儿可以嫁给他;讲话轻声细语的赛文伯爵直接把

女儿给带来了,她相貌平庸,胖嘟嘟的,年约三十,坐在她父亲左手,自始至终没将视线从餐盘里抬起过;友善的霍伍德伯爵没有女儿,但他带了很多礼物,今天送匹马,明天送一大块鹿肉,隔天又送一个漂亮的银边猎号,而且完全不要回报……除了希求从他祖父手中夺走的一小块地,某个山脊北部的狩猎权,以及在白刃河修筑水坝的权利等等。当然,如果城主大人高兴的话。

罗柏冷静而有礼貌地一一应答,渐渐收服了他们的心,若换做父亲,大概也不过如此吧。

而当那个人称"大琼恩",身形和阿多一样高,却足足壮他两倍的安柏伯爵出言不逊,声称假如要他走在霍伍德或赛文家部队后面,他就立刻班师回家时,罗柏说欢迎他这么做。"等收拾兰尼斯特之后,"他向对方保证,一边搔着灰风的耳背。"我们会立刻回师北方,把你从你家城堡里抓出来,当成背誓者吊死。"大琼恩听了破口大骂,将一罐麦酒丢进火里,他吹胡子瞪眼地说罗柏不过是个青涩的毛头小鬼,八成连尿都是草绿色的。哈里斯·莫兰上前劝阻,却被他推倒在地,接着他踢翻桌子,拔出一把布兰所见过最大最丑的巨剑。他坐在两边长凳上的儿子、兄弟和部下们也纷纷一跃起身,伸手握住武器。

然而罗柏不过轻轻说了一个字,只听灰风一声怒吼,立时便咬掉安柏伯爵两根手指,把他摔得四脚朝天,剑飞到三尺之外,手上鲜血淋漓。"家父曾经教导我,在宣誓效忠的领主面前拔剑是唯一死罪。"罗柏说,"但我相信您只是想帮我切肉罢了。"布兰看着大琼恩挣扎起身,吸吮那血红一片的断指,他五脏六腑绞成一团……出人意料,接着这大个子竟然笑了。"你的肉,"他大吼,"还真他妈的硬!"

不知为什么,从那之后,大琼恩便成了罗柏的左右手和最坚定的拥护者,到处扯开嗓门对人说,别看这位新城主年纪小,他可是个货真价实的史塔克传人,你们都他妈的赶紧乖乖下跪,不然瞧他不把你膝盖剁掉才怪。

然而当天夜里,大厅的炉火渐熄之后,哥哥却一脸苍白地来到布兰卧房,浑身发抖。"我以为他会把我给杀了,"罗柏坦承,"你看他推倒哈尔的样子吗?好像当哈尔是瑞肯!诸神在上,真是吓死我了。大琼恩还不是最麻烦的,他只是嗓门最大而已。卢斯大人他一句话也不说,就这么看着我,结果我满脑子想的都是恐怖堡里那个房间,听说波顿家族的人把敌人的皮剥下来挂在那儿。"

"那只是老奶奶的故事,"布兰说,一丝怀疑却潜进了他的嗓音。"对吧?"

"我不知道。"哥哥虚弱地摇摇头。"赛文大人打算带他女儿一道南下,说是帮他煮饭。可席恩却肯定地说,某天夜里我一定会发现这女孩躺进我的睡铺。我好希望……我好希望父亲在……"

布兰、瑞肯和罗柏城主总算在这件事上达成一致:他们都希望父亲还在身边。但艾德公爵毕竟身在千里之外,身陷囹圄,或许成了亡命奔逃的通缉犯,甚至已经死去。真相究竟如何,没有人能确定,每个旅人所说的版本都不一样,而且一个比一个可怕:父亲手下卫士的头被插在枪尖,挂在红堡城墙上腐烂啦;劳勃国王死在父亲手中啦;拜拉席恩家的军队围攻君临啦;艾德公爵和国王的坏弟弟蓝礼一同逃往南方啦;艾莉亚和珊莎都被猎狗所杀啦;母亲杀了小恶魔提利昂,把他的尸体挂在奔流城城墙上啦;或者是泰温·兰尼斯特公爵率兵往鹰巢城进发,沿途烧杀掳掠之类。有个浑身酒味的说书人,甚至宣称雷加·坦格利安已经死而复生,正在龙石岛上号召千古英雄,准备夺回他父王的宝座呢。

所以,后来当乌鸦带着由珊莎手书,盖了父亲印章的信件抵达时,残酷的事实似乎也不再那么令人惊讶。布兰永远忘不了罗柏读着姐姐来信时脸上的表情。"她说父亲和国王的两个弟弟密谋篡

位，"他念道，"劳勃国王已死，母亲和我应火速前往红堡向乔佛里宣誓效忠。她说我们必须保证忠贞不贰，等她嫁给乔佛里，她会请求他饶父亲一命。"他用力握拳，把珊莎的信捏得稀烂。"她只字未提艾莉亚的情形，没有，一个字都没有！真是该死！这女孩到底怎么回事？"

布兰的心凉了半截。"她没了小狼。"他虚弱地说，忆起那天父亲手下四名卫士从南方归来，带回淑女的遗骸，还没走过吊桥，夏天、灰风和毛毛狗便开始了凄楚的长号。在首堡的阴影下，有座古老的墓园，其中的墓碑上爬满了苍白的地衣，从前的冬境之王便是在此安葬他们忠诚的部属。他们也在这里葬了淑女，她的兄弟不安地在坟墓间来回走动。她前往南方，归来却只剩骨骸。

他们的祖父，老瑞卡德公爵，曾前往南方，同去的还有父亲的哥哥布兰登，以及公爵手下两百名精锐武士，结果无人归来。父亲也去了南方，他带着艾莉亚和珊莎，带着乔里、胡伦、胖汤姆和其他人，后来母亲和罗德利克爵士亦跟着去了，他们至今也都没回来。而今罗柏也要去，况且目的并非前往君临宣誓效忠，而是手握利剑，杀到奔流城去。假如父亲大人真的身在狱中，此举等于是宣判了他的死刑。布兰害怕得不知如何是好。

"如果罗柏非去不可，请您们务必看顾他，"在远古诸神透过心树红眼睛的注视之下，布兰向他们祈求。"也请您们看顾他的部下，看顾哈尔、昆特他们，以及安柏大人、莫尔蒙夫人和其他诸侯。还有，还有席恩吧。请帮助他们打败兰尼斯特家的军队，救出父亲，把他带回家。"

一阵微风拂过神木林，有如深沉的叹息，红叶沙沙作响，彼此窃窃私语。夏天露出利齿。"小子，你听见他们的回答了吗？"一个声音问。

布兰抬起头，发现欧莎站在水池对面，正好在一棵古老的橡树底下，树叶遮住了她的脸。即使戴着手铐脚镣，这名野人依旧敏捷如猫。夏天绕过池子，朝她嗅了嗅。高个女人不禁一缩。

"夏天，过来。"布兰唤道。冰原狼闻了最后一下，转身跑回。布兰伸手抱住它。"你在这里做什么？"自她在狼林被俘之后，布兰便没再见过她，但他知道她被派去厨房工作。

"他们也是我的神，"欧莎道，"在长城之外，他们是唯一的真神。"她逐渐长长的棕发，和着那件朴素的棕色粗布衣，使她看起来比较像个女人。至于她的盔甲和皮革背心，早在被捕时就被拿走了。"盖奇时常会放我来这儿祷告，当我有需要的时候；而我也会让他掀起我的裙子办事，当他有需要的时候。对我来说这没什么，我还挺喜欢他手上的面粉味，更何况他比史帝夫温柔多了。"她有些不自在地鞠了个躬。"我不打扰了，还有些罐子要涮呢。"

"不，留下来。"布兰命令她。"你刚才说能听见神说话，告诉我那是什么意思。"

欧莎端详着他。"你向他们祈求，而他们正在回答。竖起耳朵，仔细倾听，你就会听到。"

布兰竖耳倾听。"不过是风声，"听了一会儿后，他不太确定地说，"还有叶子响动。"

"你以为这风是谁送来的？当然是天上诸神啊。"她在池对面坐下来，身上的锁链一阵轻响。密肯打造了一副脚镣，用沉重的铁链相连，扣住她两边脚踝；她能小步走路，但绝对跑不了，也没办法爬墙或骑马。"小子，他们看到了你，也听到了你说的话。树叶的声音就是他们的回答。"

"他们在说什么？"

"他们很哀伤。你的城主哥哥要去的地方，他们无法帮他。旧神在南方没有力量，那儿的鱼梁木早在几千年前就被砍伐一空。没有眼睛，他们该如何看顾你哥哥呢？"

布兰没想到这层。他害怕起来,若是连天上诸神都无法帮助哥哥,那还有何希望?也或许是欧莎听错了?他歪着头,想要亲自再听听看,这回他听出了风中的哀伤,仅此而已。

沙沙声渐大,混杂着模糊的脚步和低沉的哼歌,浑身赤裸的阿多大步从林子里跑出来,面带微笑。"阿多!"

"他一定是听到了我们的声音,"布兰说,"阿多,你忘记穿衣服啰。"

"阿多!"阿多同意。他从头到脚滴着水,在冷空气里蒸腾冒烟。他浑身长满褐色体毛,厚厚的活像一层皮,又长又大的命根子垂挂在两脚之间。

欧莎似笑非笑地看了他一眼。"可真是个大块头啊,"她道,"我敢说,他体内有巨人的血统。"

"鲁温师傅说世界上已经没有巨人了,他们都死了,和森林之子一样。剩下的只是他们的骨头,埋在地底,农夫犁田的时候常会翻到。"

"你叫鲁温师傅到长城外面去瞧瞧,"欧莎说,"他会看到巨人,不然巨人也会找上他。我老哥就杀死过一个,她身高十尺,这还算是矮的。据说他们可以长到十二尺或十三尺,性情凶猛,浑身体毛,还生着尖牙齿。女巨人和她们的丈夫一样长有胡子,让人难以辨认。女巨人也会找人类男子当情人,巨人的血统就是这样流出来的。与之相对,男巨人体型太大,被他们强暴的女孩子还没怀孕就先被扯裂了。"她对他嘿嘿一笑。"小子,我看你不明白我在说什么,对吧?"

"我知道啦。"布兰坚持。他知道交配是怎么回事:他看过场子上的狗交配,也见过公马骑母马,但谈论这方面的事令他不太舒服。他望向阿多。"阿多,去把你的衣服拿来,"他说,"去把衣服穿上。"

"阿多。"阿多循原路走回，弯身穿过一根低垂的树枝。

他块头真的好大呀，布兰目送他离去，心里想着。"长城外真的有巨人吗？"他有些迟疑地问欧莎。

"小少爷，不止巨人，还有比巨人更可怕的东西。你哥哥盘问我的时候，我就是这么跟他和你家老学士，以及那成天笑嘻嘻的葛雷乔伊说的。冷风已然吹起，人们若是离开炉火，就一去不返……就算回得来，也已经不是人了。他们变成尸鬼，生了蓝眼睛和冷冰冰的黑手。你以为我和史帝夫、哈莉以及其他那几个蠢蛋为啥逃到南方？曼斯这固执幼稚的老小子，自以为勇敢，想要对付他们，好像白鬼跟游骑兵没两样，可他懂什么？他再怎么自称'塞外之王'，说穿了还不是只影子塔上飞下来的臭乌鸦？他根本没尝过冬天的滋味。我告诉你，小子，我是在那儿出生的，跟我老妈，我老妈的老妈以及她祖上好几代一样，我们是天生的'自由民'，冬天什么样子，我们可是记得一清二楚。"欧莎站起身，脚上的铁链咔啦作响。"我试着告诉你那城主老哥，就昨天，我还在场子上见着他。'史塔克大人，'我叫他，客气得可以，可他正眼都不瞧我一眼，而那满身汗臭的笨牛大琼恩·安柏手一挥就把我推开。既然这样，那就算啦，我就乖乖闭上嘴巴，戴着铁链。不愿倾听的人自然什么也听不到。"

"跟我说吧。我说的话罗柏会听，我知道他会听。"

"真的吗？那好。大人，您就这么跟他说：你走错了方向，应该带兵去北方。北方，不是南方，您听懂了没？"

布兰点点头。"我会告诉他的。"

然而当晚大厅用餐时，罗柏却不在场。他在书房里用餐，和瑞卡德、大琼恩以及其他诸侯共商大计，为即将来临的长征做最后策划。于是布兰只好扮演主人的角色，代替他坐在餐桌首席，欢迎卡史塔克伯爵的儿子和部下。阿多背着布兰走进大厅时，他们都已

就座。阿多在高位旁蹲下,两名仆人把他从篮子里抱出。布兰觉得整个大厅顿时安静下来,每一双陌生的眼睛都盯着他看。"诸位大人,"哈里斯·莫兰朗声宣布,"临冬城的布兰登·史塔克到。"

"欢迎各位来到我们的火炉边,"布兰生硬地说,"让我们共享佳肴美酒,象征友谊长存。"

卡史塔克伯爵的大儿子哈利昂·卡史塔克鞠了个躬,他的弟弟们也依次行礼,可当他们坐下后,在一片酒杯碰撞声中,他却听见那两个小儿子低声交谈。"……宁愿死也不要这样苟延残喘。"名叫艾德的那个说,而另一个叫托伦的则说那男孩大概不止身体残废,心里也是残废,胆子太小,不敢自杀。

残废,布兰握着餐刀,心中苦涩地想,这就是现在的他?残废的布兰?"我也不想残废啊,"他语气激烈地对坐在右手边的鲁温学士低语,"我想当骑士。"

"有人称我的组织为'心灵的骑士',"鲁温回答,"布兰,你一旦用心起来,是个聪明绝顶的孩子。你可曾考虑戴上学士的颈链?学海无涯,你想学什么都可以。"

"*我想学魔法。*"布兰告诉他,"我梦里那只乌鸦向我保证我可以飞。"

鲁温学士叹了口气。"我可以教你历史、医术和药草知识;可以教你如何与乌鸦沟通、如何修筑城堡;可以教你水手是如何借助星辰制定航向;可以教你如何计算历法、观测季节。在旧镇的学城里,他们还可以教你一千种其他功夫。但是,布兰,没有人能教你魔法。"

"森林之子可以,"布兰说,"森林之子一定可以。"这让他想起早先时在神木林里答应欧莎的事,于是他把她所说的话一五一十告诉了鲁温师傅。

老学士很有礼貌地听完。"我认为这个女野人可以教老奶奶说故事。"布兰讲完之后，他静静地说，"你坚持的话，我可以再去跟她谈谈，不过，我认为你最好别拿这些荒唐话去烦你哥哥。他要操心的事情已经够多，没时间理会什么巨人和林子里的死者。布兰，囚禁你父亲的是兰尼斯特，而非森林之子啊。"他轻拍布兰手臂。"孩子，仔细想想我说的话吧。"

两天后，当晨光染红强风吹拂的天边薄云之际，布兰被捆在小舞背上，在城门楼下的广场与哥哥道别。

"如今你就是临冬城主，"罗柏告诉他。哥哥骑着一匹长毛的灰骏马，盾牌悬挂在旁边：木造盾牌，外镶铁片，灰白相间，上面刻画了咆哮的冰原狼头。他身穿漂白的皮革背心，外罩灰色锁子甲，腰际挂着长剑和匕首，肩披绒毛滚边的披风。"你必须暂代我职，如同我暂代父亲的位置一样，直到我们回家。"

"我知道。"布兰可怜兮兮地回答。他从未感觉如此孤单寂寞，又如此害怕。他根本不知道城主该怎么当。

"听从鲁温师傅的意见，并好好照顾瑞肯。告诉他，等战事结束，我就立刻回家。"

瑞肯拒绝下楼，他红着眼睛，倔强地躲在楼上卧房里。"不要！"当布兰问他要不要跟罗柏说再见时，他大声尖叫，"不要说再见！"

"我跟他说过了，"布兰道，"可他说大家都没回来。"

"他不能永远当个小孩子。他是史塔克家族的人，已经快满四岁了。"罗柏叹道，"嗯，母亲就快回来了，我也会把父亲带回来，我向你保证。"

说完，他调转马头，快步跑开。灰风身形矫健地跟了上去，跑在战马旁边。哈里斯·莫兰走在最前面，领头穿过城门，高举史塔克家族的灰白旗帜，旌旗在风中飘动。席恩·葛雷乔伊和大琼恩走在罗柏两侧，骑士们则成两列纵队紧随在后，钢铁枪尖在日光下闪

闪发亮。

他不安地想起欧莎说的话,他走错方向了。一时之间,他竟想纵马追上,高声警告,但罗柏很快消失在闸门之外,时机转瞬即逝。

城墙之外响起阵阵欢呼,布兰知道这是步兵和镇民在夹道欢送罗柏,欢送史塔克大人,欢送跨骑骏马的临冬城主,他的披风在风中飘动,灰风奔驰于身畔。布兰突然想到,他们永远也不会这样为他欢呼,心里不禁隐隐作痛。父兄不在时,他或许能暂任临冬城主,但他依旧是"残废的布兰",连自己下马都做不到,除非是摔下去。

当远处的欢呼声逐渐平息,终归寂静,广场上的部队都离开之后,临冬城仿佛遭人遗弃,了无生气。布兰环顾周遭留下来的老弱妇孺……还有阿多。高个马童脸上有种失落和害怕的神情。"阿多?"他哀伤地说。

"阿多。"布兰附和,心里却不知道那是什么意思。

A SONG OF ICE AND FIRE

丹妮莉丝

卓戈卡奥满足之后，便从他们睡觉的草席上站起来，高高地立在她身边。在火盆的红润光线照耀下，他的皮肤沉黑有如青铜，旧时伤疤的线条在他宽阔的胸膛上若隐若现。他的墨黑长发松散开来，如瀑布般垂过肩膀，沿着背部直下腰际。卡奥的嘴巴隐藏于长长的胡须之下，这时有些不悦地抿起双唇。"骑着世界的骏马不需要铁椅子。"

丹妮用手肘撑起身子，抬头望着他。他是如此雄伟高大，她尤其钟爱他的头发。他从未剪过；因为他从未战败。"预言所载，骏马将行至世界尽头。"她说。

"世界的尽头是黑色咸海，"卓戈立刻答道。他把布在温水盆里浸湿，揩掉皮肤上的汗水和油。"没有马可以穿越毒水。"

"自由贸易城邦有几千艘船，"丹妮一如既往地告诉他，"它们就像生了几百只脚的木马，能够乘风展翼，横越海洋。"

卓戈卡奥不想听。"我们不要再谈木马和铁椅子。"他丢下湿布，开始穿衣服。"女人妻子，今天我将到草原上打猎。"他一边穿上彩绘背心，扣上沉重的金银铜章大腰带，一边宣布。

"好的，我的日和星。"丹妮说。卓戈会带他的血盟卫外出寻找"赫拉卡"，就是草原上的大白狮。假如他们得手归来，夫君必是兴高采烈，或许就会听她的话。

他不畏凶猛野兽，或是世上任何一人，但海洋却不同。对多斯拉克人而言，只要马不能喝的水就是不洁的东西，波涛汹涌的灰绿洋面让他们有种迷信的憎厌。她很清楚，卓戈在无数方面都比其他

马王勇敢……只有这点他做不到。若她有办法让他上船就好了……

等卡奥和他的血盟卫带着弓箭离开后,丹妮召来女仆。从前她对于她们东摸西碰感到不适,如今身体越发臃肿笨拙,她反而喜欢她们健壮的臂膀和灵巧的双手。她们为她擦洗干净,穿上松滑的纱丝服饰。多莉亚一边帮她梳头,她一边差姬琪去把乔拉·莫尔蒙爵士找来。

骑士立刻前来,他穿着马鬃绑腿,彩绘背心,和多斯拉克人无异。粗黑的体毛覆盖了他厚实的胸膛和健壮的手臂。"公主殿下,请问您有何吩咐?"

"你得和我夫君谈谈,"丹妮说,"卓戈说骑着世界的骏马将统治全世界,但无须横越毒水。他还说等雷戈出生后,要率领卡拉萨往东走,去掠夺玉海沿岸的土地。"

骑士似乎若有所思。"卡奥从未见过七大王国,"他说。"七国对他来说什么都不是。就算他真的想过,大概也以为那只是建在一群小岛上的城邦,周围是风暴不息的海洋,就像罗拉斯或里斯那样,相较之下,富饶的东方想必更吸引人吧。"

"可他一定得朝西走,"丹妮急了起来。"求求你,请帮助我让他了解吧。"其实,她和卓戈一样没见过七大王国,但听了哥哥所说的那些故事,她却觉得自己很熟悉。韦赛里斯承诺过几千几百次有朝一日会带她回家,但他已经死了,所有的诺言自然也都不算数了。

"多斯拉克人行事自有其步调和理由,"骑士回答,"公主,请您耐心等待,不要重蹈你哥哥的覆辙。我们会回家的,我向你保证。"

家?这个字眼令她悲伤。乔拉爵士有熊岛可归,但她的家在哪里?是那几个故事,那几个有如祷词般庄严吟诵的名号,还是回忆中逐渐消逝的红漆大门?……难道维斯·多斯拉克将是她永恒的归宿？当她看着多希卡林的众老妪时，她可是目睹了自己的未来？

乔拉爵士应是察觉到她脸上的哀伤。"卡丽熙，昨晚有大批商队进城，足足有四百匹马，他们从潘托斯经诺佛斯和科霍尔而来，由商队统领拜安·佛提利斯领队。伊利里欧曾答应与我们通信联络，说不定捎了信来，您要不要到城西市集去逛一趟？"

丹妮起身。"好的。"她说，"我很想去。"每当有商队进城，市集便会热闹起来。你永远也不知道这回商人们又带来什么奇珍异宝，况且能听到有人说瓦雷利亚语，总是件很愉快的事情。自由贸易城邦的人都操这种语言。"伊丽，叫人帮我备轿。"

"我去通知您的卡斯部众。"乔拉说着也退下。

如果卓戈卡奥在她身边，丹妮就会骑小银马外出。多斯拉克女性即使怀孕也依旧骑马，只有临盆前夕才是例外，她自然不想在丈夫眼中自承虚弱。不过，既然卡奥已经外出打猎，她便可舒服地躺在靠垫上，坐轿子让人抬着穿越维斯·多斯拉克，还有红丝帷幕为她遮挡骄阳。乔拉爵士策马骑行在她身边，同行的还有四名年轻的卡斯部众与三位女仆。

天气和煦无云，晴空湛蓝。微风吹起，她闻到青草和土地的浓郁芬香。轿子从夺自异邦的神祇雕像下经过，她也随之脱离日光，进入阴影，接着再返回日光。一路上，丹妮随着轿子轻轻摇晃，审视着故去的英雄和被遗忘的国王们的脸庞，不知那些曾受人崇敬，如今信徒的城市早已付之一炬的诸神，是否依旧能应许她的祈祷。

*假如我不是真龙血脉，*她满心思慕地想，*这里就会是我的家。*她身为卡丽熙，有一个强壮的男人和一匹迅捷的马，还有服侍她的女仆、保护她的武士，年老之后，还有多希卡林受人敬重的地位等着她……而且，在她的子宫里，那有朝一日将统御世界的儿子正日渐成长，对任何女人来说，都应该心满意足……然而对真龙来说，这样却是不够的。韦赛里斯既死，丹妮莉丝便是独一无二的真龙

18

传人，她是国王与征服者的后裔，她体内的孩子也将继承这样的命运。她不敢忘却。

城西市集占地广大，呈正方形，四周由泥砖小屋、牲畜圈栏，以及石灰粉涂砌的酒厅所环绕。地面突起小丘，宛如无数硕大无朋、潜伏地底的怪兽，脊梁破地而出，张开的黑色大口，直通地下阴凉宽阔的储藏室。方形正中则是一座由摊贩和崎岖过道构成的迷宫，上方用长草织成的天棚遮盖。

他们抵达之时，上百个商人正忙着卸货摆摊，然而与潘托斯和其他自由贸易城邦的市集广场相比，这里依旧显得宁静而冷清。乔拉爵士向她解释，商队从东西两方来到此处，主要目的不在于和多斯拉克人做买卖，而是与其他商人交易。游牧民族让他们自由来去，只要他们遵守圣城中不得动武的戒条，不亵渎圣母山与世界的子宫湖，并按传统赠与多希卡林老妪盐、银子和种子等礼品即可。其实多斯拉克人并不了解买卖这种行为。

丹妮也很喜欢城东市集，那里的事物、声音和气味都充满异国情调。她时常整个早上泡在那里，吃吃树卵、蝗虫馅饼和绿面条，听听吟咒师高亢的号叫，张大嘴巴看着来自鸠格斯奈，关在银笼子里的狮首蝎尾兽、巨大无比的灰象以及黑白斑马。她也喜欢观看形形色色的人群：肤色黝黑、表情凝重的亚夏人；高大白皙的魁尔斯人；头戴猴尾帽、眼睛炯炯有神的夷地人；以及来自巴亚撒布哈德、沙米利安纳和卡亚卡亚纳亚等地，乳头串上铁环、两颊镶着红玉的处女战士；甚至是面色阴郁、令人害怕的阴影之民，他们的手、脚和胸膛上都是刺青，脸则用面具遮住。对丹妮而言，城东市集是个充满惊奇和魔法的地方。

但城西市集，却有家的味道。

伊丽和姬琪扶她步下轿子，她借机嗅了一下，立刻辨出大蒜和胡椒的辛辣味道，令她回忆起从前在泰洛西和密尔巷弄里的日子，不禁开心地笑了出来。在这些味道之外,她又闻到里斯甜腻得令人头晕目眩的香水味。她看见奴隶背着繁重的密尔蕾丝和十数种颜色的高级羊毛。商队守卫戴着赤铜盔,身披加衬里的黄棉及膝长袍,梭巡于过道之间,空空的剑鞘悬荡在皮腰带上。一个盔甲师父站在摊贩后面,展示着用金银雕饰的精钢胸甲,以及打造成珍禽异兽形状的头盔。在他的摊贩隔壁,有个年轻美妇正在贩售兰尼斯港的金饰,包括戒指,胸针,手镯和精工雕琢、可做成腰带的奖章。她身旁站了一个高大魁梧的太监,不发一语、全身无毛,汗水渗透了他的天鹅绒衣服,他对每个靠近的人都皱眉怒视。走道对面,一位来自夷地的肥胖布商正和一个潘托斯人争论某种绿色染料的价钱,他不停摇头,帽子上的猴尾巴也跟着前后晃动。

"我小时候最喜欢在市集里玩。"丹妮一边同乔拉爵士穿梭于摊位间的遮阴过道,一边对他说,"那里最有活力了,到处都是人,又叫又笑,还有好多新奇事物……虽然我们通常什么也买不起……嗯,除了偶尔买条香肠,或是蜂蜜棒……七大王国里有蜂蜜棒吗?就泰洛西烤的那种?"

"是蛋糕吗?公主殿下,我不知道。"骑士一鞠躬,"请容我暂时告退,我要去找商队统领,看看有没有给我们的信。"

"太好了,我也帮你找。"

"不必劳烦您,"乔拉爵士有些不耐烦地瞄了远处一眼。"请您尽情享受这市集罢,我办完事立刻回来。"

这真是奇了,丹妮目送他大步走进人群,心里想着。她想不出有何原因不便让她同行。或许乔拉爵士见了商队统领之后想找个女人吧。她知道妓女通常会随商队行走各地,也知道男人对房事特别难以启齿,于是她耸耸肩。"走罢。"她对其他人说。

丹妮继续在市集里闲逛,她的女仆跟在后面。"啊,你看,"她惊喜地对多莉亚说,"我说的就是这种香肠。"她指指一个摊

贩，一位佝偻的矮小妇人正在一颗滚烫的火石上烤着肉和洋葱。"他们加很多的大蒜和辣椒。"惊喜于自己的发现，丹妮坚持要其他人也一起尝尝。女仆"咯咯"笑着大口吃完，她的卡斯部众却满腹狐疑地嗅了嗅烤肉。"吃起来和我印象中不一样。"丹妮吃了几口后评说。

"在潘托斯，我是用猪肉做的，"老妇人说，"可我的猪通通死在多斯拉克海上。所以这是用马肉做的，卡丽熙，不过酱料完全一样。"

"噢。"丹妮觉得有些失望，但是魁洛满喜欢吃，决定再来一根，拉卡洛不甘示弱，结果吃了三根，连连大声打嗝，看得丹妮"咯咯"直笑。

"自从您的哥哥拉迦特卡奥被卓戈戴上王冠之后，您就没再笑过。"伊丽说，"卡丽熙，看到您笑，是一件很美的事。"

丹妮怯怯地微笑。能笑真的好棒好美，她觉得自己仿佛又成了小女孩。

他们晃了大半个早上，她看上一件盛夏群岛的漂亮羽毛斗篷，随后接受了对方的馈赠，她也从腰带上解下一个银牌奖章回送给商人，多斯拉克人就是这样交易的。有个养鸟人教一只红绿相间的鹦鹉说她的名字，丹妮又笑了，但她还是没收下那只鸟，毕竟带着一只红绿鹦鹉在卡拉萨里有什么用呢？她倒是收下十来罐香油，那是属于她童年记忆的香水；她只需闭上眼睛，深深吸气，那栋红门宅院便会在眼前浮现。她见多莉亚以渴望的目光看着魔法师摊位上的丰饶护身符，就收下来送给侍女，心想也该找些别的送给伊丽和姬琪。

转了个弯，他们来到一名酒商的摊贩前，那人正拿着精制的小陶杯请经过的人喝。"香甜的红酒啰，"他用流利的多斯拉克语喊，"我有里斯、瓦兰提斯和青亭岛产的香甜红酒、里斯产的白酒、泰洛西产的梨子白兰地、火酒、胡椒酒和密尔产的淡绿神酒、烟莓棕酒和安达尔酸酒,我通通都有,通通都有啰。"他个头很小,生得纤瘦而英俊,淡黄头发梳成里斯流行的款式,烫卷中搽了香水。当丹妮停在他摊位前时,他深深鞠躬,"卡丽熙,您要不要尝一口?尊贵的夫人,我有多恩产的夏日红酒,乃是用蜜李、樱桃和漂亮的黑橡木酿成。您是要一桶、一杯,还是一口?您只需喝上一口,保证会用我的名字为孩子命名。"

丹妮浅浅一笑。"我儿子已经有名字了,不过我还是尝尝你的夏日红吧。"她用自由贸易城邦口音的瓦雷利亚语说。这么久没用,讲起来还真有些古怪。"一口就好,麻烦你了。"

由于她的衣着、抹油的头发和晒黑的皮肤,那商人原本一定把她当成多斯拉克人了,所以当她开口说话时,他吃惊地张大了嘴。"尊贵的夫人,您是……泰洛西人吗?是么?"

"我说话或许有泰洛西口音,穿的或许是多斯拉克服饰,但我却是日落国度的维斯特洛人。"丹妮告诉他。

多莉亚走到她身边。"你有幸与马上民族的卡丽熙,七大王国的公主,坦格利安家族的'风暴降生'丹妮莉丝说话。"

酒商连忙跪下。"公主殿下。"他低头道。

"起来吧,"丹妮命令他,"我还想尝尝你的夏日红呢。"

商人一跃起身,"您是说刚才那个?那是多恩的猪饲料,配不上公主您的。我有一种青亭岛产的干红,喝起来既甘甜又爽口。请让我荣幸地送您一桶罢。"

卓戈卡奥在几次做客自由贸易城邦的过程中,养成了对好酒的喜爱,丹妮知道如此名贵的陈酿定会讨他欢心。"您太客气了,先生。"她甜甜地轻声说。

"这是我的荣幸。"商人在摊位后面翻找半天,拿出一个小木桶。桶子的木头上烙了葡萄串的图案。"这是雷德温家族的

标志，"他指着它说，"青亭岛的特产，世上没有比这更好的东西。"

"而卓戈卡奥将与我共饮此酒。阿戈，麻烦你把这个拿回我的轿子。"多斯拉克武士搬起酒桶时，酒商的眼睛整个亮了起来。

她没察觉乔拉爵士已经返回，直到她听见骑士喝道："慢着！"他的声音怪异而粗鲁。"阿戈，把那桶酒放下。"

阿戈看看丹妮，她有些犹豫地点点头。"乔拉爵士，有什么不对？"

"我口正渴，老板，把酒打开。"

酒贩皱起眉头。"爵士，酒是要送给卡丽熙，不是给你这种人喝的。"

乔拉爵士走近摊位。"你如果不打开，我就用你的头敲开。"碍于圣城戒律，他并未携带武器，仅有双手——然而他那双手强壮结实、肌肉虬张，关节上长满黑毛，散发出危险的气息。酒商迟疑了一会儿，终于拿起锤子，敲开封盖。

"倒酒。"乔拉爵士下令。丹妮卡斯部众的四名年轻武士在他身后一字排开，睁大黑色的杏仁眼，皱起眉头看着他。

"这么好的酒，假如不让它先透透气就喝，简直是滔天大罪啊。"酒商的锤子没有放下。

乔戈伸手要取盘在腰间的鞭子，但丹妮轻触他的手臂，表示制止。"照乔拉爵士说的做。"她说。附近的人纷纷驻足观看。

那人飞快地看了她一眼，神情充满怨怒。"谨遵公主殿下吩咐。"他放下锤子，挪动酒桶，小心翼翼地倒了两小杯，一滴也没洒出。

乔拉爵士举起一杯，皱着眉闻了闻。

"很香吧？"酒商笑眯眯地说，"爵士先生，您可闻出了葡萄的香气？青亭岛的特产哟。大人，就请您先尝尝，然后再告诉我这是不是您喝过的最甘甜最浓郁的酒。"

乔拉爵士把酒递给他。"你先喝。"

"我？"那人笑笑，"大人，我不够格喝这么好的酒，更何况哪有酒贩子喝自己的酒呢？"他的笑容虽然和蔼可亲，但她却看到他额间布满了汗珠。

"叫你喝你就喝。"丹妮口气冰冷地说，"把这杯喝干，不然我就叫他们抓住你，让乔拉爵士把整桶灌进你喉咙。"

酒商耸耸肩，伸手去拿杯子……结果却双手抓起酒桶，朝她掷来。乔拉爵士连忙用力一撞，把她整个人推开，酒桶滚过他的肩膀，落地裂开。丹妮重心不稳跌了一跤。"哎呀！"她尖叫着想伸手撑地……幸好多莉亚及时抓住她的手臂往后一拉，所以她是双脚着地，腹部没有受碰撞。

酒商翻身跳过摊位，从阿戈和拉卡洛中间窜了出去，撞开伸手想拿亚拉克弯刀，却扑了个空的魁洛，然后沿着过道逃走。丹妮听到乔戈的鞭子啪啦，只见皮鞭如舌头般蹿出，卷住酒贩的脚，这金发男子登时面朝下扑倒在地。

十来个商队守卫快步赶来，商队统领拜安·佛提利斯也来了。他是个诺佛斯人，皮肤有如老旧皮革，身材矮小，蓝色竖胡直上耳际。他一句话也没问，似乎就明白发生了什么。"把这人带走，听候卡奥发落。"他指着地上的人下令，两名守卫随即架起酒贩。"公主殿下，请收下他的酒当礼物。"商队统领继续说，"算是一点不成敬意的补偿，没想到我们商队里竟有人干出这种事，真对不住。"

多莉亚和姬琪扶着丹妮站起来，毒酒正从裂开的酒桶缓缓流到泥地上。"你怎么知道？"她颤抖着问乔拉爵士。"你怎么知道？"

"卡丽熙，本来我也不知，是看他不肯喝酒方才确定。先前我

读了伊利里欧总督的信,就害怕会有这种事发生。"他深色的眼睛环视着市集里围观的陌生人群。"走吧,不适合在这里谈。"

他们抬她回去时,丹妮几乎要哭出来。嘴里这种味道她早已尝过:恐惧。她长年生活在对韦赛里斯的恐惧当中,害怕唤醒睡龙之怒,现在的情形却更糟。如今她不只为自己害怕,还要担心肚子里的胎儿。他想必是察觉了她的恐惧,因此在她体内不安地胎动着。丹妮轻抚隆起的肚子,希望她可以伸手触碰他、搂抱他、抚慰他。"小宝贝,你是真龙传人呢。"轿子帘幕紧掩,微微摇晃,她也随之晃动,"真龙传人哟,龙是不会害怕的。"

回到她在维斯·多斯拉克的空心圆丘后,丹妮吩咐人们全部退下——除了乔拉爵士。"告诉我,"她在靠垫上缓缓躺下,同时命令道,"是'篡夺者'下的令吗?"

"是的,"骑士取出一张卷起的羊皮纸。"这是伊利里欧总督写给韦赛里斯的信。信中说,劳勃·拜拉席恩已经下令,只要有人能杀了你或你哥哥,即可受领封地成为贵族。"

"我哥哥?"她的啜泣中有一半是笑。"他还不知道,是不是?这么说来篡夺者欠卓戈一个领主封号。"这次是她的笑声中夹杂着啜泣,她保护性地紧抱住自己。"你说还有我,是吗?只有我吗?"

"你和你的孩子。"乔拉爵士脸色凝重地说。

"不行,他绝不能伤害我儿子。"她暗自决定,自己绝不会哭,也不会恐惧发抖。*篡夺者唤醒了睡龙之怒*,她对自己说……然后她把视线转移到躺在深色天鹅绒上的龙蛋。摇曳的灯光描绘出它们石面的鳞甲,将周遭空气的微尘染成鲜红和金黄,宛如国王身边的廷臣。

接下来紧紧攫住她念头的,是因恐惧而生的疯狂,还是某种潜藏于血脉之中的怪异智慧?丹妮说不准。她只听见自己的声音道:

"乔拉爵士，点起火盆。"

"卡丽熙？"骑士眼神怪异地看着她。"天这么热，您确定吗？"

她这辈子从未如此确定。"是的。我……我受了点风寒，把火盆点上。"

他鞠了个躬。"如您所愿。"

煤炭烧起来后，丹妮将乔拉爵士遣走。她必须在无人注视的情况下才敢完成。真是疯狂之举，她一边对自己说，一边将那颗黑红交杂的蛋从天鹅绒上拿起来。蛋会燃烧崩裂，那将是多么美丽的景象，乔拉爵士若知道我毁了龙蛋，一定会说我是个傻子。可是，可是……

她两手捧着龙蛋，走到火边，往下一放，把它与燃烧的煤炭放在一起。黑色的龙鳞仿佛在啜饮高热，熠熠发光，细小的红火舌舔着石头表面。丹妮将另外两颗蛋也放进火里，靠在黑的那颗旁边，然后她从火盆边退开，颤抖得喘不过气来。

她在旁观看，直到炭火只余灰烬，游移的火星自排烟口飘腾而出，热气在龙蛋周围波荡闪亮，最后归于平静。

你大哥雷加是最后的真龙传人，乔拉爵士曾对她这么说。丹妮哀伤地望着龙蛋，她究竟在期待什么？千万年前它们有生命，如今不过是漂亮石头罢了。它们不可能变成龙。真正的龙能腾空飞翔，喷吐烈焰，是活生生的血肉，而非死板板的顽石。

卓戈卡奥归来时，火盆已然冷却。科霍罗领着一匹驮马走在他后面，马背上挂着一头巨大的白狮。头顶的苍穹，星星就要出来了。卡奥笑着翻身下马，向她展示赫拉卡的爪子刮破绑腿所留下的伤痕。"我将用它的皮为你做一件斗篷，我生命中的月亮。"他对天发誓。

丹妮把在市集发生的事告诉他之后，所有的笑容都停住了，卓

戈卡奥变得非常安静。

"这个下毒的人是第一个，"乔拉·莫尔蒙爵士警告他，"但绝不会是最后一个。为了贵族封号，很多人会铤而走险。"

卓戈沉默了一阵子，最后他说："这个卖毒药的人，想从我生命中的月亮身边逃走，那就让他跟在她后面跑，让他跑。乔戈，安达尔人乔拉，我对你们两人说，从我的马群里挑选任何一匹——除了我自己的红马和我送给我生命中的月亮作为新娘礼的银马——它就是你们的了。我送给你们这件礼物，是为了感谢你们的功绩。"

"至于卓戈之子雷戈，骑着世界的骏马，我也要送他一件礼物。我要送他那张他母亲的父亲曾经坐过的铁椅子，我要送他七大王国。我，卓戈，卡奥，要做这件事。"他的音量渐高，举起拳头对天呼喊，"我要带着我的卡拉萨向西走到世界尽头，骑着木马横渡黑色咸水，做出古往今来其他卡奥都从来没有做过的事。我要杀死穿铁衣服的人，拆了他们的石头房子，我要强奸他们的女人，抓他们的小孩来做奴隶，把他们无用的神像带回维斯·多斯拉克，向圣母山行礼。我，拔尔勃之子卓戈在此发誓，在圣母山前发誓，以天上群星为证。"

两天后，他的卡拉萨离开维斯·多斯拉克，往西南穿越草原。卓戈卡奥骑着红色骏马领路在前，丹妮莉丝骑着小银马紧跟在他身边。至于那个酒贩，则裸着身子，赤脚跑在后面。他的脖颈和手腕绑着锁链，锁链很长，一直系到丹妮银马的辔头上。她一边骑，他一边跟着她跑，赤裸双脚，步履踉跄。他不会受到任何伤害……只要他跟上。

凯特琳

虽然距离尚远,无法看清旗帜上的图案,但透过迷蒙雾气,她依旧瞧得出那是白色旌旗,中间暗色一点只可能是史塔克家族的灰色冰原奔狼。一会儿,待亲眼目睹之后,凯特琳勒住马缰,低头感谢天上诸神,她总算没有来得太迟。

"夫人,他们正等着我们过去呢,"威里斯·曼德勒爵士道,"如我父亲所保证的。"

"那我们就别让他们再等下去吧,爵士先生。"布林登·徒利爵士轻踢马刺,快步朝前奔去,凯特琳策马与之并肩而行。

威里斯爵士和他的弟弟文德尔爵士跟在后面,率领着为数将近一千五百名士兵:其中包括二十来位骑士和相同数目的侍从,两百名或持枪或佩剑的骑马战士与自由骑手,其余则是配备长矛、长枪和三叉戟的步兵。威曼伯爵留在后方负责白港的防御,他已年过六旬,体态臃肿得无法再骑马作战。"我若知道这辈子还会遇上打仗,就应该少吃几条鳗鱼。"前来接船时,他这么对凯特琳说,一边用双手拍拍大肚子,那指头肥得跟香肠没两样。"不过呢,您用不着担心,我家这两个小鬼会护送您平安到达您儿子那边的。"

他的两个"小鬼"年纪都比凯特琳大,她还真希望他父子三人不要长得那么相像。威里斯爵士若是再重一点,大概也骑不成马了;她真心怜悯他的坐骑。年纪较轻的文德尔爵士也算得上是她所知最胖的人——假如她没遇见他父亲和哥哥的话。威里斯为人沉默多礼,文德尔则粗声粗气,两人都有大把海象式的长胡子,头秃得像新生婴儿的屁股,而且几乎每件衣服都沾染了食物的痕迹。不过,她挺喜欢他们,他们依约护送她到了罗柏身边,如他们父亲所

保证的,这样就足够了。

看到儿子连东边也派出了斥候,她感到很高兴。兰尼斯特军出现时会在南方,但罗柏谨慎行事毕竟是好的。*我儿正领军出征*,她心里想,依然不太敢相信。她非常为他,也为临冬城担心害怕,但她不能否认心里也同样感到骄傲。一年之前,他还只是个孩子,如今他变成什么样了?她不禁纳闷。

骑马斥候看见了曼德勒家族的旗帜——手握三叉戟的白色人鱼,自蓝绿海洋中缓缓升起——便热情地招呼他们。他们被领到一处干燥、可供扎营的高地,威里斯爵士命令军队停在那里,生起营火,照料马匹。他的弟弟文德尔则陪伴凯特琳和她叔叔,代表他父亲去向少主致意。

马蹄下的土地湿软不堪,随着踩踏缓缓下陷。他们行经煤烟袅袅的营火,一排排的战马,满载硬面包和咸牛肉的货车。在一处地势较高的裸岩上,他们经过了一座用厚重帆布搭建而成的领主帐篷。凯特琳认出霍伍德家族的旗帜,褐色驼鹿衬着暗橙色底。

稍远处,透过雾气,她瞥见了卡林湾的高墙塔楼……或者应该说,高墙塔楼的遗迹。一块块大如农舍的黑色玄武岩四处倾颓,活像小孩的积木,半沉进湿软的沼地泥泞中。而由它们所筑成的、曾与临冬城等高的城墙,业已完全消失;木造的堡楼更在千年前便已腐烂蛀蚀,如今连半根木头都不剩,再也看不出辉煌一时的痕迹。先民所建筑的雄伟要塞只剩三座高塔……而说书人却说古时曾有二十座。

"城门塔"看来还算完整,左右两边甚至还有几尺城墙。"醉鬼塔"陷在泽地边缘,位于过去南墙和西墙交会的地方,如今倾斜得厉害,有如一位准备吐出满肚子酒水的醉汉。相传,森林之子便是在高瘦尖细的"森林之子塔"顶召唤他们的无名诸神,送出巨浪的惩罚,如今塔尖少了一半,看上去像是有只大怪兽咬了一口塔楼

29

雉鲽，随后又把它吐进沼泽。三座塔楼均爬满青苔，有棵树从城门塔北面石墙缝隙间长出，盘根错节，表面覆盖着幽灵般苍白的坏死树皮。

"诸神慈悲，"看到眼前的景象，布林登爵士不禁吃了一惊，"这就是卡林湾？这是个——"

"——死亡陷阱。"凯特琳接口道，"叔叔，我知道这里看起来很不起眼，我初次见到时也这么想，但奈德向我保证，这片'废墟'远比看起来要易守难攻。残存的三塔从三个方面控制堤道，任何北上的敌人都必须从他们中间通过，因为沼泽充满流沙和陷坑，毒蛇肆虐其间，无法穿越。而若要攻打其中一塔，军队必须涉过深至腰部的黑色泥泞，跨越蜥狮出没的护城河，再登上长满青苔、滑溜异常的城墙，同时从头到尾都暴露在另外两塔弓箭手的箭雨之下。"她故作严峻地朝叔叔一笑，"入夜之后，据说这里闹鬼，有很多充满恨意的北方幽魂等着吸南方人的鲜血。"

布林登爵士笑道："记得提醒我别在此逗留太久。我上次照镜子时，看到自己还是个南方人哪。"

三座塔顶均竖起了旗帜。醉鬼塔上的是卡史塔克家族的日芒旗，飘扬于冰原狼旗帜下；森林之子塔上则是大琼恩的碎链巨人；但城门塔顶仅有史塔克家族的旗帜，罗柏当是选该处作为指挥部。于是凯特琳朝那里走去，布林登爵士和文德尔爵士跟在后面，他们的坐骑缓缓走过铺于黑绿泥泞上的木板桥。

她在一个通风的大厅找到儿子。他的身边围绕着父亲的封臣，黑火炉里烧着燃煤，他坐在一张巨大的石桌前，面前堆满地图和各式纸张，正聚精会神地与卢斯·波顿和大琼恩讨论战略。他起初没注意到她……是他的狼先发现了。那头大灰狼原本趴在火炉边，凯特琳刚进门，它便抬起头，金色的眸子与她四目相交。诸侯们纷纷安静下来，罗柏察觉到突来的静默，也抬起头。"母亲？"他的声

音充满感情。

　　凯特琳好想飞奔过去，亲吻他甜美的双眉，将他紧紧搂住，再不让他受任何伤害……然而在众多诸侯面前，她不敢这么做。眼下他扮演的是男人的角色，她说什么也不能剥夺他的权力。于是她让自己站定在人们权作长桌的玄武岩石板末端。冰原狼起身，轻步穿过大厅，走到她身边。她没见过这么大的狼。"你留了胡子。"她对罗柏说，灰风则嗅嗅她的手。

　　他摸摸长满胡楂的下巴，好像突然觉得不太习惯。"是啊。"他的胡须比头发更红。

　　"我挺喜欢你这样子，"凯特琳温柔地摸摸狼头，"你看起来很像我弟弟艾德慕。"灰风玩闹似的咬咬她的手指，然后快步跑回火边。

　　赫曼·陶哈爵士率先追随冰原狼穿过房间向她致意，他在她面前单膝跪下，将额头按上她的手。"凯特琳夫人，"他说，"您依旧如此美丽，在当今的动乱时刻，见到您真是令人宽心。"葛洛佛家的盖伯特和罗贝特、大琼恩以及其他封臣也陆续上前致意。席恩·葛雷乔伊是最后一个。"夫人，没想到会在这里见到您。"说着他单膝跪下。

　　"我也没想到会来这里，"凯特琳道，"我在白港登岸后，威曼大人告诉我罗柏业已召集封臣，我才临时改变了主意。你们应该都认识他的儿子，文德尔爵士。"文德尔·曼德勒走上前来，极尽腰带所能容许的程度，向众人弯腰行礼。"这是我叔叔布林登爵士，他离开了我妹妹，前来协助我方。"

　　"黑鱼大人，"罗柏说，"感谢您加入我们，我们正需要像您这般勇武的人。文德尔爵士，我也很高兴得到您的协助。母亲，罗德利克爵士可有同你一道归来？我很想念他。"

　　"罗德利克爵士自白港往北去了，我已任命他为代理城主，令他守护临冬城,直到我们返回。鲁温学士虽然学识渊博,毕竟不擅战争之事。"

"史塔克夫人,您毋需担心,"大琼恩声如洪钟地告诉她,"临冬城不会有事。而咱们过不了多久就会拿剑捅进兰尼斯特的屁眼,唉,说话粗鲁还请见谅,然后呢,咱们就一路杀进红堡,把奈德给救出来。"

"夫人,如您不见怪,我有个问题想请教。"恐怖堡领主卢斯·波顿的声音极其细小,然而当他开口讲话时,再高大的人都会安静倾听。他的眼瞳颜色淡得出奇,几乎无从描绘,而他的眼神更是令人烦乱。"听说您逮捕了泰温大人的侏儒儿子,不知您是否把他也带来了?我对天发誓,我们会好好利用这个人质。"

"我的确逮捕了提利昂·兰尼斯特,只可惜他现下已不在我手上了。"凯特琳不得不承认。此话一出,四周立即响起阵阵错愕之声。"诸位大人,我也不希望此事发生,然而天上诸神有意放他自由,更加上我那妹妹愚行所致。"她自知不应如此明显地流露对妹妹的轻蔑,但鹰巢城一别实在很不愉快。她原本提议带小劳勃公爵同行,让他在临冬城住上一段时日,她更大胆表示,与其他几个男孩做伴,应该对他很有好处。然而莱沙的怒意简直让人看了都害怕。"我管你是不是我姐姐,"她回答,"你敢偷我儿子,就给我从月门出去!"在那之后,什么都不用说了。

北境诸侯急于进一步探询相关消息,但凯特琳举起一只手。"我们稍后一定有时间谈,眼下我长途跋涉,颇感疲惫,只想单独和我儿子讲几句。相信诸位大人必会谅解。"她让他们别无选择,于是在向来遵从命令的霍伍德伯爵率领下,封臣们纷纷鞠躬离开。"席恩,你也是。"看到葛雷乔伊留了下来,她又补上这句。对方微笑着走开。

桌上有麦酒和乳酪,凯特琳倒了一角杯酒,坐下来,小啜一口之后，细细端详儿子。他似乎比她离开时长得高了些，那点胡子也确让他看起来年纪大了不少。"艾德慕是从十六岁开始留胡子的。"

"我很快就满十六岁了。"罗柏说。

"但你现在是十五岁，**才十五岁**，就带领大军投入战场。罗柏，你能理解我的担忧吗？"

他的眼神倔强起来。"除了我没别人了。"

"没别人？"她说，"你倒是说说，我几分钟前见到的那些人是谁？卢斯·波顿、瑞卡德·卡史塔克、盖伯特·葛洛佛与罗贝特·葛洛佛，还有大琼恩、赫曼·陶哈……你大可把指挥权交给他们中的任何一人。诸神有眼，你就算派席恩都成，虽说我不会选他。"

"他们不是史塔克。"他说。

"他们是成年人，罗柏，他们经验丰富。而不到一年前，你还拿着木剑在练习呢。"

听到这句话，她看到他眼里闪现怒意，但那火光稍现即逝，转眼间他又变回了大男孩。"我知道，"他困窘地说，"那你……你要把我送回临冬城去吗？"

凯特琳叹口气，"我应该要送你回去的，你原本就不该动身。可现在我不敢这么做，你已经走到了这一步，有朝一日，你会成为这些诸侯的封君，倘若我现在就这么把你给送回去，像把小孩子赶上床，不给他吃晚饭一样，他们便会牢牢记住，并在背后取笑。将来你会需要他们的尊敬，甚至他们的畏惧，而嘲笑是惧怕的毒药，我不会对你这么做，虽然我一心只想保你平安。"

"母亲，谢谢你。"他说。脸上那层礼貌下的如释重负之情清晰可见。

她把手伸到桌子对面摸摸他的头发。"罗柏，你是我第一个孩子，我只要看着你，就能想起你红着脸呱呱坠地的那一天。"

他站起来，显然对于她的碰触感到有些不自在。他走到火炉边，灰风伸头摩擦着他的脚。"你知道……父亲的事吗？"

"知道。"劳勃猝死和奈德入狱的消息比任何事都更教凯特琳害怕，但她不能让儿子发现自己的恐惧。"我在白港上岸时，曼德勒大人跟我说了。你有你妹妹们的消息吗？"

"我收到一封信，"罗柏边说边搔冰原狼的下巴。"还有一封是给你的，但和我那封一起寄到了临冬城。"他走到桌边，在地图和纸张间翻找了一会儿，拿出一张褶皱的羊皮纸走回来。"这是她写给我的，我没想到把你的那封也带来。"

罗柏的语气令她有些不安。她摊平纸张读了起来，然而关切随即转为怀疑，接着变成愤怒，最后成了忧惧。"这是瑟曦写的信，不是你妹妹写的。"看完之后她说，"这封信真正的意思，正是珊莎没写出来的部分。什么兰尼斯特家对她多么照顾优待……其实是威胁的口气。他们扣住了珊莎，当成人质和筹码。"

"上面也没提到艾莉亚。"罗柏难过地指出。

"的确没有。"凯特琳不愿去想这代表着什么意思，尤其在此时此地。

"我本来希望……如果小恶魔还在你手上，我们就可以交换人质……"他拿过珊莎的信，把它揉得稀烂，她看得出这不是他第一次揉了。"鹰巢城那边有消息吗？我已经写信给莱沙阿姨，请她援助。她是否召集了艾林大人的封臣？峡谷骑士会加入我们吗？"

"只有一个会来，"她说，"最优秀的一个，那就是我叔叔……然而黑鱼布林登毕竟是徒利家的人。我妹妹不打算派兵到血门之外。"

罗柏深受打击。"母亲，*那我们该怎么办？*我召集了这支一万八千人的大军，可我不……我不确定……"他看着她，眼里闪着泪光，方才那个年轻气盛的领主转瞬间消失得无影无踪，他又变回了十五岁的大男孩,希望母亲能提供解答。

这样是不行的。

"罗柏,你在怕什么?"她温柔地问。

"我……"他转过头,借以掩饰流下的泪水。"如果我们进兵……就算我们赢了……珊莎还在兰尼斯特手上,父亲也是,他们会被杀的,对不对?"

"他们正希望我们这么想。"

"你的意思是他们说谎?"

"我不知道,罗柏,我只知道你别无选择。假如你到君临宣誓效忠,便永远也不可能脱身。若是你夹着尾巴逃回临冬城,那封臣们对你原有的尊敬更将荡然无存,有些人甚至会倒戈投靠兰尼斯特。届时王后便无后顾之忧,可以随意处置手上人犯。我们最大的希望,或者说唯一的希望,便是你能在战场上击败对手。假如你能活捉泰温大人或弑君者,那么交换人质便会非常可行。其实交换人质亦非重点所在,最重要的是,只要你的实力令他们不敢小觑,奈德和你妹妹就会平安无事。瑟曦不笨,知道若是战事对她不利,她可能会需要他们来换取和平。"

"若是战争并非对她不利,"罗柏问,"而是对我们不利呢?"

凯特琳握住他的手。"罗柏,我不打算隐瞒事实,假如你战败,那我们就一点希望都没有了。据说凯岩城的人都是铁石心肠,你要牢牢记住雷加的孩子是什么下场。"

她在他年轻的眼睛里见到了恐惧,却也看到了力量。"那么,我一定不能输。"

"把你所知的河间战事告诉我。"她说。她要知道他是否已准备就绪。

"不到两周前,在金牙城下的丘陵地有一场激战。"罗柏道,

"艾德慕舅舅命凡斯大人和派柏大人防守隘口,但弑君者率兵下山猛攻,把他们打得落花流水,凡斯大人以身殉职。根据我们最新得到的消息,派柏大人正向奔流城撤军,以便和舅舅以及他的其他封臣会合,詹姆·兰尼斯特穷追不舍。但这还不是最糟的情报,他们在山口交战的同时,泰温大人正带着另一支军队从南方迂回进逼,据说规模比詹姆的部队大得多。

"父亲一定也知道这件事,所以他派人打着国王的旗帜前去阻止。领头的好像是个南方少爷,叫艾里还是德里大人来着,雷蒙·戴瑞爵士也跟着去了,信上说还有其他的骑士,以及一队父亲自己的卫士。然而这却是个陷阱,德里爵士刚渡过红叉河,立刻遭到兰尼斯特军猛烈攻击,国王的旗帜毫无效力,被人随意践踏。后来他们想撤过戏子滩,格雷果·克里冈又从后方突袭。我们不确定德里大人和其他少数人是否逃脱,但雷蒙爵士和我们临冬城的多数卫士都战死了。传说泰温大人的军队已接近国王大道,正往北朝赫伦堡而来,沿途烧杀抢劫。"

消息一个比一个悲惨,凯特琳心想。情况比她想象中还糟。"你打算在这里等他么?"

"除非他真打算北上来此,但我们都认为他不会。"罗柏道,"我已经派人送信给父亲在灰水望的老朋友霍兰·黎德,假如兰尼斯特军企图穿越沼泽,泽地人会让他们举步维艰、损失惨重。盖柏特·葛洛佛认为以泰温大人的精明,他不会这么做,卢斯·波顿也表示同意。他们相信他会在三河流域一带活动,将河间诸侯的城堡一个一个逐步攻陷,直到最后奔流城孤立无援。所以我们必须南下去会他。"

光这念头便令凯特琳毛骨悚然。单凭他一个十五岁的男孩,怎么可能与詹姆或泰温·兰尼斯特那样经验丰富的沙场老手抗衡?"这样好吗?此地易守难攻,传说古代的北境之王只需守住卡林

湾,便可击退十倍于己的敌军。"

"没错,话是这样说,但我们的粮食补给日渐短缺,待在这里自给自足已不容易。我们原本是在等曼德勒大人,眼下他的儿子既然到了,我们便得动身。"

她突然明白,她听到的是诸侯们透过她儿子的声音在说话。这些年来,她在临冬城多次宴请北方诸侯,也曾与奈德到他们家中做客,她很明白他们是什么样的人,每一家她都摸透了底细,却纳闷罗柏知不知道。

然而他们顾虑的也有理。她儿子所集结的这支军队既非自由贸易城邦的常备军,亦非领薪水吃饭的守卫队,他们多数是平民百姓:佃农、庄稼汉、渔夫、牧羊人、旅店老板的儿子、生意人和皮革匠,外加少数渴望参与掠夺的雇佣骑士、自由骑手和流浪武士。当他们的领主发出召集令,他们便前来效命……然而并非永远。

"进军当然很好,"她对儿子说,"但要前往何处,有何目的?你有什么打算?"

罗柏迟疑片刻,"大琼恩认为我们应该出其不意突袭泰温大人,"他说,"然而葛洛佛家和卡史塔克家的人都觉得避其锋芒,赶紧与艾德慕舅舅合力对付弑君者才是明智之举。"他伸手拨拨蓬乱的枣红头发,看来有些闷闷不乐。"可等我们抵达奔流城……我不确定……"

"你非确定不可,"凯特琳对儿子说,"不然就回家继续拿木剑练习吧。在卢斯·波顿或瑞卡德·卡史塔克这种人面前,你绝不能犹豫不决。罗柏,你别搞错了,他们是你的封臣,不是你的朋友。你既自任为总指挥,就得发号施令。"

儿子看着她,显得有些吃惊,仿佛不能完全相信刚才听到的话。"母亲,您说得对。"

"我再问你一次:你有什么打算?"

罗柏抽出一张绘满褪色线条的老旧皮质地图,摊平在桌,其中一角因为长期卷动而翘了起来,他用匕首固定住。"两个计划各有优点,可是……你看,假如我们试图绕开泰温大人主力,就得冒被他和弑君者两面夹击的风险,如果我们与他正面交战……根据各种情报显示,他不但总兵力比我多,骑兵的数量更是远远超过我们。虽然大琼恩说只要趁对方脱下裤子的时候攻其不备,人再多都不怕,可在我看来,像泰温·兰尼斯特这样身经百战的人,恐怕不容易被逮到破绽啊。"

"很好。"她说。看他坐在那里,为地图伤脑筋,从他的话中,她可以听见奈德的声音。"继续说。"

"我打算分配少量兵力留下来防守卡林湾,他们以弓箭手为核心,然后全军沿堤道南下。"他说,"渡过颈泽之后,我将兵分两路,步兵继续走国王大道,骑兵则从李河城渡过绿叉河。"他指给她看。"泰温大人一旦得知我军南下的消息,当会率军北进与我们主力交战,届时我们的骑兵便可无后顾之忧地从河流西岸赶往奔流城。"说完罗柏坐下来,不太敢露出微笑,但看得出他对自己的表现颇感满意,渴望听到她的称许。

凯特琳皱紧眉,低头看着地图。"你让一条河挡在自己的军队之间。"

"却也挡在詹姆和泰温大人之间!"他急切地说,脸上终于绽开微笑。"绿叉河在红宝石滩以北没有渡口,劳勃就在那里赢得了王冠。唯一的渡口在李河城,距离很远,桥还掌控在佛雷大人手中。他是外公的封臣,对不对?"

迟到的佛雷侯爵,凯特琳心想。"他的确是,"她承认,"但你外公从来不信任他,你也不应该轻信他。"

"我不会的。"罗柏向她保证。"你觉得这计划如何?"

虽然担心,她依旧不得不同意这是个出色的计划。他长得虽

像徒利,她心想,心底却是他父亲的儿子,奈德把他教导得很好。

"你要指挥哪一队?"

"骑兵队。"他立刻答道。这也像他父亲:危险的任务,奈德永远自己扛。

"另一队呢?"

"大琼恩老说我们应该迎头痛宰泰温大人,我想给他这个荣誉,让他实现愿望。"

这是他犯的第一个错误,但要如何让他明白,而不伤害到他仅见雏形的自尊呢?"你父亲曾经对我说,大琼恩是他平生所见最勇猛无畏的人。"

罗柏嘻嘻笑道:"灰风咬掉他两根手指头,他却哈哈大笑。这么说来你同意啰?"

"你父亲并非无所畏惧,"凯特琳指出,"而是勇敢,这是完全不一样的。"

儿子仔细考虑了半晌。"东路军将是唯一能阻挡泰温大人前往临冬城的屏障。"他若有所思地说,"嗯,就只有他们,以及我留在卡林湾的少量弓箭手。所以我不应该让无畏的人来率军,对不对?"

"没错。我认为你要的应该是冷静的头脑,而非匹夫之勇。"

"那就是卢斯·波顿了。"罗柏马上说,"我很怕那个人。"

"就让我们祈祷泰温·兰尼斯特也怕他吧。"

罗柏点点头,卷起地图。"就这样办,我会派一队人马护送您回临冬城。"

这些日子以来,凯特琳极力使自己坚强。为了奈德,也为了他俩这个勇敢而倔强的儿子。她抛开了绝望和恐惧,仿佛那是她所不愿穿的衣服……然而现在她发现自己终究还是穿着。

"我不回临冬城,"她听见自己这么说,同时惊讶地发现,骤

A SONG OF ICE AND FIRE

然涌出的泪水,已然模糊了她的视线。"你外公正奄奄一息地躺在奔流城里,你舅舅被敌人团团包围,我非到他们那里去不可。"

提利昂

黑耳部的齐克之女齐拉当先去侦察，带回岔路口有支军队的消息。"从他们的营火计算，应该有两万人，"她说，"红旗子，上面一只金狮子。"

"是你父亲？"波隆问。

"要不就是我老哥詹姆。"提利昂说，"我们很快就会知道了。"他检视着自己这支衣着破烂的土匪队伍：三百名来自石鸦部、月人部、黑耳部和灼人部的原住民。这只是他着手组建的军队的种子。冈恩之子冈梭尔此刻正在召集其他部落。他不知父亲看了这些身穿兽皮、手持偷来的破铜烂铁的人会怎么说，事实上，他自己看了都不知该说什么才好。他究竟是他们的首领还是俘虏？恐怕是两者皆有罢。"我最好自个儿下去。"他提议。

"对泰温之子提利昂来说最好。"月人部的首领乌尔夫说。

夏嘎睁大眼睛瞪着他，露出骇人的神情。"多夫之子夏嘎不喜欢。夏嘎要和小男人一起去，如果小男人说谎，夏嘎就会剁掉他的命根子——"

"——拿去喂山羊，我知道。"提利昂有气无力地说，"夏嘎，我以兰尼斯特家之名起誓，我会回来的。"

"我们为什么要相信你的话？"齐拉是个矮小强悍的女人，胸部平坦得和男孩子一样，却一点也不笨。"平地人的酋长以前欺骗过山上部落。"

"齐拉，你这样说真是太伤我的心了，"提利昂道，"我还以为我们已经成了好朋友呢。不过算啦，你就跟我一道去吧，夏嘎、康恩代表石鸦部，乌尔夫代表月人部，提魅之子提魅代表灼人部，你们几个也一起来。"被他点名的原住民满怀戒心地彼此看看。"其余的留在这里等我通知。我不在的时候，拜托千万不要自相残杀。"

他两腿一夹马肚，向前快跑，逼他们要么立刻跟上，要么被抛在后面。其实他们有没有跟上对他来说都没差，怕只怕他们坐下来"讨论"个三天三夜。这是原住民最麻烦的地方，他们有种古怪的观念，认为开会的时候每个人都有权表达意见，甚至连女人也有开口的权利，所以不论事情大小，他们一律争吵不休。难怪几百年来，除了偶尔实施小规模的突袭，他们无法真正威胁到艾林谷。提利昂有意改变这个局面。

波隆和他并肩而行，身后——咕哝了几声以后——五个原住民骑着营养不良的矮种马跟了上来。每匹马都骨瘦如柴，看起来小得可怜，走在颠簸山路上活像是山羊。

两个石鸦部的人走在一块，齐拉跟乌尔夫靠得很近，因为月人部和黑耳部之间的关系向来密切。提魅之子提魅则独自前行。明月山脉里的每一个部落都害怕灼人部，因为他们用火自虐来证明勇气，甚至在宴会上烧烤婴儿吃（这是其他几部说的）。而提魅更令所有灼人部民害怕，因为他成年的时候用一把烧得白热的尖刀剜出了自己的左眼。提利昂大致听出，灼人部中男孩的成年礼多半是烧掉自己的一边乳头、一根手指或是（只有非常勇敢或非常疯狂的人才做得出）一只耳朵。提魅的灼人部同胞由于对他的挖眼行径大为折服，立刻便让他成为"红手"，约略等于战争领袖的意思。

"我真想知道他们的国王烧掉的是什么。"提利昂听这故事的时候，对波隆这么说。佣兵嘿嘿一笑，伸手指指胯下……不过就连波隆，在提魅身边讲话也特别小心。既然这人疯到连自己眼睛都敢挖出来，想必不会对敌人温柔。

队伍骑马走下山麓小丘，远处，未砌水泥的石制瞭望塔上，守卫正向下扫视。一只乌鸦振翅高飞。山路夹在裸岩中间转弯，他们来到了第一个有重兵防守的关卡。道路为一堵四尺陶土矮墙所阻挡，高处站有十来个十字弓兵。提利昂要同伴们停在射程之外，策马独自走近。"这儿由谁负责？"

守卫队长很快出现，一认出他是公爵的儿子，立刻派人马护送他们下山。他们快马跑过焦黑的田野和焚尽的村舍，进入河间地区，眼前就是三叉戟河的支流绿叉河。提利昂虽没看见尸体，但空气中弥漫着专食腐尸的乌鸦的味道；显然这里最近曾发生过战斗。

离十字路口半里格的地方，架起了一道削尖木桩排列成的防御工事，由长矛兵和弓箭手负责防守。防线之后，营地绵延直至远方，炊烟如纤细的手指，自几百座营火中升起，全副武装的人坐在树下磨砺武器，熟悉的旗帜飘扬在风中，旗杆深深插进泥泞的地面。

他们走近木栅时，一群骑兵上前盘问。领头的骑士身穿镶紫水晶的银铠甲，肩披紫银条纹披风，盾牌上绘有独角兽纹饰，马形头盔前端有一根螺旋独角。提利昂勒马问候："佛列蒙爵士。"

佛列蒙·布拉克斯爵士揭起面罩。"提利昂，"他惊讶地说，"大人，我们都以为您遭遇不测了，不然也……"他有些犹豫地看着那群原住民。"您的这些……同伴……"

"他们是我亲密的朋友和忠诚的部属，"提利昂道，"我父亲在哪儿？"

"他暂时将十字路口的旅店当成指挥总部。"

提利昂不禁苦笑，路口那家旅店！或许天上诸神当真有其公理在。"我这就去见他。"

"遵命，大人。"佛列蒙爵士调转马头，一声令下，便有人将三排木桩从地上拔起，空出一条路来，让提利昂带着他的人马穿过。

泰温公爵的军营广达数里,齐拉估计的两万人与事实相去不远。普通士兵露天扎营,骑士则搭建帐篷,而有些领主的营帐大得像房屋一样。提利昂瞥见普莱斯特家族的红牛纹饰、克雷赫伯爵的斑纹野猪、马尔布兰家族的燃烧之树,以及莱顿家族的獾。他快步跑过,骑士们纷纷向他打招呼,而民兵见了那群原住民,吃惊得张大了嘴。

夏嘎的嘴张得也不小;显然他这辈子都没见过这么多人、马和武器。其他几名高山盗匪的惊讶之情掩饰得稍好一点,但提利昂认为他们的惊讶程度绝不在夏嘎之下。情况对他越来越有利了,他们越是折服于兰尼斯特家的势力,就越容易听他摆布。

旅店和马厩与记忆中相去不远,只是村里其他屋舍如今只剩乱石残垣和焦黑地基。旅店院子里搭起了一座绞刑台,挂在上面的尸体前后摇摆,全身停满了乌鸦。提利昂接近时,乌鸦纷纷"嘎嘎"怪叫,振翅腾空。他跳下马,抬头看着尸体的残余部分。她的嘴唇、眼睛和大半脸颊都给啃了个干净,猩红的牙齿暴露在外,露出一抹狰狞的笑容。"我不过跟你要一个房间、一顿晚饭和一瓶酒罢了。"他语带指责地叹了口气。

几个小男孩迟疑地从马厩里出来照料他们的马匹,可夏嘎不愿交出自己的坐骑。"这小鬼不会偷你的母马啦,"提利昂向他保证。"他只是想喂它吃点燕麦,喝些水,刷刷它的背罢了。"老实说,夏嘎自己的毛皮外衣也很需要刷一刷,不过直接说出口未免太没技巧了。"我跟你保证,马儿绝不会受伤。"

夏嘎瞪大眼睛,松开紧握缰绳的手。"这是多夫之子夏嘎的马。"他朝马厩小厮咆哮。

"如果他不把马还你,就剁掉他的命根子,拿去喂山羊。"提利昂保证,"不过你得先找到山羊。"

旅店招牌下站了两个红袍狮盔的卫士,一左一右看守着门。提

利昂认出了侍卫队长。"我父亲人呢?"

"在大厅里,大人。"

"我的人需要吃喝,"提利昂告诉他,"交给你打点。"他走进旅店,立刻看到了父亲。

身兼凯岩城公爵与西境守护二职的泰温·兰尼斯特现年五十多岁,却健壮得像个二十岁的小伙子。即便坐着,他依旧显得身躯高大,两腿颀长,肩膀宽厚,小腹平坦,手臂虽细却肌肉结实。自从原本蓬厚的金发开始渐渐稀少后,他便命令理发师把他剃成光头;泰温公爵是个做事果敢决断的人,因此他也把唇边和下巴的胡子通通刮干净,只留两颊髯须,两大丛结实的金胡子从双耳一直覆到下颚。他的眼睛淡绿中带着金黄。曾经有个愚蠢的弄臣开玩笑说泰温大人连拉的屎里都有黄金——此人据说还活着,不过住在凯岩城最深处的地牢里。

提利昂走进旅店大厅时,泰温公爵正和他仅存的手足——凯冯·兰尼斯特爵士喝着一瓶麦酒。叔叔有些发胖,头也快秃了,下巴全是肉,黄胡子修剪得很短。凯冯爵士首先看到他。"提利昂?"他惊讶地说。

"叔叔,"提利昂一鞠躬,"父亲大人。见到你们真好。"

泰温公爵并未起身,他只意味深长地打量了侏儒儿子一番。"看来关于你已死的传言不攻自破了。"

"真抱歉让您失望,父亲大人。"提利昂说,"千万不要跳起来拥抱我,我可不希望您扭到腰。"他穿过房间,走到桌边,一边走一边觉得自己畸形的腿摇摇摆摆、格外醒目。只要父亲的视线一停留在他身上,他就很不自在地想起自己所有的畸形和缺陷。"非常感谢您为我出兵打仗。"说着,他爬上一张椅子,自顾自地拿起父亲的酒瓶倒酒。

"得了吧,乱局都是你挑起的。"泰温公爵回答,"换成你哥哥詹姆，他绝不会屈服于一介妇人之手。"

"这是詹姆和我的不同之一啦。他还比我高呢，如果您注意到的话。"

父亲没理会他的俏皮话。"事关家族荣誉，除了出兵，我别无选择。让兰尼斯特家人流血的人，必受惩罚，休想全身而退！"

"听我怒吼。"提利昂嘻嘻笑道，这是兰尼斯特家族的箴言。"说真的，其实我半滴血都没流，虽然有几次很接近。莫里斯和杰克却死了。"

"所以你需要新手下？"

"父亲大人，这就不用劳烦您了，我自己找了几个。"他试着咽下麦酒，酒是褐色，充满发酵的味道，非常浓，浓到几乎能咀嚼，不过的确香醇之极，真可惜父亲把老板娘给吊死了。"您的战事进展如何？"

作答的是叔叔，"到目前为止，还算顺利。艾德慕爵士将人马分散为小队，派到领土边界阻止我方突袭，你父亲大人和我在他们会合之前，就将其大部各个击破。"

"你哥哥打的胜仗则是一场接一场。"父亲说，"他先在金牙城外击溃凡斯伯爵和派柏伯爵的军队，随后在奔流城下与徒利家的主力部队进行决战。那一仗，三河诸侯被打得落花流水，艾德慕·徒利爵士手下许多封臣骑士一同被俘。布莱伍德伯爵集结少数残兵逃回奔流城，闭门死守，詹姆正加紧围城。其他三河诸侯大都作鸟兽散，各自逃回家去了。"

"而你父亲和我正一个一个消灭他们。"凯冯爵士说，"缺了布莱伍德伯爵坐镇，鸦树城立即陷落，河安伯爵夫人由于缺乏人手，也献出了赫伦堡。格雷果爵士则把派柏家和布雷肯家的领地烧得一干二净……"

"所以没人挡得住你们啰？"提利昂说。

"也不尽然，"凯冯爵士道，"梅利斯特家依旧保有海疆城，李河城的瓦德·佛雷也正在召集兵马。"

"不碍事，"泰温公爵说，"除非嗅到胜利的气息，否则佛雷家不会出兵，而眼下空中都是溃败的味道。至于杰森·梅利斯特，他缺乏单独作战的兵力，一旦詹姆攻下奔流城，他们两家自会跟着臣服。史塔克家和艾林家若不出兵，这场仗已经赢了。"

"换作是我，不会太担心艾林家。"提利昂道，"但史塔克家就不一样了，艾德大人——"

"——是我们的人质。"父亲说，"人在红堡底下的地牢里发烂发臭，无法带兵打仗。"

"的确是没办法，"凯冯爵士同意，"但他儿子已经召集诸侯，目前正带着一支大军坐镇卡林湾。"

"任何一把剑，唯有试过之后方才知其效果。"泰温公爵表示，"史塔克家那小鬼还是个孩子，想必很喜欢号角吹奏、旗帜飘扬的景象，可战争毕竟是屠杀之事，只怕他承受不了。"

看来他缺席期间，局势产生了有趣的发展，提利昂心想。"当外面净在干些'屠杀之事'的时候，咱们骁勇善战的国王陛下又在做什么呢？"他问，"我倒很想知道，我那能言善道的漂亮姐姐，究竟是怎么说服劳勃，同意囚禁他亲爱的伙伴奈德？"

"劳勃·拜拉席恩已经死了。"父亲告诉他。"如今在君临执政的是你外甥。"

这倒真令提利昂大吃一惊。"你的意思是我姐姐执政？"他又灌了一口酒。眼下瑟曦的老公死了，换她掌政，王国局势必将大为动荡。

"如果你有意帮忙，我倒有个任务可以交给你。"父亲说，"马柯·派柏和卡列尔·凡斯在我们后方兴风作浪，袭击我红叉河对岸的领土。"

提利昂喷了一声。"不过就是几只寄生虫捣蛋,若是平常,我会很乐意去给这些没礼貌的家伙一点颜色瞧瞧,可是父亲大人,我可以派上大用场。"

"是吗?"父亲看来不为所动。"另外还有两个奈德·史塔克的余孽,专门骚扰我们的征粮部队。一个是想逞英雄的贵族少爷贝里·唐德利恩,另一个是他带在身边的痴肥僧侣,最爱让剑喷火的那位。你能发挥你逃跑的本事,去对付他们么?当然,不能给我捅出更大的娄子。"

提利昂用手背抹抹嘴,微笑道:"父亲,知道您这么信任我真教人感动,嗯,您要给我……二十个人?五十个?您确定拨得出这许多人手?唉,没关系,假如我碰上索罗斯和贝里大人,一定好好揍他们一顿屁股。"他爬下椅子,摇摇摆摆地走向餐具柜,柜子上摆了一盘白乳酪,周围放着水果。"不过首先,我得实现我的诺言。"他边说边切下一块奶酪。"我要三千顶头盔,三千套锁甲、剑、长枪、钢制矛头、钉头锤、战斧、铁手套、颈甲、护膝、胸甲,以及用来载运这些东西的马车——"

身后的门被轰然撞开,力道刚猛,提利昂差点松开手上的食物。凯冯爵士咒骂着跳起来,侍卫队长整个人飞过房间,撞上壁炉,滚进已经冷却的灰烬中,狮盔歪在一边。夏嘎跟着闯进来,"啪"的一声,用他粗如树干的膝盖将队长的佩剑折成两段。随后他丢下断剑,大摇大摆地走进大厅,人还未到,全身有如烂乳酪的臭味先至,在密闭房间里显得格外呛人。"红衣小鬼,"他咆哮道,"下次你要再敢在多夫之子夏嘎面前拔剑,我就剁掉你的命根子,拿来用火烤。"

"怎么,找不到山羊?"提利昂边说边咬了口乳酪。

其他几个原住民跟随夏嘎走进大厅,波隆也在其中。佣兵有些遗憾地朝提利昂耸耸肩。

"你又是哪位？"泰温公爵问，口气冰冷如霜。

"父亲，他们跟着我一道回家。"提利昂解释，"我可以把他们留下来吗？他们吃不了多少的。"

无人发笑。"你们这帮野蛮人凭什么打断我们的会议？"凯冯爵士质问。

"平地人，你说我们是野蛮人？"若你帮他洗个澡，康恩其实还算得上英俊。"我们乃是自由人，自由人天生有权参加所有的作战会议。"

"你们哪一个是狮子酋长？"齐拉问。

"他们两个都是老头子。"未满二十岁的提魅之子提魅宣布。

凯冯爵士伸手拔剑，但他哥哥伸出两根手指，按在他的手腕上，表示制止。泰温公爵不动声色。"提利昂，你的礼貌上哪儿去了？还不快帮我们介绍这几位……尊敬的贵宾。"

提利昂舔舔手指。"乐意之至，"他说，"这位美少女是黑耳部的齐克之女齐拉。"

"我不是什么少女，"齐拉抗议，"我的儿子们已经割了五十只耳朵了。"

"愿他们再多割五十只。"提利昂摇摇摆摆地从她身边走开。"这位是科拉特之子康恩，生得就像凯岩城堡，一身长毛的是多夫之子夏嘎，他们两个是石鸦部的。这位是月人部的乌玛尔之子乌尔夫。这位是灼人部的红手，提魅之子提魅。这是佣兵波隆，并无特定效忠对象，在我认识他的短短时间里，已经两次变节，父亲大人，他跟你应该很合得来。"然后他转向波隆和原住民，"容我为各位介绍家父，兰尼斯特家族的泰陀斯之子泰温、凯岩城公爵、西境守护、兰尼斯港之盾，以及永远的国王之手。"

泰温公爵站起来，那威严和气势完全符合上述头衔。"即便远处西境，明月山脉各部落战士的英勇事迹我们也时有耳闻。诸位可敬的大人,什么风将您们从自家要塞吹到这儿来的呢?"

"我们是骑马来的。"夏嘎说。

"他答应给我们衣服和武器。"提魅之子提魅说。

提利昂正打算将他那把艾林谷化为冒烟荒原的构想告诉父亲,大门却又再度打开,只得暂时作罢。使者用怪异的眼神飞快地瞥了提利昂那群原住民一眼,然后在泰温公爵面前单膝跪下。"启禀大人,"他说,"亚当爵士要我向您报告,史塔克军已开始沿堤道南下。"

泰温·兰尼斯特公爵没有笑,泰温公爵从来不笑,但提利昂早已学会观察父亲的喜悦神情,此时此刻这样的神情明明白白地写在他脸上。"这么说来,小狼终于挪窝了,准备来跟狮子们玩玩了。"他用略带满足的口气说,"好极了。你回去吩咐亚当爵士,要他立刻撤退,在我军主力抵达之前,不准与北方人交战,但我希望他派人骚扰对方侧翼,并尽量吸引他们南下。"

"一切照您吩咐。"传令兵骑马离开。

"这里地势良好,"凯冯爵士指出,"不仅接近浅滩,周围又布下了陷坑和尖桩。假如他们南下,我看不如以逸待劳,在此迎头痛击。"

"等见识我方的兵力后,那小鬼有可能丧失勇气,直接撤退。"泰温公爵回答,"而我们越早击败史塔克军,就能越快摆脱牵制,腾出手来,全力对付史坦尼斯·拜拉席恩。吩咐鼓手敲集合令,并派人传话通知詹姆,我要即刻进军与罗柏·史塔克决战。"

"遵命。"凯冯爵士道。

提利昂饶富兴味地看着父亲转身面向这群半野蛮的原住民。"据说高山部落的男子是勇猛无惧的战士。"

"没错。"石鸦部的康恩回答。

"女人也一样。"齐拉补充。

50

"与我一同出兵抗敌,我保证你们能得到我儿子承诺的一切,甚至更多。"泰温公爵告诉他们。

"我们怎么知道你会遵守约定,"乌玛尔之子乌尔夫说,"况且我们已经有了儿子的承诺,干吗还需要父亲的?"

"我没说你们'需要',"泰温公爵回答,"我那是客套话,没别的意思。你们不需要和我们并肩作战,来自冬境北国的人乃是玄冰铸成,碰上他们,连我手下最勇敢的骑士也会害怕。"

喔,这招漂亮,提利昂心想,脸上露出狡猾的微笑。

"灼人部什么都不怕,提魅之子提魅将和狮子一起打仗。"

"灼人部去过的地方,石鸦部都先去了。"康恩不甘示弱地表示,"我们也去。"

"多夫之子夏嘎会剁掉他们的命根子,拿去喂乌鸦。"

"狮子酋长,我们跟你一起去,"齐克之女齐拉同意。"但你的半人儿子也要跟我们在一起。他用种种承诺换得一条命,在我们拿到他答应的武器之前,他的命是我们的。"

泰温转头,用那双金瞳眼睛看着儿子。

"乐意之至。"提利昂听天由命地笑了笑。

珊莎

王座厅里,劳勃国王生前最喜爱的挂毯织锦通通被扯了下来,杂乱无章地堆在角落,如今四壁萧然。

曼登·穆尔爵士前去守在王座底,与他另外两名御林铁卫弟兄一道站岗,所以暂时无人看管在门边徘徊的珊莎。太后赐给她在城堡里自由来去的权利,作为她表现良好的奖赏。但即便如此,不论她走到何处,身旁依旧有人紧随。"这是给我准媳妇的荣誉护卫。"太后这么称呼他们,然而珊莎却一点也不觉得受尊重。

所谓"在城堡里自由来去",指的是她可以在红堡里任意行动,只要她答应不走出城墙以外。这个要求珊莎倒是很乐于配合,一来城门日夜有杰诺斯·史林特的金袍卫士或兰尼斯特家的武士看守,她本来就不可能出去;二来,就算她真的离开城堡,又能去什么地方呢?只要能在广场里散散步,到弥赛拉的花园采几朵花,或是造访圣堂,为父亲祈祷,她便心满意足了。有时候她也会在神木林祷告,因为史塔克家族是信奉古老诸神的。

今天,是乔佛里登基后首次上朝听政,珊莎紧张地四处张望。西窗下站了一排兰尼斯特卫士,东窗下则是身穿金色披风的都城守备队。她没见着任何平民百姓,旁听席上也只有一小群贵族焦躁不安地来回走动着。他们为数不过二十,从前劳勃国王的时代,出席者动辄百人以上。

珊莎走进旁听席,一边穿梭着往前排移动,一边喃喃地向人们问好。她认出黑皮肤的贾拉巴·梭尔,神情郁闷的艾伦·桑塔加爵士,以及雷德温家的双胞胎恐怖爵士和流口水爵士……*可他们似乎都不认得她。或者他们认得,却把她当瘟疫般避之唯恐不及。*憔悴的盖尔斯伯爵一见她走近,便遮住脸,假装剧烈咳嗽;而喝得醉醺

醺，人又顶滑稽的唐托斯爵士正要向她打招呼，只见巴隆·史文爵士在他耳边低语了几句，他便转开头去。

还有好多好多人都不见了。那些人到哪里去了？珊莎纳闷。她徒劳无功地搜索友善的脸孔，然而谁都不愿正眼瞧她。她仿佛成了幽魂，还未寿终正寝，便已宣告死亡。

派席尔大学士独坐在议事桌边，两手撑在胡子下，那样子像是睡着了。接着，她看见瓦里斯伯爵匆匆忙忙地进入大厅，走路没有半点声音。过了一会儿，贝里席伯爵也笑盈盈地从大门走进来，一边和蔼可亲地与巴隆爵士和唐托斯爵士闲话家常，一边朝大厅前方移动。珊莎的肚子绞成一团，好似有成群蝴蝶飞舞。我不该害怕的，她告诉自己，我没什么好怕的，一切都会圆满收场，因为小乔爱我，太后也爱我，她亲口说的。

司仪的声音响起："恭迎安达尔人、洛伊拿人和先民的国王，七国统治者，拜拉席恩家族与兰尼斯特家族的乔佛里一世陛下。恭迎陛下的母亲大人，西境之光，全境守护者，摄政太后，兰尼斯特家族的瑟曦陛下。"

一身灿烂白甲的巴利斯坦·赛尔弥爵士带领他们走进来，亚历斯·奥克赫特爵士护送太后，柏洛斯·布劳恩爵士则走在乔佛里旁边。眼下六名御林铁卫都在大厅，众白骑士齐聚一堂，只有詹姆·兰尼斯特缺席。她的白马王子——不对，现在是她的国王了！——三步并作两步地爬上铁王座的阶梯，他的母后则和重臣们坐在一起。小乔身穿绣红线的黑天鹅绒外衣，肩披闪闪发光的高领金缕披风，头戴镶嵌红玉黑钻石的黄金宝冠。

乔佛里转头环顾大厅，与珊莎四目相交，接着他面露微笑，缓缓坐下，开口道："惩治叛徒，奖励忠臣，此乃国王职责所在。派席尔大学士，我命你宣读我的判决。"

派席尔站起来，他衣着华丽，身穿厚重的红天鹅绒长袍；貂皮衣领，亮金饰带，衣袖低垂，上面满是镀金涡形装饰。他从袖子里抽出一卷羊皮纸，展开之后，开始宣读一长串名单，并以国王和重臣之名，命令他们即刻上朝宣誓效忠，倘若不从，将被视作叛徒，其领地和封号均由王室收回。

他念出的名字令珊莎屏住了呼吸：史坦尼斯·拜拉席恩公爵夫妇和他们的女儿，蓝礼公爵，罗伊斯伯爵及其兄弟和他们的儿子，洛拉斯·提利尔爵士，梅斯·提利尔公爵及其兄弟、叔父和儿子，密尔的红袍僧索罗斯，贝里·唐德利恩伯爵，莱沙·艾林夫人和她的儿子小劳勃，霍斯特·徒利公爵及其弟布林登爵士、其子艾德慕爵士，杰森·梅利斯特伯爵，边疆地的布莱斯·卡伦伯爵，泰陀斯·布莱伍德伯爵，瓦德·佛雷侯爵和他的继承人史提夫伦爵士，卡列尔·凡斯伯爵，裘诺·布雷肯伯爵，希拉·河安伯爵夫人，多恩亲王道朗·马泰尔及其所有子嗣……*好多人啊，*她一边听派席尔念个不休，心里一边想，*光把这些命令送出去，就得用上一整群的乌鸦。*

最后，接近末尾时，珊莎害怕已久的名字终于出现：凯特琳·史塔克夫人，罗柏·史塔克，布兰登·史塔克，瑞肯·史塔克，艾莉亚·史塔克。珊莎差点没叫出声。艾莉亚？他们竟然要艾莉亚上朝宣誓效忠……这么说来妹妹肯定已经乘船逃走，安全地回到临冬城了……

派席尔大学士卷起名单，塞进左手袖子，然后从右边袖子抽出另一张羊皮纸。他清清喉咙，继续念道："为取代叛徒艾德·史塔克，遵照国王陛下的意愿，由凯岩城公爵暨西境守护泰温·兰尼斯特接任国王之手一职，以国王之名统理政事，率军讨平乱党，传达其意旨。陛下有令，重臣赞同。"

"为取代叛徒史坦尼斯·拜拉席恩，遵照国王陛下的意愿，由摄政太后瑟曦·兰尼斯特接管其朝廷重臣席位，以始终如一之可靠支持，协助陛下治国以睿智，判决以正义。陛下有令，重臣赞

同。"

珊莎听见四周的贵族窃窃私语,然而耳语声很快平息下来。派席尔继续念诵:"对于尽忠职守之君临都城守备队长杰诺斯·史林特,国王陛下亦希望将其立刻擢升至贵族之列,并赐予历史悠久之赫伦堡及其所有封地税赋,其子嗣将世代继承此等荣耀,万世不辍。由是,陛下有令,**史林特伯爵**即刻成为朝廷重臣,助陛下统御国事。陛下有令,重臣赞同。"

珊莎的眼角余光瞥见杰诺斯·史林特走了进来。这回议论声更大,且夹杂了愤怒的话音。许多拥有几千年族史的高傲领主很不情愿地让到两旁,好让这头顶渐秃、面目如蛙的平民过去。他的黑天鹅绒长衫上镶了纯金鳞片,每走一步就叮当轻响,肩头则是黑金相间的锦缎格子披风。两名相貌丑陋的男孩走在他前面,步履踉跄地举着与他们等高的金属重盾,这必定是他的儿子无疑。他为自己选择的家徽是一根金色的染血长枪,底面漆黑如夜。珊莎见了不禁手上起鸡皮疙瘩。

等史林特伯爵就位后,派席尔国师继续念:"最后,于此密谋四起、动乱不堪的危殆之际,备受爱戴的劳勃国王新近驾崩,吾等重臣认为乔佛里国王之生命安危实乃首要之急……"他望向太后。

瑟曦站起来。"巴利斯坦·赛尔弥爵士听命。"

巴利斯坦爵士原本站在铁王座底,有如雕像般纹丝不动,此刻他单膝跪下,低头道:"太后陛下,微臣听候您的差遣。"

"请起,巴利斯坦爵士。"瑟曦·兰尼斯特道,"您可以卸下头盔。"

"陛下?"老骑士起身,摘下他的高顶白盔,却有些不知所措。

"爵士先生,长久以来您为国效命,尽忠职守,七大王国中每位善男信女皆对您心怀感激。然而,恐怕您的服务现在必须告一段落，国王和吾等重臣都希望您能卸下您的沉重负担。"

"我的……负担？恐怕我……我不……"

这时新科贵族杰诺斯·史林特开了口，语气沉重，直截了当："太后陛下的意思是，您御林铁卫队长的职务已被解除了。"

高大的白发骑士站在原地，整个人仿佛顿时小了一圈，他喘不过气来，"陛下，"最后他终于开口，"御林铁卫乃宣誓效命的兄弟，立下誓言，即为终身，唯死方能解除铁卫队长所负之神圣使命。"

"巴利斯坦爵士，敢问是谁的死？"太后的声音虽轻柔如丝，话中所言却震慑全场。"是你，还是你的国王？"

"你保护不了我父亲，"铁王座上的乔佛里语带指控地说，"你年纪太大，谁都保护不了了。"

珊莎看着骑士抬眼凝望他的新国王，过去她从不觉得他年事已高，如今他却老态毕露。"陛下，"他说，"我二十三岁那年被选为白骑士。而自我初次掌剑以来，那便是我唯一所求。我放弃了家族古堡的继承权，原本要与我成婚的女孩嫁给我堂弟，我不需封地，无有子嗣，终我一生，唯有为国奉献。我宣誓时杰洛·海塔尔爵士为见证人……我宣誓尽我所能保护国王……为他抛头颅、洒热血……我曾与白牛和多恩领的勒文亲王……以及'拂晓神剑'亚瑟·戴恩爵士并肩作战。在我为您父王效命之前，我守护过伊里斯国王，以及他的父亲杰赫里斯……我曾为三个国王效力……"

"结果他们通通都死了。"小指头指出。

"你的职务到此为止，"瑟曦·兰尼斯特宣布，"乔佛里身边需要年轻力壮的人。御前会议已经决定，由詹姆·兰尼斯特爵士接任你的职务，担任白骑士弟兄们的队长。"

"弑君者吗？"巴利斯坦爵士口气严厉，语带轻蔑。"就那个以他誓言守护的国王的鲜血来玷污自己宝剑的虚伪骑士吗？"

"爵士先生,请注意您的措辞。"太后警告他,"此人乃是我挚爱的弟弟,当今国王的亲舅。"

这时,瓦里斯伯爵开口了,口气比其他人都要轻柔。"爵士先生,对于您过去的贡献,我们并非不知感恩。泰温·兰尼斯特大人已经慷慨地同意拨出兰尼斯港北部一大块土地作为您的封疆,那里不但靠海,而且矿藏丰富,人力充足,足够修筑坚固堡垒,供应满足您一切需要的仆人。"

巴利斯坦爵士目光锐利地往上看去。"给我一个安享晚年的地方,以及为我送终的人,是吗?诸位大人,好意我心领了……但我唾弃你们的同情。"他伸手解开肩上的扣子,那件雪白披风随即落下,在地上堆成一团。紧接着"铿!"的一声,他的头盔落在地上。"我既生为骑士,"他告诉他们,一边解开胸甲的环扣,让铠甲也掉落在地,"也要死得像个骑士。"

"像个没穿衣服的骑士,您说是吧?"小指头插话。

众人哄笑一团,不论王座上的乔佛里、上朝听令的贵族、杰诺斯·史林特、瑟曦太后、桑铎·克里冈,甚至御林铁卫们——那五位几分钟前还与他同生共死的弟兄——他们都笑了。他们的笑,一定是最伤人的吧,珊莎心想。她眼看着这名英勇的老人面红耳赤地站在原地,满脸羞愧神色,气得说不出话来。最后,他抽出佩剑。

珊莎听见在场惊声四起,柏洛斯爵士和马林爵士连忙上前与之对峙,然而巴利斯坦爵士只一个极轻蔑的眼神,便令他们两人冻结在地。"两位爵士先生,毋需害怕,你们的国王是安全的……但这可不是因为你们护驾有功。即便现在,我依旧可以像切乳酪一样把你们五个通通砍倒。假如你们打算服侍弑君者,那么你们通通不配穿这身白袍。"他把剑朝铁王座底一掷。"小鬼,拿去罢。要不要熔了这把剑,让王座上再多一把,随你高兴。那样的话,对你的助益还要强过这五人手中的剑。而等史坦尼斯大人拿下你的王位后,或许也能坐在这把剑上面。"

他绕远路离开，脚步踩在地板上，声响洪亮，回音在光秃秃的石墙间回荡。贵族男女站开让他通过，直等侍从关上了那两扇巨大的橡木青铜门，珊莎才又听见话声：有轻声细语，有不安的脚步，还有议事桌上纸张的挪动。"他竟然叫我'小鬼'，"乔佛里愤恨地说，听起来比他的实际年龄更显孩子气。"他还说了我叔叔史坦尼斯的事。"

"随口说说罢了，"太监瓦里斯道，"不是认真的……"

"他搞不好和我两个叔叔串通谋反。我要把他抓起来，好好审问。"无人动作。乔佛里提高声音，"我说了，**我要把他抓起来！**"

杰诺斯·史林特从议事桌边站起来。"陛下，此事就交给我手下的金袍卫士去办。"

"很好。"乔佛里国王道。杰诺斯伯爵走出大厅，他的两个丑儿子急忙跟上，一边拖着刻了史林特家徽的金属巨盾。

"陛下，"小指头提醒国王。"我们可以继续议程。原本的七铁卫如今只剩六人，我们需要为御林铁卫再添一名生力军。"

乔佛里面露微笑。"母亲，告诉他们吧。"

"国王陛下和御前会议认为，放眼七大王国，无人能比宣誓守护陛下的贴身侍卫——桑铎·克里冈更适合担任此一职务。"

"好狗，你觉得怎么样啊？"乔佛里国王问。

猎狗满是伤疤的脸瞧不出任何表情，他思考了很长一段时间。"有何不可？我无需抛弃封地或老婆，因为我根本就没有。就算我有，又有谁会在乎呢？"他被灼伤的半边嘴唇抽搐了一下。"但我警告你，我可不来骑士宣誓那一套。"

"御林铁卫的弟兄向来由骑士担任。"柏洛斯爵士肯定地说。

"从今天起，不再是了。"猎狗用一贯的喑哑声音道，柏洛斯

爵士便不再作声。

当司仪向前走去时，珊莎明白时机就快到了。她紧张地整整裙子。她虽穿着丧服，以表示对死去国王的敬意，但还是特别打扮过。她的礼服是太后送她的象牙色丝衣，就是被艾莉亚弄脏的那件，但她将之染成黑色，已经看不出上面的污渍。至于该佩戴何种珠宝，她可是害怕地思索良久，最后才决定选择式样简单却不失优雅的银项链。

司仪声音洪亮："陛下倾听在场诸位的请愿，有事禀报，无事退朝。"

珊莎害怕得浑身发抖。*就是现在*，她告诉自己，*我必须现在去做，愿天上诸神赐予我勇气*。她跨出一步，再跨一步。贵族和骑士们静静地为她让路，她感觉到众人的视线在自己身上的重量。*我必须像母亲大人一样坚强*。"国王陛下。"她用细微的、颤抖的声音喊道。

由于铁王座高出地面许多，所以乔佛里的视线较在场其他人清楚，他最先看到她。"小姐，请您上前来。"他面带微笑地召唤。

他的微笑给了她勇气，令她觉得自己美丽而坚强。*他真的爱我，真的*。珊莎抬起头，不疾不徐地朝他走去，她绝不能让他们察觉到自己有多紧张。

"史塔克家族的珊莎小姐。"司仪高唱。

她在王座下方停住脚步，正好站在巴利斯坦爵士的白披风、头盔和胸甲堆放的地方。"珊莎，你有事禀报国王陛下和御前会议？"议事桌边的太后问。

"是。"她跪在披风上，如此才不至于弄脏礼服。然后她抬头看着端坐恐怖黑王座上的白马王子。"启禀陛下，我要为家父，亦即前首相艾德·史塔克大人请愿，求您慈悲为怀、法外开恩。"这句话她已经练习过几百遍了。

太后叹道："珊莎，你太令我失望了。我是怎么跟你说叛国者的血统来着？"

"小姐，您的父亲可是犯下了滔天大罪啊。"派席尔大学士沉吟道。

"唉，可怜的小东西。"瓦里斯也跟着叹气，"诸位大人，她不过是个孩子，根本不知道自己要求的是什么。"

但珊莎只把目光放在乔佛里身上。他一定要听我说完，一定要啊，她心想。国王在宝座上动了动身子。"让她说吧，"他下令，"我要听听她的话。"

"感谢您，陛下。"珊莎露出微笑。那是个羞怯的、私密的、只给他看的微笑。他真的愿意听，她就知道他会。

"叛国大罪好似带毒的野草，"派席尔庄严地宣布，"必须连根拔除、斩尽杀绝，否则叛徒便会四处蔓生。"

"令尊所犯之罪行，你可否认？"贝里席伯爵问。

"诸位大人，我不否认。"珊莎有更好的办法。"我很清楚他必须接受制裁。我要求的只是网开一面，放他一条生路。家父必定已对其所作所为懊悔不已，他是劳勃国王生前密友，他是真心敬爱国王的，相信在座各位都很明白。他从未有过成为御前首相的念头，直到国王开口。他必定是被蓝礼大人、史坦尼斯大人或……或某些人蛊惑，否则不会……"

乔佛里国王倾身向前，双手按紧王座扶手，断剑自他指缝间根根穿出，有如铁扇。"他说我不是国王，他为什么要那样说？"

"他有腿伤在身，"珊莎急切地应道，"疼痛异常，派席尔大学士给他服用了罂粟花奶，而罂粟花奶会让人神志不清，否则他是绝不会这样说的。"

瓦里斯道："这是孩子对父亲的信心所致……多么单纯天真……可是呢，人们不是常说智慧往往来自孩童口中么？"

"但叛国就是叛国。"派席尔立刻回应。

乔佛里不安地在王位上动来动去。"母亲，您的意思呢？"

瑟曦·兰尼斯特满腹思量地审视珊莎。"倘若艾德大人愿意坦承罪行，"良久，她终于开口，"我们便可确知他已有悔悟之心。"

乔佛里站了起来。求求您，珊莎心想，求求您，求求您，您是我的国王，是那个仁慈高贵又好心肠的国王，求求您啊。"你还有什么要说的吗？"他问她。

"请您……请您看在您爱我的分上，成全我这个心愿吧，我的王子。"珊莎说。

乔佛里国王上上下下地打量着她。"你的一番肺腑之言感动了我，"他英勇地点头道，仿佛在说一切都会没事。"我就成全你……但你父亲必须先俯首认罪，承认我是他的国王，不然我无法手下留情。"

"他会的，"珊莎说，整颗心都飞了起来。"嗯，我知道他会的。"

艾德

铺在地板上的稻草充满尿臊味。这里没有窗户，没有床，连个溺水桶都没有。他依稀记得墙壁是淡红色的，露出一片片硝石，有一扇碎木做的灰门，足有四尺厚，上面钉了铁钉。他被推进来时，短暂地看了屋内几眼，等门"轰"的一声关上，就什么也看不清了。这里没有一丝光线，他和瞎子无异。

或者说，和死人无异。他和他的国王一同被埋在地底了。"啊，劳勃。"他喃喃说道，探出手去，摸到冰冷的石墙，每动一下，受伤的脚就抽痛一次。他回忆起当时在临冬城的地下墓窖里，在历代冬境之王雕像的冷冷石眼注视下，国王所说的笑话。国王吃席，劳勃这么说，首相拉屎。那时他笑得好不开心哪，只可惜他弄错了。应该是国王一死，奈德·史塔克心想，首相陪葬。

地牢位于红堡之下，到底有多深，他不敢去想。他想起与"残酷的"梅葛有关的那些故事，传说所有为他建筑城堡的工匠都遭他谋害，如此一来他们便永不能泄露其中秘密。

他诅咒他们每个人：小指头、杰诺·史林特和他的金袍卫队、王后、弑君者、派席尔、瓦里斯和巴利斯坦爵士，甚至劳勃的亲弟弟蓝礼公爵，因为他在自己最需要他的时候逃之夭夭。然而到了最后，他责怪的是自己。"蠢材！"他对着黑暗大喊，"你这个天杀的蠢材！"

瑟曦·兰尼斯特的脸庞在黑暗中浮现。她的秀发宛若阳光，微笑中带着嘲弄。"在权力的游戏之中，你不当赢家，就只有死路一条。"她悄声说。奈德输了这场游戏，他的部属以鲜血和生命为他的愚蠢付出了代价。

思及两个女儿，他只想放声痛哭，可眼泪却硬是掉不下来。纵

然到了这步田地,他依旧是个临冬城的史塔克,他的悲伤和狂怒都冻结在体内。

假如他安静不动,伤腿便不至于痛得太厉害,于是他尽可能地躺着不动。究竟躺了多久,他说不准。这里没有日升月落,什么也看不见,连在墙上做记号都不行。睁眼还是闭眼,一切都无分别。他睡了又醒,醒了又睡,不知睡着和醒来哪一个比较痛苦。睡着的时候会做梦,黑暗的、扰人的梦,充斥着血光以及不能遵守的约定;醒来的时候,除了思考,无事可做,然而他心中所想却比噩梦还可怕。想起凯特,有如躺在荨麻编成的床上那般苦痛。他幻想着此时此刻她置身何处,正在做些什么,却不知此生是否还能与她重逢。

时间流逝,日子一天天过去,至少感觉起来是这样。石膏下的断腿隐隐作痛,并开始发痒。他碰碰大腿,热得发烫。这里唯一的声音,是他的呼吸声。时间一久,他开始大声说话,只为了能听见声音。他拟订计划,决心保持神志清醒,在黑暗中筑起希望的城堡。劳勃的两位弟弟安然无恙,此刻正在龙石岛和风息堡整军待发。埃林和哈尔温一旦解决掉雷果爵士,便将率领他其余的卫士返回君临。而凯特琳一旦接获消息,便会号召北方诸侯揭竿而起,而三河流域和艾林谷的贵族都会与她并肩作战。

他发现自己不断想起劳勃,一次又一次。他看到青春年少的国王,高大英俊,头戴鹿盔,手持战锤,骑在马上宛如长角巨神。黑暗中他听见劳勃的笑声,望着那对碧蓝澄澈宛如山中湖泊的眼睛。"奈德,你看看我们,"劳勃说,"诸神在上,我们怎会落到这步田地?你被关在这儿,我死在一头猪脚下。当初我们可是一起打下江山,赢得王位……"

劳勃,我对不起你,奈德心想,但他实在说不出口,我欺骗了你,隐瞒了真相,让他们害死了你。

但国王还是听到了。"你这个硬脖子的蠢蛋，"他喃喃道，"心高气傲，就是不肯听话。史塔克，自尊心能拿来吃吗？荣誉感能保护你的孩子吗？"他的脸一块块剥落，皮肤出现裂口，接着他伸手扯下面具。原来那根本不是劳勃，而是嘿嘿直笑、嘲弄着他的小指头。小指头张口想说话，但他的谎言变成灰白的蛾，拍拍翅膀飞走了。

脚步声从走廊上传来时，奈德正在半睡半醒之间，起初还以为是自己做梦，因为除了自言自语，他已经太久没听见别的声音。他发着高烧，嘴唇干裂，腿伤隐隐作痛。沉重的木门"咿呀"一声打开时，突如其来的光线刺痛了他的眼睛。

一名狱卒丢了个罐子给他。陶罐很凉，表面密布水珠。奈德双手紧紧捧住，饥渴地大口吞咽。水从嘴角流下，滴进胡子里。他一直喝到不适方才停下。"过了多久……？"他虚弱地问。

狱卒瘦得像个稻草人，生着一张老鼠脸，胡子割得长短不齐。他穿了一件甲衣，外罩半身皮革斗篷。"不准说话。"说着他把水罐从奈德手里夺走。

"求求你，"奈德说，"我的女儿……"大门轰地关上，光线倏然消失。他眨眨眼，低下头，蜷缩在稻草上。稻草闻起来不再有尿水和粪便的味道，闻起来一点味道都没有了。

他再也分不出睡着与醒来的差别。黑暗中，回忆悄然袭上心头，栩栩如生宛如幻境。那一年是"错误的春天"，他又回到了十八岁，陪着琼恩和劳勃从鹰巢城下山，远赴赫伦堡参加比武大会。他见到绿草长青，闻到风中花粉。温暖的白昼，凉爽的夜晚，甜美的酒香。他记得布兰登的笑，记得劳勃在团体比武中的狂暴威猛，记得劳勃一边左劈右砍，将对手一个个击落马下，一边哈哈大笑的模样。他也记得身穿白色鳞甲的金发少年詹姆·兰尼斯特，跪在国王帐前的草地上，宣誓守护伊里斯国王。宣誓完毕之后，奥斯威尔·河安爵士扶詹姆起身，铁卫队长"白牛"杰洛·海塔尔爵士亲自为他系上御林铁卫的雪白披风。六位白骑士通通到场，欢迎他们新加入的弟兄。

比武会持续了十日，但在关键的马上长枪比武中，只有雷加·坦格利安抢尽了风头。当年王太子身上所穿的盔甲与他日后战死那天无异：闪闪发光的黑铠，胸前是红宝石镶成的三头龙，那正是他的家徽。他骑马奔驰，一条鲜红丝带在背后流动，没有长枪能碰他分毫。布兰登被他刺落马下，青铜约恩·罗伊斯亦然，就连"拂晓神剑"亚瑟·戴恩爵士也不例外。

当王太子在决胜战中击倒巴利斯坦爵士，绕场一周，准备接下优胜宝冠时，劳勃正与琼恩和老杭特伯爵作最后的拼斗。奈德记得雷加·坦格利安催马跑过自己的妻子——多恩领马泰尔家族的伊莉亚公主，将爱与美的皇后的桂冠放在莱安娜膝上。全场观众笑容消失的那一刻，至今依然历历在目，那是一顶冬雪玫瑰编织而成的皇冠，碧蓝如霜。

奈德·史塔克伸手去抓那顶花冠，但浅蓝色的花瓣底下却暗藏着刺。尖利残酷的刺撕扯皮肤，他看着鲜血缓缓流下手指。骤然惊醒，四周一片黑暗。

*奈德，答应我，*躺卧血床的妹妹朝他低语。她生前最爱冬雪玫瑰的芳香。

"诸神救我，"奈德泣不成声。"我要疯了。"

天上诸神没有回应。

每当狱卒带水给他喝，他就告诉自己又过了一天。起初他还拜托来人，请对方说说女儿的消息，以及外面发生了什么，但咕哝和脚踢是唯一的回答。几"天"后，他肚子抽筋，便改向狱卒恳求食物，结果还是相同，他依然没东西吃。或许兰尼斯特家打算把他生生饿死。"不对。"他对自己说。倘若瑟曦要置他于死地，他早就和部下一起被砍倒在王座厅了。她要他活着,不论如何虚弱,如何绝望,都要留下他一条命。凯特琳手上还握有她的弟弟;她若是杀他,那么小恶魔也会没命。

囚室外传来铁链碰撞的声音。门突然打开,奈德伸手撑住潮湿的墙壁,往光明的地方爬去。火炬的强光刺得他眯起眼睛。"食物。"他哑着嗓子说。

"我带了酒来。"一个声音应道。不是那个老鼠脸;这次的狱卒比较矮胖,但同样穿着半身皮斗篷,戴了有刺钢盔。"艾德大人,您快喝吧。"他将一个酒袋塞进奈德手中。

这声音出奇的熟悉,但奈德·史塔克过了一阵子才想起来。"瓦里斯?"他虚弱不堪地说,伸手摸摸对方的脸。"我……我不是在做梦。真的是你。"太监肥胖的脸颊上覆盖着粗短的黑胡楂,奈德的手指感觉到它们的粗糙。瓦里斯把自己变成了大胡子狱卒,浑身上下散发着汗臭和劣酒的气味。"你是怎么……你到底是个什么样的魔术师?"

"口很渴的魔术师。"瓦里斯道,"大人,快喝吧。"

奈德慌乱地捧着酒袋。"他们给劳勃喝的,就是这种毒药么?"

"您错怪我了,"瓦里斯哀伤地说,"果真是没人喜欢太监啊。酒袋给我。"他喝了几口,红色的酒液从他肥厚的嘴角流淌下来。"这虽然不能和比武大会当晚您请我喝的酒相提并论,但也绝非毒药。"他抹抹嘴下了结论。"来。"

奈德试着啜下一口。"这是酒糟。"他觉得自己快吐出来了。

"是啊,不管你是王公贵族还是太监走卒,酸的甜的都得学着吞。大人,您的时辰近了。"

"我女儿们……"

"您的小女儿从马林爵士手中逃脱了,"瓦里斯告诉他,"我到现在都没能找到她,兰尼斯特的人也找不到,这多少算是诸神慈悲吧,因为我们的新国王并不爱她。您的大女儿依然是乔佛里的未婚妻,瑟曦把她留在身边,她几天前刚上朝为您求情。只可惜您不在场,否则一定会大受感动。"他刻意往前靠去。"艾德大人,想必您知道自己在劫难逃吧?"

"王后不会杀我,"奈德说。他开始头晕目眩;这酒太烈,他又太久没有进食。"凯特……凯特手里有她弟弟……"

"但不是*她爱的*弟弟,"瓦里斯叹道,"而且这会儿人也跑了。显然是她让小恶魔从手里钻了出去。我看他现在多半已经死在明月山脉里某个不知名的地方了吧。"

"倘若真是这样,那快快割了我喉咙,做个了结。"酒劲上涌,他身心俱疲,头脑昏沉。

"我对您的血一点兴趣都没有。"

奈德皱眉:"当他们屠杀我的手下时,你可是站在王后身边袖手旁观,一声不吭。"

"换作现在,我还是会那么做。我记得自己当时不但手无寸铁,没盔没甲,还被兰尼斯特的武士团团围住。"太监歪着头,好奇地打量他。"我小时候,还没被割之前,曾跟戏班子在自由贸易城邦巡回演出。他们教会我一件事,那就是每个人都有自己该扮演的角色,戏里戏外都一样。朝廷里也是如此,所以御前执法官必须模样凶神恶煞,财政大臣要勤俭成性,御林铁卫队长则需勇武过人……而情报总管呢,当然应该诡计多端、擅长逢迎拍捧、行事无孔不入。而一个勇气十足的情报头子,就和一个懦弱胆小的骑士一样没用。"

奈德审视着太监的脸,搜寻对方的假疤痕和假胡子下的真相。他又试着喝了点酒,这回顺口多了。"你能把我从这黑牢救出去吗?"

"我能……但我要不要这么做呢？当然不。到时候一定有人展开调查，而所有的线索都会指向我。"

奈德原本也不期望他答应。"你还真是实话实说。"

"大人，太监没有荣誉，蜘蛛也没有行事顾及自尊的福分。"

"那你可否至少替我送封信？"

"得视信的内容而定。您要的话，我很乐意提供纸笔。等您写好之后，我会把信拿来读一遍，至于要不要送出去，则要看信是否合乎我个人目的了。"

"你的目的？瓦里斯大人，敢问你的目的又是什么？"

"和平。"瓦里斯毫不迟疑地回答，"假如说君临城里有哪个灵魂真心诚意想保住劳勃·拜拉席恩的性命，那便是我。"他叹口气。"十五年来，我尽心竭力保护他免遭敌人伤害，到头来却免不了他为朋友所害。您脑筋里究竟是有些什么疯狂念头，让您跑去告诉太后，说您知道乔佛里的真实身份？"

"仁慈的疯狂念头。"奈德坦承。

"啊，"瓦里斯道，"可不是么？艾德大人，您是个正直磊落的人，我常常忘记这点，因为我这辈子很少遇见您这样的人。"他环顾囚室四周。"当我见到诚实和荣誉给您带来何种下场之后，我终于明白这是为什么了。"

奈德·史塔克低头枕在潮湿的石墙上，闭上了眼睛。他的伤腿隐隐作痛。"国王喝的酒……你查问过蓝赛尔吗？"

"当然问了。酒袋是瑟曦给他的，还告诉他那是劳勃最喜欢的佳酿。"太监耸耸肩。"打猎本来就危险，纵使那头猪没杀死劳勃，他也会摔下马来，被毒蛇咬，或者是一支射偏的箭……森林是天上诸神的屠宰场。但是，杀死国王的却不是药酒，而是您的'仁慈'。"

奈德就怕这个。"诸神饶恕我。"

"假如世间真有神灵存在，"瓦里斯道，"我想他们不会苛责您的。反正瑟曦也不会等太久。劳勃越来越难驾驭，她必须先除掉他，才能放手对付他那两个弟弟。史坦尼斯和蓝礼两个还真是一对，一个铁甲拳，一个丝手套。"他用手背抹抹嘴。"大人，您太蠢了，当初您应该听从小指头的建议，拥护乔佛里登基。"

"你……你怎么知道？"

瓦里斯微微一笑。"您只要知道我知道这件事就够了。我还知道太后明天会来拜访您。"

奈德缓缓抬眼。"为什么？"

"大人，瑟曦虽然怕您……但她更怕别人。她亲爱的詹姆此刻正与河间贵族作战，莱莎·艾林高踞鹰巢城，占有天险，兵力雄厚，而她和太后向来不睦。多恩领方面，马泰尔家族至今依旧对伊莉亚公主和她那些小孩儿的死怀恨在心。更何况这会儿令公子又带着北方诸侯大军越过颈泽往南来了。"

"罗柏只是个孩子。"奈德大惊失色。

"是个握有大军的孩子。"瓦里斯道，"不过如您所说，他毕竟只是个孩子。真正令瑟曦寝食难安的是国王的两个弟弟……尤其是史坦尼斯大人。他的继承权名正言顺，本人又能征善战，而且绝不心软。这世上再没有谁比一个绝对刚正不阿的人更可怕。这段时间史坦尼斯在龙石岛做些什么，没有人知道，可我敢打赌，他是在招聚兵马，决非收集贝壳。所以啰，瑟曦怕的就是：当她的父亲和弟弟对付史塔克家和徒利家的时候，史坦尼斯趁机登陆，自立为王，并砍掉她儿子那个生了漂亮卷发的头……当然，她自己也难保性命，虽说我真的相信她比较在乎孩子。"

"史坦尼斯·拜拉席恩是劳勃真正的继承人，"奈德说，"王位本归他所有，我欢迎他登基为王。"

瓦里斯啐了一声。"我跟您保证，瑟曦可不想听到这句。史坦尼斯虽有可能夺得王位，但您要是不多管管自己的舌头，到时候恐怕就只剩一颗烂掉的头欢迎他了。珊莎那么努力地为您求情，若不把握机会，实在太可惜。老实说，眼下只要您愿意，可以逃过一劫。瑟曦不笨，她知道驯服的狼比一条死狼有用得多。"

"这女人谋害我的国王，屠杀我的部下，还把我儿子摔成残废，你竟然要我为她效力？"奈德难以置信。

"我要您为国家效力，"瓦里斯道，"您只需对太后承诺愿意坦白邪恶的叛国罪行，命令您儿子放下武器，尊奉乔佛里为真正的国王，并指称史坦尼斯和蓝礼是忘恩负义的叛逆，这样就行了。我们的碧眼母狮子知道您是个言行一致的人，只要您给她时间和力气对付史坦尼斯，并保证死也不说出她的秘密，那么我相信她会同意您穿上黑衣，在长城和您弟弟，还有您那私生子一起度过余生。"

想到琼恩，奈德满怀羞耻，以及一种言词难以形容的深深哀恸。如果能再看看那孩子，坐下来和他好好谈心就好了……剧痛从断腿脏污的灰色石膏底下传来，他皱紧眉头，手指无助地又张又阖。"这是你的主意，"他喘着气对瓦里斯说，"还是你和小指头一起想出来的？"

这话似乎令太监甚觉有趣。"要我跟他同伙，那我宁可娶一只科霍尔的黑羊。小指头是七国上下第二狡猾的人。哎，我是会挑一些有用的消息给他，刚好足以让他'以为'我是他的人……就好像我让瑟曦也如此相信。"

"就好像你让我也如此相信。瓦里斯大人，请你告诉我，你到底为谁效力？"

瓦里斯浅浅一笑。"唉，大人，这还用说吗？我当然是为国效力了。我以我失去的命根子发誓，我为国家效命，而国家需要的正是和平。"他喝完最后一口酒，把空酒袋丢到一边。"所以啰，艾德大人，您的回答是什么？请您向我保证，等太后到来时，您会说

出她想听的话。"

"如果我作这种保证,那我的誓言与没人穿的空洞铠甲有何异?我的命不至于珍贵到那种地步。"

"可惜。"太监起身。"那么大人,您女儿的性命呢?那又有多珍贵?"

一股寒意袭上奈德心头。"我女儿……"

"大人,您总不会以为我忘记了您纯真的乖女儿吧?太后她可是绝对不会忘记。"

"不要,"奈德哑着嗓子哀求。"瓦里斯,诸神慈悲,要杀要剐我任你处置,但别把我女儿牵扯进来。珊莎不过是个孩子。"

"雷加王子的女儿雷妮丝公主不也是个孩子?她是个讨人喜欢的小宝贝,年纪比您两个女儿都要小。您可知道,她养了一只小黑猫,名叫贝勒里恩?我始终不知道那只猫的下落。雷妮丝老爱把它当做真正的黑死神贝勒里恩。不过呢,我想在兰尼斯特军撞开她房门那天,他们很快就让她知道小猫和飞龙之间的差异了吧。"瓦里斯疲倦地一声长叹,仿佛肩负着全世界的哀伤。"总主教大人曾对我说,因为我们有罪,所以我们受苦。假如这是真的,艾德大人,请告诉我……为何在你们这些王公贵族的权力游戏里面,永远是无辜的人受苦最多?您愿意的话,就在王后到来之前,好好想一想罢。除此之外,更请您想清楚:下一个来探访您的人可能带着面包乳酪,以及减轻痛苦的罂粟花奶……却也可能带着珊莎的项上人头。"

"要选哪一种呢,亲爱的首相大人,**完完全全看您的决定了。**"

A SONG OF ICE AND FIRE

凯特琳

眼看部队沿堤道穿过颈泽的黑色沼地,涌进彼方的河间地区,凯特琳的忧虑与日俱增。虽然她将恐惧埋藏在沉着冷静的面具之下,但它依旧存在,并随着他们跨越的每一里格不断增长。白天她焦虑不安,晚上则辗转反侧,每一只飞过头顶的乌鸦,都令她不禁咬紧牙关。

她为父亲恐惧,对他的缄默大惑不解。她为弟弟艾德慕恐惧,并暗自祈求,倘若他必须与弑君者在战场上相见,请天上诸神务必看护他。她更为奈德和两个女儿,为那两个她丢在临冬城不管的乖儿子恐惧。然而,她对他们每一个人都无能为力,于是她逼迫自己将这些念头统统抛到脑后。你必须将力量留给罗柏,她这么对自己说,他是你唯一帮得上忙的人。凯特琳·徒利,现在的你,必须像北境一样坚毅刚强,必须成为一个名符其实的史塔克家人,像你的儿子一样。

罗柏骑马走在队伍最前面,临冬城的白色旗帜在他头顶迎风飘扬。每天,他都会请一位封臣与他同行,借此机会讨论战略;他轮流邀请每一位诸侯,丝毫没有表现出个人好恶,像他的父亲一样用心聆听对方意见,仔细衡量每种说法。他从奈德那里学了好多,她看着他,心里想着,可他学够了吗?

黑鱼精挑细选出一百个人和一百匹好马,当先到前方掩蔽大军行踪,并执行侦察任务。而布林登爵士的部下回报的消息,丝毫未能纾解她的忧虑。泰温大人的部队虽与他们仍有相当距离……但河渡口领主瓦德·佛雷却已在他绿叉河畔的城堡聚集了近四千的兵

力。

"又迟到了。"凯特琳得知消息时,不禁喃喃自语。这人真该遭天谴,眼下简直是当年三叉戟河之战的翻版。她的弟弟艾德慕既已召集封臣,照说佛雷侯爵早该率兵前往奔流城加入徒利大军了,结果他却按兵不动。

"四千人,"罗柏复诵了一遍,话中有些恼火,更有困惑。"佛雷大人绝不可能单独对付兰尼斯特军,所以他一定是打算加入我们。"

"是吗?"凯特琳反问。她骑到队伍前方,与罗柏和他今天的同伴罗贝特·葛洛佛同行。先锋军散开跟在他们身后,犹如一座由枪戟、旗帜和长矛组成的森林,缓缓移动着。"我可不敢说。决不要对瓦德·佛雷抱任何期望,到时候你才不会觉得意外。"

"可他是外公的封臣。"

"罗柏,不是每个人都把自己立下的誓言当回事的,更何况瓦德大人与凯岩城的友好程度,向来令你外公不满。他有一个儿子就是娶了泰温·兰尼斯特的妹妹,虽说这算不了什么,瓦德大人膝下儿孙满堂,他们总是得结婚的。不过……"

"夫人,您认为他打算把我们出卖给兰尼斯特?"罗贝特·葛洛佛语气沉重地问。

凯特琳叹道:"说真的,我怀疑佛雷大人自己都不确定自己有何打算。他既有老人家的行事谨慎,又有年轻人的野心勃勃,更不缺精打细算。"

"母亲,我们一定要得到孪河城的支持。"罗柏的口气有些冲,"你也知道,除此之外无处可以渡河。"

"没错,而且你大可放心,瓦德·佛雷也很清楚。"

当晚,他们在沼泽的南界扎营,正好位于国王大道和河流中间。席恩·葛雷乔伊便是在此为他们带来她叔叔的新情报。"布林登爵士要我告诉你们,他已经和兰尼斯特军发生了遭遇战。有十来个斥候大概暂时不会回去跟泰温大人报告了,我看他们永远也回不去了。"他嘻嘻笑道,"负责指挥敌军侦察部队的是亚当·马尔布兰爵士,他正掉头往南,沿途到处放火。他约略知道我军的位置,但黑鱼发誓绝不让他知道我们何时兵分两路。"

"除非佛雷大人告诉他。"凯特琳语气尖锐,"席恩,你回去之后,请我叔叔将手下最厉害的弓箭手布置在李河城四周,日夜监视,一旦有乌鸦出城,立刻将其射下,我不希望有任何飞鸟将我儿的动向报告给泰温大人。"

"夫人,布林登大人早已这么办了。"席恩带着一抹得意的笑容回答,"再多几只黑鸟,我们都可以拿来做馅饼了。我会把羽毛留下来给您做顶帽子的。"

她早该想到,黑鱼布林登的考虑远比自己周详。"既然兰尼斯特军纵火焚烧佛雷家族的田地,掠夺他们的农舍,那他们有何反应?"

"亚当爵士和瓦德大人双方的部队有过遭遇战,"席恩回答,"距此不到一日骑程,我们发现两个兰尼斯特斥候被佛雷家士兵绑起来喂乌鸦。当然,瓦德大人把绝大多数兵力集结在李河城。"

按兵不动,静观其变,不明事态,绝不出手,这真是瓦德·佛雷的作风,凯特琳苦涩地想。

"既然他已和兰尼斯特军开战,或许他有意遵守誓言。"罗柏道。

凯特琳可没那么乐观。"保护自己的领地是一回事,公然与泰温大人作战又是另一回事。"

罗柏转头对席恩·葛雷乔伊说:"黑鱼有没有发现其他渡过绿叉河的方法?"

席恩摇摇头。"现在水位很高,水流又湍急,布林登爵士说在这么上游的地方是不可能渡河的。"

"我非渡河不可！"罗柏火冒三丈，"唉，我们的马或许可以游泳，但驮着全副武装的人可不行。我们得建造木筏，把头盔、铠甲和长枪等兵器运过去，可我们不但没有木头，**更没有时间**。泰温大人已经往北来了……"他握紧拳头。

"佛雷大人若想阻拦我们，那是自寻死路。"席恩·葛雷乔伊以他一贯的自信口吻说，"我们的兵力足足是他五倍，罗柏，如果必要，你可以轻易拿下孪河城。"

"恐怕不容易，"凯特琳警告他们，"至少绝非短时间内可以攻下。当你们还在架设攻城器械的时候，泰温·兰尼斯特便会带着大军从后掩杀而来。"

罗柏看看她，又看看葛雷乔伊，想要找寻答案，但徒劳无功。一时之间，他虽然披甲带剑，两颊又留了短须，看起来却比十五岁还要年幼。"父亲会怎么做？"他问她。

"想办法过河，"她告诉他，"用尽一切方法。"

翌日清晨，布林登·徒利爵士亲自骑马回报，他已经卸下血门骑士的重铠和头盔，换上轻便的斥候皮甲，但那条黑曜石雕的鱼依旧扣在披风上。

叔叔脸色沉重地翻身下马。"奔流城下有一场战事，"他抿抿嘴，"我们是从一个被俘的兰尼斯特斥候口中听说的。弑君者歼灭了艾德慕的军队，把三河诸侯打得四散奔逃。"

一只冰冷的手攫住了凯特琳的心。"我弟弟怎样？"

"受伤被俘，"布林登爵士道，"布莱伍德大人和其他生还者被困在奔流城里，詹姆的大军将他们团团包围。"

罗柏一脸焦躁。"我们得赶紧渡过这条该死的河，否则就来不及了。"

"这恐怕不容易，"叔叔告诫他，"佛雷大人的兵力现下都在城里，城门却是紧紧关闭。"

"这家伙该死，"罗柏咒道，"如果这老王八蛋不肯让我过去，我别无选择，非得攻城不可，待我们把李河城拆个一干二净，瞧他喜不喜欢！"

"罗柏，你这话听起来活像个赌气的小孩。"凯特琳口气锐利地说，"小孩子一遇阻碍，不是想绕过去，就是想把它推倒。作为一方领主，你得清楚言语有时候可以解决武力所办不到的事。"

听她责备，罗柏从脸孔红到脖子。"母亲，请您告诉我您的意见。"他温顺地说。

"佛雷家族把守渡口已经六百年，六百年来，他们从来不忘收取过桥费。"

"过桥费？他到底想怎样？"

她微笑道："这就轮到我们去发现了。"

"假如我不打算付过桥费呢？"

"那么你最好退回卡林湾，布好阵势迎接泰温大人……不然就是长出翅膀飞过河。我看没别的方法。"凯特琳轻踢马肚，向前奔去，让儿子留下来思索她的话。若是让他觉得母亲在抢夺他的权位，那可不成。奈德，除了勇气之外，你可有教导他智慧？她暗想，你可有教导他如何低头？七大王国的坟墓里多的是徒有勇武，却不知该何时低头的人。

日近正午，李河城进入先锋部队的视线，此地便是河渡口领主的根据地。

这里的绿叉河水既深且急，但佛雷家族的势力早在几世纪前便横跨两岸，并靠着渡河者缴纳的费用而致富。他们建造的通道是一座巨大的平滑灰石拱桥，宽度足以让两部马车并肩而行；卫河塔矗立于弧桥中央，以射箭孔、杀人洞和铁闸门睥睨河流和道路。佛雷家花了三代才完成这座拱桥，竣工之后，他们在两岸都筑起木头堡

垒，如此一来，任何人未经他们允许，都不能过河。

如今木头早已改为石材，孪河城——两座方正、丑陋却坚固的城堡，两边的样貌几乎完全相同，拱桥则横越其间——已经守护渡口几世纪之久。它有着高耸的城墙、深深的护城河和厚重的橡木镶铁门。桥的两边入口均位于防护严密的内城中，两岸有桥头堡和铁闸门，河中央则由卫河塔保护。

凯特琳只需一眼，便看出面前的城堡无法迅速攻陷。此刻城墙上处处是枪剑光影和大型弓弩，每个雉堞和箭口皆有弓箭手部署，吊桥已经升起，闸门也已降下。城门紧闭，扣上门闩。

大琼恩一见，立即开始高声咒骂。瑞卡德·卡史塔克伯爵则静静地怒视。"诸位大人，这样的城堡无法在短时间内攻下。"卢斯·波顿表示。

"若我们在对岸没有军队，就连包围也不行，"赫曼·陶哈郁闷地说。深流奔涌的绿水对岸，河西城堡有如其东边兄弟的倒影。"即使时间充裕也没办法，而我们的时间可是一点也不充裕。"

正当北方诸侯观察城堡时，一扇边门突然打开，伸出一座木板桥跨越护城河，十来个骑士朝他们而来。他们由瓦德侯爵的四个儿子率领，打着银灰色底、深蓝双塔的旗帜。史提夫伦·瓦德爵士，瓦德侯爵的继承人，代表一行人发言。佛雷家的人个个看起来都像黄鼠狼；年过六旬，自己都有孙子的史提夫伦爵士，看起来尤其像只年老而疲惫的黄鼠狼，不过他到底还颇有礼貌。"家父派我前来问候诸位，敢问率领这支劲旅的是何许人？"

"是我。"罗柏催马上前。他全身铠甲，临冬城的冰原狼徽盾系在马鞍上，灰风轻步跟在身边。

老骑士水汪汪的灰眼里闪现出一抹兴味，但他的坐骑却不安地哼了两声，避开了冰原狼。"如您愿意到城里与家父共进晚餐，表明您的来意，相信他必定大感荣幸。"

他的这番话，有如投石机射出的巨石，在北境诸侯中炸裂开来。众人均大为不满，他们或咒骂，或争执，彼此大呼小叫。

"大人，您千万不能去，"盖伯特·葛洛佛向罗柏陈情。"绝不能信任瓦德大人。"

卢斯·波顿点点头。"单身赴约，您就是任他宰割。他可以把您卖给兰尼斯特，把您丢进地牢，甚或割了您喉咙，一切随他高兴。"

"如果他想跟我们谈谈，叫他打开城门，*让我们全体进去与他共进晚餐*。"文德尔·曼德勒爵士高声宣布。

"干脆要他出来，就在这里宴请罗柏，当着双方所有人的面。"他的哥哥威里斯爵士提议。

凯特琳·史塔克与他们同感疑虑，但她只瞄了史提夫伦爵士一眼，便看出他对所见所闻甚感不悦，只要再多几句，机会就会稍纵即逝。她必须采取行动，越快越好。"*让我去。*"她高声说。

"夫人，您去？"大琼恩皱起眉头。

"母亲，您确定吗？"显然，罗柏并不确定。

"我当然确定，"凯特琳伶俐地撒谎，"瓦德大人是我父亲的封臣，我从小就认识他，他绝不会对我怎么样的。"*除非有利可图*，她在心里暗暗注明，但有些事情不能明讲，有些谎言也是必需。

"相信家父一定乐于和凯特琳夫人谈谈，"史提夫伦爵士道。"为了保证我们并无不良企图，我弟弟派温爵士会留在这里，直到夫人您安全归来为止。"

"而我们将待之如上宾。"罗柏说。派温爵士是佛雷家四兄弟中最年轻的一位，他下了马，把缰绳交给哥哥。"史提夫伦爵士，我希望家母能在日落时归来，"罗柏继续说，"我不愿在此逗留。"

史提夫伦·佛雷爵士礼貌地点头:"大人,照您吩咐。"凯特琳轻踢马刺,向前奔去,没有回头。瓦德侯爵的儿子和护卫们随即跟上。

父亲曾说,放眼七大王国,瓦德·佛雷是唯一能自己生出一支军队的领主。当天,河渡口侯爵在河东城堡的大厅里欢迎凯特琳时,他身边围绕着二十个活着的儿子(这不包括派温爵士,加上他就成了二十一个),三十六个孙子,十九个曾孙,以及许多女儿、孙女、私生子、私生女和私生孙子孙女。她终于明白父亲是什么意思。

瓦德侯爵今年九十,活像条干瘪的粉红色黄鼠狼,头早已光秃,上面遍布老人斑,因为痛风的关系,若无人搀扶,就没法站立。他最新一任妻子是个十六岁的女孩,苍白瘦弱,跟在他担架旁边走进来。她是第八任佛雷夫人。

"大人,多年不见,今日重逢,真是倍感喜悦。"凯特琳道。

老人满腹狐疑地眯眼盯着她。"是么?我倒很怀疑。凯特琳夫人,我年纪大了,你就省省这些甜言蜜语吧。为什么是你在这里?难道说你家儿子太尊贵,不愿亲自来见我?*我又该拿你怎么办呢?*"

凯特琳上次造访李河城,还是个小女孩,当时的瓦德侯爵便已经是个脾气暴躁、语气尖刻且甚无礼貌的人,看来岁月使他更令人难以忍受了。她的措辞必须格外谨慎,尽全力不去在意他的言语冒犯。

"父亲,"史提夫伦爵士语带责备地说,"您忘了吗?凯特琳夫人正是受您之邀而来的。"

"*我在问你吗?我没死,你就不是佛雷侯爵。我看起来像死人吗?我用不着听你说教。*"

"父亲大人,这不是待客之道吧?"他另一个年纪较轻的儿子说。

"这会儿连我的私生子都教训起我来啦？"瓦德侯爵抱怨，"你们都该死，我爱说什么便说什么。莱格，我这辈子招待过三个国王，王后就不用提了，你觉得我还用你教我'待客之道'？我第一次在你妈身上播种的时候，她还在牧羊咧。"他弹弹指头，赶走那面红耳赤的年轻人，然后又向另外两个儿子打了个手势。"丹威尔，惠伦，扶我到椅子上坐下。"

他们把瓦德侯爵从担架上扶下来，搀他到佛雷家的高位坐下。那是一张黑橡木椅子，椅背雕成以桥相连的双城式样。他年轻的妻子怯生生地走过来，为他的双脚盖上毛毯。老人坐定之后，招手示意凯特琳上前，在她手掌印下一个干如纸张的吻。"喏，"他宣布，"夫人，我已经行过礼了，或许我的儿子们可以赏个脸，给我闭上嘴巴。请问你来此有何目的？"

"大人，我们想请您打开城门。"凯特彬彬有礼地回答，"我儿子和他的封臣正急着渡河上路。"

"去奔流城？"他窃笑一声，"喏，用不着告诉我，用不着。我的眼睛还没瞎，老人家照样可以看地图。"

"去奔流城。"凯特琳证实。她不觉有何必要否认。"大人，我本以为会在那里见到您。您仍然是家父的臣属，是吧？"

"嘿，"瓦德侯爵道，他的声音介乎于冷笑和咕哝之间。"你也看到啦，城墙上那么多兵，还不都是我召集的？我打算等部队全体到齐之后，立刻就出发。当然啦，我的意思是派我儿子去，凯特琳夫人，我这身老骨头已经过了带兵打仗的年纪啰。"他环顾四周，仿佛在期待众人的肯定，接着他指指一位五十来岁，高大驼背的男子。"杰瑞，你告诉她，告诉她这的确是我的打算。"

"夫人，的确是这样，"杰瑞·佛雷爵士道，他是第二任佛雷夫人所生的儿子。"我以我的名誉发誓。"

"你那蠢弟弟在我们动身之前就吃了败仗,难道这是我的错吗?"他向后靠上背垫,皱眉看她,仿佛在等她质疑他的说辞。"我听说弑君者把他打得落花流水,跟斧头切乳酪一样。我的儿子干吗要急着南下送死啊?到南方去的人现在不都慌着逃回来?"

凯特琳真想朝这满腹牢骚的老头吐口水,然后把他架在火上烤,然而她只有黄昏之前这段时间来打开桥梁,于是她平静地说:"所以我们才更应该尽快赶到奔流城。大人,我们可否换个地方谈话?"

"我们现在不就在谈?"佛雷侯爵抱怨。他那遍布老人斑的粉红秃头倏地一转。"你们看什么?"他朝周围的亲人吼道,"还不快滚?史塔克夫人要跟我私下谈谈,搞不好她想让我出轨哩,嘿。你们通通都退下,去找点有用的事做。对,你也一样,臭女人,出去,出去,*出去*!"他的儿子、孙子、女儿、私生子、外孙、外孙女们鱼贯离开大厅,他则靠向凯特琳,坦白承认,"他们全都在等我死,史提夫伦已经等了四十年啦,可我偏要教他失望。嘿,我干吗要提早上天,好让他继承爵位啊,你说是不是?我偏不要。"

"我衷心希望您活到一百岁。"

"那可会叫他们七窍生烟,一定会的。好吧,你到底想谈什么?"

"我们想渡河。"凯特琳对他说。

"哦,是嘛?你说得轻巧,我为何放你们过去?"

一时之间,她的怒意猛地冒上来。"佛雷大人,假如你还有力气爬上自己的城墙,你会看到城外有我儿子的两万精兵。"

"等泰温大人到来,他们就会变成两万具活尸,"老人不甘示弱。"夫人,你少跟我来这套。你丈夫因叛国被关在红堡底下的牢房,你老爹卧病在床,弄不好快没气了,而詹姆·兰尼斯特又抓了你老弟,你拿什么来吓唬我?你那宝贝儿子吗?我可以跟你一个换

81

一个，等你儿子死光了，我还剩下十八个。"

"你可是宣誓效忠于我父亲。"凯特琳提醒他。

他的头左右摇摆，微微一笑："呵，可不是吗，我发过誓，可我也宣誓效忠王室啊，依我看呢，这会儿既然乔佛里是国王了，你和你家小鬼，以及外面那群蠢蛋不就是叛徒吗？对不对？这事连鱼都知道，我应该帮兰尼斯特把你们通通杀光。"

"那你为什么不帮他？"她质问他。

瓦德侯爵不屑地哼了一声。"泰温大人，他可是个大人物哩，既是西境守护，又是御前首相，呵，多了不起，这样也是金子打的，那样又是狮子形状，心高气傲得很。我敢跟你打赌，他豆子吃多了，跟我一样会放屁，不过你看想听他承认，想都别想。他在拽个什么劲咧？也不过有两个儿子，其中一个还是畸形小怪物，我可以拿儿子跟他一个换一个，等他的都死光了，我还剩十九个半咧！"他咯咯笑道，"如果泰温大人需要我帮忙，他好歹可以问他妈的一声吧？"

凯特琳需要的就是这句。"大人，我现在就是请求您帮忙，"她谦卑地说，"我代表我父亲、我弟弟、我丈夫以及我儿子向您请求。"

瓦德大人伸出一只干枯的手指指着她。"夫人，你省省这些甜言蜜语，甜言蜜语我听我老婆讲就够了。你见着她没有？才十六岁，像朵小花，她的花蜜可是只给我一个人喝哟。我敢打赌，明年这时候啊，她就会再给我添个儿子。说不定我就让他当我的继承人，你说这会不会把他们活活气死啊？"

"我相信她一定会给您添许多儿子的。"

他的头前后摇摆。"令尊没来参加我的婚礼，在我看来，就算他快死了，这依旧是侮辱。别忘了，我上次结婚他也没来，还叫我做'迟到的佛雷侯爵'，这你总知道吧？难道他以为我死了？我

可没死,而且我跟你保证,我绝对要活得比他长,就像我活得比他老爸还久一样。你们家的人老是看我不顺眼,你别否认,也别想骗我,你很清楚我说的是实话。好些年前,我去找令尊,提议让他儿子和我女儿联姻。这有什么不好?我有个乖女儿是合适人选,只比艾德慕大几岁,就算你老弟不喜欢她,我也还有其他女儿给他挑,要年轻的有年轻的,要老的有老的,要闺女要寡妇要什么样的都成,可是呢,霍斯特大人说什么也不肯。他讲了一大堆甜言蜜语,通通都是借口,我真正想要的却是赶紧嫁掉一个女儿啊。

"还有你老妹,同样一副坏德行,那是一年前的事啰,当时琼恩·艾林还是御前首相,我到都城里去看我儿子参加比武竞技。史提夫伦和杰瑞年纪都太大,没法下场比武,不过丹威尔和霍斯丁前去参加,派温也去了,我还有两个私生子参加团队比试。早知道他们会丢我的脸,我也不必大费周章地跑去,我倒是问你,我干吗千里迢迢跑去看霍斯丁被提利尔家那小崽子打下马来啊?那小鬼只有他一半年纪,大家都叫他什么'小花爵士';更可气的是丹威尔竟被一个雇佣骑士打下马来!有时候我还真怀疑他们俩到底是不是我的种?我的第三任老婆是克雷赫家的人,克雷赫家的女人通通都是些残货。唉,这些都不重要啦,你还没出生她就死了,所以干你什么事?

"我刚刚在说你妹妹。我向艾林公爵夫妇提议让我两个孙子到宫廷里做他们的养子,与之相对呢,让他们的儿子到李河城来住一段时日。哼,莫非我的孙子就那么见不得人,没资格给朝廷里的人看?他们可都是安静又懂礼的乖孩子,瓦德是梅里的儿子,照着我的名字取的,另外一个哩……嘿,我不记得了……好像也叫瓦德。他们都把孩子叫做瓦德、瓦妲,以为这样就会讨我喜欢,那孩子的爹……是哪一个来着?"他的脸整个皱成一团。"唉,管他是谁,总之艾林大人不要,不管哪个都不要,而我得把这事怪罪到你妹妹头上。你没看她那样子,整个人像是结了冰,好像我打算把她儿子卖给戏班,或是抓去当太监似的!艾林大人为了平息尴尬局面,便吐露那孩子已经决定送到龙石岛去给史坦尼斯·拜拉席恩收养,一听此言,她立刻半声不吭地冲了出去,首相大人只好不停地向我道歉。我倒是问你,道歉顶什么用哩?"

凯特琳有些不安地皱起眉头。"我记得莱沙的孩子是要送到凯岩城去给泰温大人收养的。"

"不对,是史坦尼斯大人,"瓦德·佛雷很不耐烦地说,"你以为我连史坦尼斯大人和泰温大人都分不出来吗?他们两个都是自以为高贵不拉屎的粪坑,即便这样,我还是知道谁是谁,莫非你觉得我老了,记不清啦?我今年才九十,记得清楚得很,连怎么搞女人也没忘。我敢跟你打赌,我家那老婆不到明年这时候就会给我再添个儿子,或者女儿——那也没法子。哎呀,管他儿子女儿,还不都是红彤彤地皱成一团,哭个没完没了?我看她八成又要给孩子取名瓦德或瓦妲啦。"

凯特琳对佛雷夫人如何给孩子取名毫无兴趣。"琼恩·艾林有意让史坦尼斯大人收养他的儿子,此事您可确定?"

"对,对,对,"老人说,"只是他死啦,这有什么差别?你说你们想过河?"

"是的。"

"唉,你们过不了!"瓦德侯爵干脆地宣布,"除非我答应,可我干吗答应呢?徒利家和史塔克家对我向来不太友善。"他往后靠向椅背,双手抱胸,露出得意的笑容,等她答复。

剩下的就只是讨价还价。

城堡大门打开时,一轮火红夕阳低垂在西方丘陵上,吊桥"嘎吱嘎吱"地降下来,闸门缓缓升起,凯特琳·史塔克夫人骑马回到儿子和北境诸侯身边。跟在她身后的是杰瑞·佛雷爵士、霍斯丁·佛

雷爵士、丹威尔·佛雷爵士，瓦德侯爵的私生子朗诺尔·河文以及一大队长矛兵。他们身穿蓝色环甲，肩披银色披风，排成纵队，缓步走来。

罗柏快马加鞭地迎上前，灰风飞也似的跟在他身边。"一切都办妥了，"她告诉他，"瓦德大人会让你过河，他的军队也是你的，不过他会留下四百人防守孪河城。我建议你也留下相同数目的剑士和弓箭手，他绝对无法拒绝额外的协防兵力……但千万要找你信得过的人负责指挥。瓦德大人可能会需要提醒，才能守住承诺。"

"母亲，就照你说的办。"罗柏边说边盯着那一大队长矛兵，"或许……让赫曼·陶哈爵士来负责，你意下如何？"

"很好。"

"他……他要我们怎么样？"

"你要拨出几个手下，护送佛雷大人的两个孙子北上临冬城。"她告诉他，"我已经同意收他们为养子，他们年纪还小，一个七岁，一个八岁，两个都叫瓦德。我想你弟弟布兰应该会很高兴有同龄人做伴。"

"就这样而已？两个养子？这样的代价未免也太——"

"佛雷大人的儿子奥利法跟我们一起走，"她继续说，"他将担任你的私人侍从，过段时间以后，他的父亲希望能看到他被册封为骑士。"

"带个侍从？"他耸耸肩，"很好，没问题，如果他——"

"还有，假如你妹妹艾莉亚平安归来，我们同意让她嫁给瓦德大人的幼子艾尔玛，当然，得等两人成年以后。"

罗柏有些不知所措。"艾莉亚不会喜欢的。"

"等战事结束，你也将迎娶他一个女儿，"她把话说完，"侯爵大人慷慨地同意你自行挑选，他有好些个适合的人选。"

这次，罗柏倒是眉头都没皱一下。"原来如此。"

"你同意吗？"

"我可以拒绝吗？"

"那你就不能渡河。"

"我同意。"罗柏郑重地说。在她眼中，他从未像此时这么有成年人的样子。小男孩或许也能舞刀弄剑，但只有真正的成年领主才能明白政治婚约的意涵，并坦然接受。

当晚，一弯新月漂浮水面，他们展开了渡河行动。两列纵队有如一条巨大的钢蛇，蜿蜒进入东河城，迂回绕过广场，通过内城，走上拱桥，经过又一次相同的地形后，从西岸的城堡离开。

凯特琳骑行在钢蛇前端，同行的有她儿子，叔叔布林登爵士，以及史提夫伦·佛雷爵士。身后是他们九成的骑兵，包括骑士、枪骑兵、自由骑手和弓骑兵。他们花了好几个钟头方才完成穿越。事后，凯特琳始终忘不掉无数的马蹄踏过吊桥发出的声音，以及卫河塔上瓦德·佛雷侯爵炯炯的目光。他坐在担架上，从杀人洞的细长铁条间向下俯瞰，目送他们离去。

北军的主力，包括徒步的长矛兵、弓箭手和大量民兵留在东岸，由卢斯·波顿指挥。罗柏命令他继续南下，与由泰温大人指挥，正朝北进逼的兰尼斯特大军进行决战。

是好是坏，儿子已经孤注一掷。

琼恩

"雪诺，你还好吧？"莫尔蒙司令皱眉问。

"好吧？"他的乌鸦呱呱叫，"好吧？"

"大人，我很好。"琼恩撒了谎……还特意大声，仿佛这样可让谎言成真，"您呢？"

莫尔蒙又是眉头一皱。"有个死人想杀我，你觉得我能好到哪里去？"他抓了抓下巴。由于长长的灰胡子被火烧到，他便把胡子给割了。新长出来的白色短须使他看起来不仅丑陋了些，老上许多，更显得脾气暴躁。"说实话，你的气色不太好，手怎么样了？"

"正在复原。"琼恩动动自己绑了绷带的手指给他看。扔那堆窗帘造成的灼伤比他预期中严重许多，现在他的右手臂缠满了丝绷带，一直绑到手肘。当时他一点感觉也没有，之后才开始疼痛。他裂开的红皮肤内流出液体，一个个吓人的充血水泡布满指间，大得像蟑螂似的。"学士说会留下疤痕，但除此之外应该没有大碍。"

"手上有疤没关系，在长城这儿，你大多时候都会戴手套。"

"大人，您说的是。"困扰琼恩的不是疤痕，而是其他的事。伊蒙师傅给他喝了罂粟花奶，即便如此，手依旧痛得要命。起初他感觉自己的手仍然着了火，日夜烧个不停，唯有将之插进装满陈雪和碎冰的盆子里才能稍减疼痛。琼恩在床上疼痛难耐，翻滚哀号的模样，只有白灵知道，为此他暗自感谢天上诸神。可等真的睡了，他又会做梦，这些梦比手伤还可怕。在梦中，和他厮杀的尸体不仅有蓝眼睛和黑手掌，更有父亲的脸。他可不敢把这个告诉莫尔蒙。

"戴文和哈克昨晚回来了，"熊老说，"和其他人一样，他们没找到半点你叔叔的踪迹。"

"我知道。"昨晚琼恩硬拖着身子去大厅和朋友们共进晚餐，当时大家谈论的都是游骑兵失败的搜查行动。

"你知道，"莫尔蒙咕哝道，"怎么大家什么都知道啊？"他也没期待答案。"看来，总共就那么两个……东西。不管他们是什么，我绝对不承认他们是人。感谢天上诸神。要是再多几个……唉，还是别去想的好。只是我这身老骨头有预感，以后迟早会再碰上这东西，伊蒙师傅也这么说。冷风吹起，夏日将尽，前所未见的寒冬即将来临。"

凛冬将至。对琼恩而言，史塔克家的箴言从未如此阴森，如此充满不祥之气。"大人，"他迟疑地说，"听说昨晚又来了一只鸟儿……"

"是有这么回事。怎样？"

"我想知道有没有我父亲的消息。"

"父亲！"老乌鸦在莫尔蒙肩上走来走去，头上下摆动，嘲弄地叫道，"父亲！"

司令伸手想捏住它的长嘴，但乌鸦跳上他的头，拍拍翅膀，飞过房间，停在窗户上。"就只会吵闹捣蛋，"莫尔蒙咕哝着说，"乌鸦通通这副德行，真不知我养这只讨人厌的鸟做什么……如果有艾德大人的消息，你觉得我会不叫你来么？无论你是不是私生子，你毕竟是他的亲生骨肉。信上说的是巴利斯坦·赛尔弥爵士的事。他似乎被从御林铁卫里革职了。他们把他原先的席位给了那条黑狗克里冈，现在赛尔弥正被通缉中，罪名是叛国。那些蠢材派了几个卫士去拿他，结果他宰了两个后逃走了。"莫尔蒙哼了一声，他对那些派都城守卫去对付无畏的巴利斯坦这般武艺超凡之人的看法，溢于言表。"我们这儿森林里有白色鬼影，城里面有不安分的死人行走，结果坐在铁王座上的竟是个小毛头！"他语带嫌恶地说。

88

乌鸦尖声怪笑:"小毛头!小毛头!小毛头!小毛头!"

琼恩记得熊老对巴利斯坦爵士寄予厚望,如果连他都失势,那莫尔蒙的信还有什么机会上达国王呢?他不禁紧握手指,剧痛却立即从伤口处炸裂开来。"那我妹妹呢?"

"信上既没提到艾德大人,也没说他女儿的事。"莫尔蒙有些恼火地耸耸肩。"说不定他们根本就没收到我的信。虽然伊蒙师傅送了两份抄本,也派他最好的鸟儿带去了,可这种事谁说得准呢?我看八成是派席尔懒得回信。这也不是第一次了,当然更不会是最后一次。恐怕对君临那些人而言,我们什么也不是。他们只肯告诉我们他们想让我们知道的事,而这些事少得可怜!"

你也只告诉我你想让我知道的事,这些事还更少呢,琼恩愤愤不平地想。罗柏已经号召封臣,率军南进,却没有人告诉他……后来还是念信给伊蒙学士听的山姆威尔·塔利当天夜里偷偷跑来找他,一边轻声细语,一边忏悔自己不该这么做。可想而知,他们一定是认为他兄弟的战争与他无关。然而这却比其他所有事更教他烦心。罗柏正驰骋沙场,他却坐困愁城。无论琼恩如何宽慰自己:如今他的职责所在是与新弟兄们共同防守长城,他依旧觉得自己像个懦夫。

"玉米!"乌鸦又叫起来,"玉米!玉米!"

"噢,给我闭嘴。"熊老告诉它。"雪诺,伊蒙师傅估计你的手多久可以复原?"

"快了。"琼恩回答。

"那敢情好,"莫尔蒙司令拿出一把剑,放在两人之间的桌上,那剑有着黑色金属镶银边的鞘。"喏,到时候你就用这个。"

乌鸦振翅而下,停在桌上,昂首阔步地朝剑走去,一边好奇地歪着头。琼恩犹豫了一下。这究竟是什么,他一点头绪都没有。"大人,这是?"

"之前那场火把剑柄圆头的银给熔掉了,护手和剑柄也被烧毁,唉,干皮革和木头,不烧才有鬼。至于剑本身嘛……你得用热一百倍的火才能伤到剑身。"莫尔蒙把手一挥,连剑带鞘推过粗糙的橡木桌面。"我把其余的部分重新打过了。拿去吧。"

"拿去吧!"乌鸦得意洋洋地附和,"拿去吧!拿去吧!"

琼恩僵硬地伸手拿剑。他用的是左手,因为右手不但绑了绷带,而且伤口未愈,不甚灵活。他小心翼翼地将剑从鞘里抽出,举到眼前。

剑柄尾端的圆球是一块淡白色石头,还加了铅以平衡剑身的重量,圆球雕刻成一只咆哮狼头的模样,眼睛是两小片红榴石。剑柄裹着又黑又软的新皮,未经汗渍和血水沾染。剑身则足足比琼恩惯用的剑长了半尺,前端极尖,既能刺击,亦可挥砍,上面开了三道深深的血槽。"寒冰"是名副其实的双手剑,这把则是一手半,有时也称为"长柄剑"。这柄狼剑似乎比他以前用过的剑都轻。琼恩轻转剑身,看到色泽沉暗的精钢剑身历经千锤百炼所留下的波纹。"大人,这是用瓦雷利亚钢锻铸的剑啊。"他讶异地说。父亲以前时常让他把握"寒冰",所以他知道这外观和手感。

"没错。"熊老告诉他,"这是我父亲的剑,我祖父传给他的。这把剑在莫尔蒙家族父子相传了五百年,我年轻时也用这把剑,后来我穿上黑衣,便将它传给儿子。"

他将传给儿子的剑给了我,琼恩简直不敢相信。剑刃极度平衡,锋芒一遇光线,立即熠熠发光。"您的儿子——"

"我儿让莫尔蒙家族蒙上耻辱,但他逃亡之前,倒还懂得留下这把剑。我妹妹把剑送还给我,然而每当见到它,就让我想起乔拉的事,所以我把剑收起来,日子一久也就忘了,直到这回在我卧室的灰烬里找到它。原本剑柄尾端是个银制熊头,不过因为经年累月的磨损,早已辨认不出。你用的话,我想白狼比较适合。正好我们工匠里面有个不错的雕刻师傅。"

当琼恩还在布兰那个年纪的时候,也像所有的男孩子一样,梦想着将来干出一番大事业。虽然每次白日梦的细节都不同,但他总想象自己救了父亲一命,事后艾德公爵宣布琼恩已经证明了自己是真正的史塔克传人,并将"寒冰"交到他手中。即便在当时,他也知道这不过是小孩子的玩笑,私生子是绝不可能继承家传宝剑的。如今想起这些,他觉得羞耻。夺走自己兄弟的继承权,这算什么?**我没资格接受这把剑**,他心想,**一如我没资格继承"寒冰"**。他动动灼伤的手指,感觉到皮肤底下深层的痛楚。"大人,您让我受宠若惊,可是——"

"小子,少跟我'可是'。"莫尔蒙司令打断他。"若不是你和你那头狼,我现在就不会坐在这里了。你不仅勇敢……更重要的是,你的脑筋动得快。没错,天杀的,**就是用火**!我们早该知道,**早该想起来**。古时也曾有过长夜之劫,唉,八千年虽然久了点……可若是连守夜人都不记得,还有谁会记得呢?"

"谁会!"聒噪的乌鸦跟着叫,"谁会!"

那天晚上,诸神确是听见了琼恩的祈祷;尸鬼的衣服一着火,其瞬间便被烈焰吞噬,仿佛它的皮肤是蜡油,骨头是干柴。琼恩只需闭上眼睛,依然可以见到那具尸体跟跄着走过书房,四处碰撞家具,挥舞双臂拍打火焰的景象。萦绕心头久久不去的是那张脸:四周为火围绕,头发如稻草燃烧,坏死的肌肉一块块熔解滑落,露出下面的颅骨。

不管驱使奥瑟的是何种恶魔力量,都已被烈火赶走;他们在余烬堆里找到的那团扭曲东西,只不过是烤熟的人肉和烧焦的骨头罢了。然而在他的噩梦里,它又再度到来……这次冒火的尸体生着艾德公爵的容貌,焦黑爆突的是父亲的皮肤,如结冻眼泪般流下脸颊的是父亲的眼睛。琼恩不明白自己为何会做这种梦,也不了解这代表的意义，他只是吓坏了。

"一剑换一命，够便宜了。"莫尔蒙总结。"快拿去，别再跟我啰唆，听懂了没？"

"是，大人。"琼恩抚摸着柔软的皮革，这把剑似乎迫不及待地渴望他的掌握。他明白，这是莫大的荣耀，他也的确非常感激，可是……

他不是我父亲，这个念头毫无预警地跃上琼恩心头。艾德·史塔克公爵才是我父亲。我永远不会忘记他，无论别人给我多少把剑，我都不会。但他怎么能对莫尔蒙司令说他梦想的是另一个人的剑呢……

"我也不想听什么客套话，"莫尔蒙道，"所以把道谢都省了吧。用实际行动证明你珍惜它，比说多少废话都管用。"

琼恩点点头。"大人，这把剑可有名讳？"

"以前是有的。名叫'长爪'。"

"长爪！"乌鸦大叫，"长爪！"

"长爪，好名字，"琼恩试着挥砍了一下。虽然左手持剑，难看又笨拙，但宝剑仿佛能凭着自己的意志划破空气。"狼和熊都有爪子。"

熊老听了似乎很高兴。"我也这么想。我看你得把剑背在背后。这剑太长，没法佩在腰际，至少在你再长高个几寸之前是这样。还有，你好好练习一下双手攻击。等你的手伤痊愈，可以找安德鲁爵士教你几招。"

"安德鲁爵士？"琼恩不记得这个名字。

"安德鲁·塔斯爵士。他正从影子塔赶来，他是我们的新任教头。艾里沙·索恩爵士昨天早上到东海望去了。"

琼恩放下剑。"为什么？"他傻傻地问。

莫尔蒙哼了一声。"你以为呢？当然是我派他去的。他身上带

着杰佛·佛花被你那白灵咬断的手。我命令他搭船去君临,将手呈报给小鬼头国王看看,这总该能吸引乔佛里的注意吧……何况艾里沙爵士出身既好,又是正式册封的骑士,朝廷里也有旧识,应该不至于像其他穿黑衣的'乌鸦'弟兄般受到冷落。"

"乌鸦!"琼恩觉得乌鸦的口气有些愤慨。

"总之呢,"总司令不理会乌鸦的抗议,续道,"如此一来你和他就自然隔开了几千里,也不显得我偏袒。"他伸出一根指头指着琼恩的脸。"但是,别以为这代表我赞同你在大厅里胡来。勇气虽然可以弥补相当程度的愚蠢,但无论你现在几岁,都不是小孩子了。这是把成年人的剑,也只有成年人才配用它。我希望你好自为之。"

"是,大人。"琼恩把剑收回镶银边的剑鞘。虽说这并非他梦想的剑,但依然是件贵重的礼物,而将他自艾里沙·索恩的恶意侮辱之中释放出来,更是高贵之举。

熊老搔搔下巴。"我都忘记刚长出来的胡子有多痒了。"他说,"唉,也罢。你的手能工作么?"

"可以,大人。"

"那敢情好。今晚会很冷,我要喝点加料的热葡萄酒。帮我找瓶红的,不要太酸,香料也别省。还有,你去跟哈布说,他要是敢再给我送煮羊肉来,我就把他给煮了。上次的后腿肉整个是灰的,连鸟都不吃。"他用拇指搓搓乌鸦的头,鸟儿发出一声满足的咕噜。"你去吧,我还有事要忙。"

他佩着宝剑走下高塔楼梯,站在壁龛里的守卫微笑着看他。"真是把好剑。"其中一人说。"雪诺,干得漂亮,"另一个人告诉他。琼恩逼自己也对他们微笑,然而他心底却没有笑意。他知道自己应该高兴,却怎么也高兴不起来。他的手隐隐作痛,口中有愤怒的味道,可他说不出自己究竟是对谁生气,或是为何生气。

如今莫尔蒙总司令改住国王塔,琼恩出塔时,发现五六个朋友正鬼鬼祟祟地等在外面。他们在谷仓门上挂了个箭靶,装作练习箭法,但他一眼就知道他们别有企图。他前脚刚落地,派普便叫道:"嘿,快过来让咱们瞧瞧吧!"

"瞧什么?"琼恩说。

陶德溜过来。"当然是你的红屁股啰,还有什么?"

"那把剑,"葛兰说,"我们想瞧瞧那把剑。"

琼恩用充满责难的眼光扫视他们。"原来你们都知道。"

派普嘻嘻笑道:"我们可不像葛兰那么笨。"

"你明明就笨,"葛兰坚持,"你比我还笨。"

霍德有些歉疚地耸耸肩。"剑尾的圆球是我和派特一起雕的,"这位工匠说,"红榴石则是你朋友山姆从鼹鼠村带回来的。"

"我们知道得比那更早哩,"葛兰说。"路奇在唐纳·诺伊的锻炉边帮忙,熊老拿烧坏的剑去的时候他刚好在场。"

"快把剑拿出来!"梅沙坚持。其他人也跟着起哄。"拿剑来!拿剑来!拿剑来!"

于是琼恩抽出长爪,左右旋转,让他们好好欣赏。长柄剑身在苍白的日光下闪耀着阴暗而致命的光泽。"这是瓦雷利亚钢呢。"他严肃地表示,努力装出应有的快乐和骄傲。

"我听说啊,从前某人有把瓦雷利亚钢打的剃刀,"陶德说,"结果他刮胡子的时候把头给剃掉了。"

派普嘿嘿一笑。"守夜人虽有几千年历史,"他说,"但我敢打赌,咱们雪诺大人肯定是头一个把司令塔给烧掉的人。"

众人哈哈大笑,连琼恩也忍俊不禁。其实他引起的那场火,并未当真烧毁那座坚实的石砌高塔,只是把塔顶两层楼的所有房间,也就是熊老的居所,给烧得一干二净。大家对于损失倒是不以为意，因为这场大火同时也烧毁了奥瑟的杀人死尸。

至于那个生前叫做杰佛·佛花，原本是游骑兵，后来只剩一只手的尸鬼，也被十几个弟兄剁成碎片……然而它却先杀死了杰瑞米·莱克爵士及其他四人。杰瑞米爵士本已砍下它的头，可依旧没能阻止无头尸鬼拔出他的匕首，深深插入他的肚腹。遇上早已死亡，怎么也不会倒下的敌人，无论力量还是勇气都没有太大用处；武器和护甲，所能提供的保护也殊为有限。

这个悲惨的念头，使得琼恩原本脆弱的心绪更加恶劣。"我要去找哈布，请他安排熊老的晚餐。"他唐突地对大家宣布，然后将长爪插进剑鞘。他知道朋友们是一番好意，可惜他们不懂。这实在不能说是他们的错：他们用不着面对奥瑟，没有亲眼目睹那双死人蓝眼的惨白光芒，没能感受到死人黑手指的冰冷，自然更不关心三河流域的激烈战事。既然如此，又怎能期望他们了解呢？他唐突地转身，闷闷不乐地大步离去。派普在身后叫他，但琼恩没有理会。

火灾之后，他们让他搬回倾颓的哈丁塔，住在他以前那间旧石室里。当他回到房间时，白灵正蜷缩在门边睡觉，但他一听见琼恩的靴子声，便抬起头来。冰原狼的红眼睛比红榴石还要沉暗，比人眼更睿智。琼恩蹲下来，搔搔他的耳朵，给他看剑尾的圆球。"看，是你呢。"

白灵闻闻石雕，伸出舌头舔了一下。琼恩微笑着告诉小狼："荣耀归你所有。"突然间，他回想起自己在晚夏的雪地里找到他的经过。当时他们带着其他小狼正要回去，可琼恩听见了别的声音，回头看去，只见雪地里的他一身白毛，几乎无从分辨。"他就孤身一个，"他心想，"离兄弟姐妹远远的。他与众不同，所以被他们赶走。"

"琼恩？"他抬起头。两颊通红的山姆威尔·塔利站在他面前，局促不安地发着抖，全身紧紧裹在厚重的毛皮斗篷里，仿佛即将进入冬眠。

"山姆,"琼恩起身。"怎么了?你也想看看那把剑么?"大家都知道,山姆自然不例外。

胖男孩摇摇头。"我曾经是我父亲的宝剑传人,"他悲戚地说,"那把剑叫'碎心'。蓝道大人让我拿过几回,可我每次都很害怕。剑是用瓦雷利亚钢铸成,美丽异常,也锋利异常,我怕会伤到妹妹们。现在狄肯是它的传人了。"他在斗篷上擦擦手汗,"我……嗯……伊蒙师傅要见你。"

还不到换绷带的时间。琼恩狐疑地皱眉质问:"他找我做什么?"看着山姆可怜兮兮的模样,答案已经不问自明。"你跟他说了,是不是?"琼恩怒道,"你跟他说你告诉我了。"

"我……他……琼恩,我不是故意的……是他问的……我的意思是……我觉得他根本就知道,他看得见别人看不到的东西。"

"他的眼睛早就瞎了。"琼恩嫌恶地大嚷,"我自己认得路。"说完,他径自走开,留下目瞪口呆的山姆站在原地发抖。

伊蒙学士正在鸦巢里喂乌鸦,克莱达斯提着一桶肉片,跟着他在笼子间行进。"山姆说您有事找我?"

学士点点头。"是我的意思。克莱达斯,请把桶子交给琼恩,或许他愿意好心地帮我个忙。"驼背红眼的弟兄将桶子递给琼恩,随后赶忙爬下梯子。"只管把肉丢进笼子,"伊蒙指点他。"鸟儿自己明白。"

琼恩将桶子换到右手,左手伸进血红的肉块中。鸦群见状,纷纷发出嘈杂的尖叫,在铁栏里飞来飞去,拍动漆黑如夜的翅膀击打着金属鸟笼。肉被切成比指节大不了多少的小碎块,他抓起满满一把血红肉片丢进笼中,尖叫和振翅声立刻愈演愈烈。两只体型较大的乌鸦为了争夺一块上好的肉,彼此厮打起来,一时之间羽毛纷飞。琼恩赶忙又抓一把,丢给其中一只。"莫尔蒙大人的乌鸦喜欢吃水果和玉米。"

"那是只很罕见的鸟,"学士道,"大部分的乌鸦虽然也吃谷子,但还是偏好肉类。这不光能让它们强壮,恐怕它们生性就嗜血。在这点上,它们和人类倒是挺像……所以,和人一样,乌鸦的个性也不全然相同。"

琼恩接不上话,只好继续丢肉,不禁纳闷自己为何会被找来。也罢,等老人家觉得时机适当,自然会告诉他。伊蒙学士这个人可是催不得的。

"鸽子虽然也可以训练来递送讯息,"我们一般所用的大乌鸦不仅强健,体型大,胆子老鹰也更有能力自卫……然而大乌鸦色黑,又以信仰虔诚的人憎恨它们。你可知道,'受神祝福那子全面取代大乌鸦?当然,他没有成功。"老师双白色盲眼转向琼恩。"只有守夜人比较喜欢大乌鸦。

琼恩的手指浸在桶子里,血淹及腕。"我听戴文说,野人也把我们叫做乌鸦。"

"乌鸦是大乌鸦的可怜远亲。它们是一身黑羽的乞食者,向来受到误解,遭人怨恨。"

琼恩真希望自己能清楚他到底在讲些什么,以及其中缘由。大乌鸦和鸽子与他何干?如果老人家有话要说,为何不肯直截了当?

"琼恩,你可曾想过,*为何守夜人不娶妻也不生子*?"伊蒙学士问。

琼恩耸耸肩。"我没想过。"他又丢了些碎肉。此时他的左手已经沾满黏滑血渍,右手则因木桶的重量而隐隐作痛。

"只因如此一来,他们才不会为情爱所困扰,"老师傅自问自答,"情爱是荣誉的大敌,更是责任的大忌。"

琼恩觉得不太对劲,但他没说什么。老学士年逾百岁,在守夜人军团里德高望重，他没资格去反驳他。

老人家似乎察觉了他的不以为然。"琼恩，你告诉我，假如有这么一天，你的父亲大人必须在荣誉和他所爱的人之间做出抉择，你想他会怎么做？"

琼恩迟疑了。他想说艾德公爵绝不会做出有损名誉的事，即使为了情爱也不例外。然而他心中却有个狡诈的声音在悄悄低语：他有个私生子，这有何荣誉可言？还有你母亲啊，他负起过对她的责任吗？他连她的名字都不肯讲！"他会做他该做的事，"他刻意拖长音调，借此掩饰自己的犹豫不决。"不管那是什么。"

"那么，艾德大人是万里挑一的人才。多数人不若他这么坚强。跟女人的情爱相比，荣誉算得了什么？当你怀抱初生幼儿……或是想起兄弟的笑容，责任又算得了什么？不过都是虚幻，都是空谈罢了。我们身为凡人，天上诸神使我们有能力去爱，那是对我们最美好的恩赐，却也是我们最深沉的悲哀。

"守夜人军团的创建者深知他们的勇气是守护王国、抵抗北方黑暗势力的唯一屏障。他们深知自己不能分神他顾，否则决心必将动摇，所以他们誓不娶妻，誓不生子。

"然而人皆有父母，皆有兄弟姐妹。他们来自纷争不断的大小王国，也深知时局会改，人性终究不变。于是他们立下誓言：守夜人守护王国，但绝不参与其中任何战役。

"他们恪守誓言。当伊耿杀死黑心赫伦，夺其王国的时候，赫伦的兄弟正是长城守军总司令，手下有一万精兵，但他没有出兵。当七大王国依旧是七国分立的年代，任何一个时代，至少都有三四个国家彼此交战，但守夜人没有参战。当安达尔人渡海而来，横扫先民诸国，这些死去国王的子孙们依旧奉誓不渝，坚守岗位。千百年来，始终如一，这便是荣誉的代价。

"当一个人无所畏惧时，即便懦夫也能展现不输于人的勇气。

当我们毋须付出代价时,自然都能尽忠职守。行走在这条荣耀的大道上,似乎是那么的容易。然而每个人的生命中迟早会遇到考验,那便是他必须抉择的时刻。"

有些大乌鸦还在吃,细细的肉丝悬挂在长喙边,不住摇晃。大多数乌鸦似乎都看着他。琼恩能感觉到每一双细小的黑眼停在他身上的重量。"如今就是我要抉择的时刻……您的意思,是这样吗?"

伊蒙师傅转过头,用那双瞎了的白眼"看"着他,仿佛可以看透他的心。琼恩觉得自己赤裸裸的,什么都藏不住。他情不自禁地两手握起桶子,把剩下的碎肉全倒进笼里。肉条和血水四处飞溅,乌鸦纷纷振翅散开,疯狂尖叫。动作快的在空中叼住肉条,贪婪地大口吞咽。琼恩松开手,任由空桶"咔啦"落地。

老人伸出一只枯槁而遍布斑点的手,放在他肩上。"孩子,这很痛苦,"他轻声说,"噢,可不是嘛,做出抉择……总是痛苦的。现在如此,以后依然。我知道。"

"不,你不知道。"琼恩苦涩地说,"没有人知道。就算我是他的私生子,他依旧是我父亲……"

伊蒙师傅叹道:"琼恩,我刚才告诉你的,你难道都没听进去?你难道认为自己是第一个经历考验的人吗?"他摇摇苍老的头,那是个虚弱得难以形容的动作。"天上诸神为我的誓言设立过三次考验。一次在我年幼,一次我正值壮年,最后一次则在我步入老年之后。那时我已年老体衰,视力渐弱,然而面临的抉择却如同第一次那般残酷。大乌鸦从南方带来我家族灭亡的消息。黑色的翅膀,黑暗的消息。我的亲人死亡、名声扫地、景况凄凉。但我这个身体虚弱的瞎眼老人能做些什么呢?我像是襁褓中嗷嗷待哺的婴儿一般无助,可一旦想到自己坐在这里,置身事外,听任他们杀害我弟弟可怜的孙子,他的曾孙,还有那些无辜的孩儿……"

老人眼中晶莹的泪水，让琼恩惊骇得不能言语。"您究竟是谁？"他近乎恐惧地轻声问。

那双老迈的唇微微牵起，露出一张无牙的嘴。"不过就是个自学城毕业，立誓为黑城堡与守夜人奉献心力的学士罢了。在我的组织里，每当我们立下誓言，戴起颈链之时，便须抛弃原有的家族姓氏。"老人摸摸挂在自己削瘦脖子上的颈链。"我的父亲是梅卡一世，在他之后，我的弟弟伊耿代替我继承王位。我的祖父为我取名伊蒙，用以纪念龙骑士伊蒙王子，也就是他的叔叔，或者他的父亲，看你相信哪个版本的故事。我原名……"

"伊蒙……'坦格利安'？"琼恩简直不敢相信。

"都是过去的事，"老人说，"过去的事了。所以，琼恩，你看，我的确是明白你的感受……正因为明白，*所以我不会要求你留下或是离开*。你必须自己做出这个抉择，然后一辈子与之相伴，就像我一样。"他的声音只剩呓语，"就像我一样……"

丹妮莉丝

战事结束之后,丹妮骑着银马穿过遍野横尸,女仆和卡斯部众紧随其后,彼此嬉笑玩闹。

大地为多斯拉克铁蹄撕裂,黑麦和扁豆都被踩进泥土,插在地上的亚拉克弯刀和箭支经过鲜血浇灌,成了新的可怕作物。她骑马走过战场,濒死的马儿抬头对她嘶鸣,伤者有的在呻吟、有的在祈祷。大批拿着重斧,专替伤者解脱的"贾卡朗"穿梭其间,从亡者和将死之人身上收割下数不清的人头。跑在他们后面的是一群小女孩,她们从尸体上拔取箭支,装进提篮,以备再次使用。最后则是削瘦饥饿但凶猛的狗群,它们闻闻嗅嗅,永远跟随着卡拉萨。

羊群最早死去,似乎有几千只之多,它们身上插满了箭,羽毛竖立在尸体之上。丹妮知道这一定是奥戈卡奥的部队干的;卓戈的卡拉萨绝不会如此愚蠢,在没杀掉牧羊人之前,就把箭浪费在羊身上。

城镇起火燃烧,缕缕黑烟腾涌翻滚,直上湛蓝的天空。在倾颓的干泥土墙下,骑马战士往来奔驰,挥舞手中长鞭,驱策生还者离开冒烟的废墟。奥戈卡拉萨的女人和小孩即便战败、即使被人奴役,走起路来依旧有种愠怒的自尊;他们如今沦为奴隶,却似乎勇敢地接受自己的命运。当地镇民就不一样了。丹妮深深地怜悯他们,因为她清楚地记得恐惧的滋味。许多母亲面无表情,死气沉沉,步伐跟跄地拉着啜泣不停的孩子。他们之中仅有少数男性,多半是残废、懦夫和祖父辈的老人。

乔拉爵士说,这个地方的人自称拉札人,但多斯拉克人唤他们作"赫西拉奇",意思是"羊人"。若是从前,丹妮可能会把他们错当成多斯拉克人,因为他们有同样的古铜色皮肤和杏仁形眼睛。但如今他们在她眼中显得殊异:扁脸、粗矮,黑发剪得异常短。他们牧养羊群,种植作物,卓戈卡奥说他们的活动范围一直在多斯拉克海边沿的大河以南,因为多斯拉克海的草不是给羊吃的。

丹妮看到一个男孩快步冲向河畔,一名骑马战士阻断他的来路,逼他转身,其余的人则把他围在中间,扬鞭抽打他的脸,驱策他四处逃窜。又一名战士快马跑到他背后,不停鞭打他的臀部,直到鲜血染红了他的大腿。另一人挥鞭勾住他的脚踝,使之扑倒在地。最后,那男孩只能坚持爬行,他们觉得无聊,便一箭射穿他的背。

乔拉爵士在崩毁的城门外迎接她。他在盔甲外罩了一件暗绿色罩袍,他的铁手套、护膝和巨盔都是深灰色精钢打造。当他穿上盔甲时,多斯拉克人嘲笑他是胆小鬼,这名骑士立刻骂了回去,双方一言不合,长剑与亚拉克弯刀交击的结果,那个嘲笑得最大声的多斯拉克武士被丢在后方,流血至死。

乔拉爵士骑上前来,揭开平顶巨盔的面罩。"您的夫君在镇里等您。"

"卓戈没受伤吧?"

"有点皮肉伤,"乔拉爵士答道,"不碍事。今天他亲手杀了两个卡奥,先是奥戈卡奥,随后是他的儿子佛戈,因为父亲死后他便成为新的卡奥。卓戈卡奥的血盟卫割下那两人发间的铃铛,如今他走起路来比以前更是响声大作了。"

韦赛里斯被加冕的那场庆祝命名的宴会上,奥戈父子曾与她的丈夫并肩而坐,把酒言欢。但那是在维斯·多斯拉克,在圣母山的阴影下,在那里,每位草原马民都是手足兄弟,一切纷争都被搁置一边。到了大草原上就不一样了。奥戈的卡拉萨原本正攻击这座城

镇，却被卓戈卡奥打了个措手不及。她不知羊人初次从龟裂的泥墙上方，看到卓戈卡拉萨的马匹扬起的烟尘时，心里作何感想。或许有几个年纪较轻、天真愚昧的人当真以为，天上诸神究竟听见了绝望之人的祈求，为他们派来救赎了吧。

道路对面，有个年纪比丹妮大不了多少的女孩，正以高亢尖细的声音啜泣着，一名战士将她推倒在一堆尸体上，面孔朝下，当场施暴。其他战士也纷纷下马，轮流享乐。这就是多斯拉克人带给羊人的救赎。

我是真龙传人，丹妮莉丝·坦格利安一边转开脸，一边提醒自己。她抿紧嘴唇，硬起心肠，骑马朝城门走去。

"奥戈的大部分战士都逃了，"乔拉爵士道，"即便如此，仍有一万名左右的俘虏。"

是一万名奴隶，丹妮心想。卓戈卡奥将把这些人顺着大河，驱赶到下游奴隶湾的城镇去。她好想哭，但她告诉自己必须坚强。这是战争，战争就是这样，这是为夺回铁王座所必须付出的代价。

"我建议卡奥去弥林，"乔拉爵士道，"那里开的价比奴隶商队慷慨得多。伊利里欧信上说，该城去年遭到瘟疫袭击，所以妓院愿付双倍的价钱购买健康的年轻女孩，十岁以下的小男生甚至是三倍价钱。如果有足够的孩子撑过这趟旅程，所得的金子不但够我们买船，还足以雇水手。"

身后，被轮暴的女孩发出令人心碎的声音，那是一声长长的抽噎，无止境地持续下去。丹妮紧握缰绳，调转马头。"叫他们住手。"她命令乔拉爵士。

"卡丽熙？"骑士似乎有些为难。

"你听到了我的命令，"她说，"叫他们住手。"她改用多斯拉克语对卡斯部众下令，口气尖锐，"乔戈、魁洛，你们协助乔拉爵士，我不要见到强暴发生。"

两个战士交换着困惑的眼神。

乔拉·莫尔蒙爵士踢马靠近。"公主殿下，"他说，"您宅心仁厚，但恐怕有所不知，这里习俗向来如此。那些人为了卡奥流血卖命，如今是该他们取得奖赏的时候。"

道路对面，女孩仍旧哭泣不止，她那种高亢有如歌唱的语言在丹妮耳中显得异样的陌生。头一个男人已经完事，另一个正过来接替。

"她是个羊女，"魁洛用多斯拉克语说，"卡丽熙，她什么也不是。我们的战士干她，是她的荣幸。羊人与羊交合，大家都知道。"

"大家都知道。"女仆伊丽应道。

"大家都知道。"乔戈也同意。他骑着卓戈赐给他的那匹高大灰马。"卡丽熙，若她的哭号冒犯了您的耳朵，乔戈这就去把她的舌头给您带来。"说完他拔出亚拉克弯刀。

"我不要她受伤，"丹妮说，"这女孩我要定了。照我的命令去办，否则卓戈卡奥唯你是问。"

"唉，卡丽熙。"乔戈说完一踢马肚，魁洛和其他人也跟着过去，发际铃铛轻声作响。

"你也去。"她命令乔拉爵士。

"如您所愿。"骑士眼神古怪地看了她一眼。"你果真是你哥哥的妹妹。"

"韦赛里斯？"她不懂。

"不，"他回答，"雷加。"他策马驰去。

丹妮听见乔戈大叫。施暴者们嘲笑他，有个人甚至吼了回去。乔戈的亚拉克弯刀一闪，那人的头便从肩膀滚落地面。笑声转为咒骂，那些人纷纷抽出武器，然而这时魁洛、阿戈和拉卡洛也已赶到。她见路那边的阿戈指指骑在银马上的她，那些战士便用冰冷的

黑眼睛瞪着她,其中一人啐了口唾沫,其他人回去骑马,嘴里念念有词。

　　与此同时,骑在羊女身上的人依旧努力抽送着,全神贯注于享乐,对周遭事物毫无所觉。乔拉爵士下马,伸出戴铁手套的手将他硬生生拧开。那多斯拉克人摔在泥地上,翻身跳起,手握短刀,旋即被阿戈一箭封喉。莫尔蒙将女孩自尸堆上拉起来,解下自己血迹斑斑的披风为之披上,然后领她穿过道路,走到丹妮面前。"您要怎么处置她?"

　　女孩睁大眼睛,神情恍惚,浑身颤抖。她的头发被鲜血纠结成一团一团的。"多莉亚,把她的伤处理一下。你不是本族的人,或许她不会怕你。其他人,跟我来。"她驱策银马,穿过崩毁的木城门。

　　镇上的情形比外面更惨,无数房舍着火燃烧。"贾卡朗"往返忙碌,进行他们的血腥工作,狭窄曲折的巷道里塞满了无头尸体。途中,他们时时见到女人被强暴,每次丹妮都勒住缰绳,派卡斯部众上前制止,并收被害者为自己的奴隶。其中一个肥胖、扁鼻、约莫四十来岁的妇人用生硬的通用语祝福丹妮,但其他人眼中只有怨毒。她们怀疑她,她哀伤地明白,害怕她会将她们带往更悲惨的命运。

　　"孩子,你没法把她们通通收为己有的。"当他们第四次停下,看着卡斯部众把新的一批奴隶带到她身后时,乔拉爵士忍不住道。

　　"我是卡丽熙,是七大王国的继承人,也是真龙传人。"丹妮提醒他。"你没资格告诉我什么不能做。"城市彼方,一座建筑在烈火和浓烟中轰然倒塌,她听见远处传来尖叫和孩童惊怕的呜咽。

　　他们找到卓戈时,他正坐在一座无窗的方形神庙前,那庙宇有厚厚的泥墙和球茎状的圆顶,宛如一个巨大的褐色洋葱。在他身边,有一堆人头,叠得比他还高。他的上臂插了一支羊人的短箭,赤裸的左胸一片血红,像是被泼洒了颜料。他的三个血盟卫悉数在场。

姬琪搀扶丹妮下马;随着肚子越来越大,她的躯体越显沉重,行动日渐笨拙。她在卡奥面前跪下。"我的日和星受伤了。"亚拉克弯刀所留的伤口虽然很长,幸而割得不深:他的左边乳头不见踪影,一片血淋淋的皮肉垂在胸前,活如一块湿润的破布。

"这是擦伤,我生命中的月亮,来自奥戈卡奥的血盟卫。"卓戈卡奥用通用语说。"为此我杀了他,也杀了奥戈。"他扭扭头,发辫上的铃铛轻声作响。"你听到的是奥戈,还有他的卡拉喀佛戈,当我杀他的时候,他是卡奥。"

"无人能抵挡我生命中的太阳,"丹妮说,"他是骑着世界的骏马之父。"

这时,一名战士骑马而至,翻身下鞍,愤怒地用多斯拉克语对哈戈讲了一大串话,由于速度太快,丹妮听不懂。高大的血盟卫沉重地看了她一眼,这才转向卡奥。"这是马戈,贾科寇①的卡斯部众。他说卡丽熙抢走了他的战利品,一个应该让他骑的羔羊之女。"

卓戈卡奥转向丹妮,脸上的表情凝重而坚毅,但那双黑眼睛里却流露出疑问。"我生命中的月亮,告诉我实话。"他用多斯拉克语下令。

丹妮用卡奥的母语,简练而直接地说出事情经过,好让他了解清楚。

说完之后,卓戈皱起眉头。"战争就是这样,眼下这些女人是我们的奴隶,随我们高兴摆布。"

"那我高兴让她们平安。"丹妮说,一边怀疑自己是否太过火

---

①寇:多斯拉克人对卡拉萨里仅次于卡奥的首领的称呼,他们拥有自己的卡斯。

了。"若你的战士要骑这些女人,请他们温柔地骑,并将她们收作妻子,让她们在卡拉萨中占有一席之地,为你们生儿育女。"

柯索向来是三名血盟卫中最残忍的一个,这时他冷笑道:"马会和羊交配吗?"

他语气中的某种元素令她想起韦赛里斯。于是丹妮转头怒道:"马和羊都是龙的食物。"

卓戈卡奥露出微笑。"看她变得多凶猛!"他说,"这都是因为我的儿子,骑着世界的骏马,在她体内,让她充满火焰。柯索,你小心……就算母亲不把你烧死,儿子也会把你踩进地底。至于你,马戈,闭上你的嘴巴,去找别的羊骑。这些人属于我的卡丽熙。"卓戈朝丹妮莉丝伸出手,没想到刚抬手臂就痛得皱眉转头。

丹妮几乎可以感受到他的痛苦,这些伤远比乔拉爵士形容的严重。"医者在哪里?"她质问。卡拉萨里有两种人专事医疗:不孕的妇女和奴隶太监。草药妇人以药水和符咒疗伤,太监则用尖刀、针线和烈火。"为何无人替卡奥疗伤?"

"卡丽熙,是卡奥把无毛人遣走的。"老科霍罗告诉她。丹妮发现血盟卫自己也受了伤,左肩有一道极深的刀痕。

"有很多战士受伤,"卓戈卡奥固执地说,"就让他们先接受治疗。这支箭和苍蝇叮咬没什么两样,而这个小刀伤,只不过是另一个我可以向儿子炫耀的疤痕。"

丹妮看到他胸膛被割裂的皮肤下的肌肉,他的箭伤则血流如注。"不能让卓戈卡奥等,"她宣布,"乔戈,找到太监,把他们立刻带来。"

"银夫人,"身后传来一个女性的声音。"我可以帮伟大的骑马战士疗伤。"

丹妮转头,开口的是她解救的一名奴隶,就是那个祝福她的肥胖扁鼻妇人。

"卡奥不需要跟羊交配的女人帮忙。"柯索大喝一声,"阿戈,割下她的舌头!"

阿戈一把扯住她的头发,将匕首往她喉咙按去。

丹妮举手制止。"住手,她是我的人。让她说。"

"勇猛的骑马战士啊,我没有恶意。"这女人的多斯拉克语很流利。她穿的长袍原本是极轻薄的上等羊毛制成,织有繁复的图案,如今却沾满泥土和血迹,扯得破烂。她抓紧褴褛的衣裳,遮住硕大的乳房。"我真的懂得一点医术。"

"你是做什么的?"丹妮问她。

"我叫弥丽·马兹·笃尔,是这座神庙的女祭司。"

"巫魔女。"哈戈咕哝道,一边玩弄着手中的亚拉克弯刀,眼神阴沉。丹妮回忆起某日晚间姬琪在营火边说的恐怖故事:巫魔女是专与恶魔交媾,施行最黑暗恐怖的妖术,邪恶残忍而无灵魂的女人。她们到了夜间会寻找男性,吸干他们的精力,直到对方死亡为止。

"我只是个医者。"弥丽·马兹·笃尔说。

"羊的医者。"柯索轻蔑地说,"吾血之血,我说杀了这个巫魔女,等无毛人来。"

丹妮不理会暴跳的血盟卫。在她看来,眼前这个年老丑陋的胖女人怎么也不像是巫魔女。"弥丽·马兹·笃尔,你的医术从哪里学来?"

"我母亲是从前的女祭司,她教我学会取悦至高牧神的歌曲和咒语,以及如何用树叶、树根和浆果调制圣烟和圣膏。当我年轻貌美的时候,曾跟随商队,前往阴影之旁的亚夏,向他们的魔法师讨教。无数国度的船只都在亚夏汇集,于是我在当地长期逗留,学习异邦民族的医疗之术。一位来自鸠格斯奈的月之歌者教我她的分娩之歌,一位你们骑马民族的女人则教我属于青草、玉米和马匹的魔

法，更有一位来自日落之地的学士剖开尸体，告诉我埋藏于皮肤之下的所有奥秘。"

乔拉·莫尔蒙爵士开口："学士？"

"他自称马尔温，"女人回答，"从汪洋彼端的七国之地乘船而来。那里是日落国度，人们穿着铁衣，被巨龙所统治。他教会了我他家乡的语言。"

"学士竟会出现在亚夏？"乔拉爵士若有所思地说，"告诉我，女祭司，这位马尔温的脖子上戴了什么？"

"铁大王，他戴了一条用多种金属串成的项链，非常紧，像要把他掐死。"

骑士看看丹妮。"只有在旧镇的学城受训的人才会戴这种项链，"他说，"而这种人的确精通医术。"

"你为什么要帮助我的卡奥？"

"所有的人都属于同一群羊羔，我所接受的教育这么告诉我。"弥丽·马兹·笃尔回答，"至高牧神派遣我下凡医治他的羔羊，不论何时何地。"

柯索"啪"一声，抽了她一记耳光。"巫魔女，我们不是羊。"

"住手！"丹妮怒道，"她是我的人，不许你伤害她。"

卓戈卡奥闷哼一声。"柯索，这支箭总得弄出来。"

"是的，伟大的骑马战士。"弥丽·马兹·笃尔答道，一边抚着自己淤伤的脸颊。"而您的胸伤也必须立刻清洗，然后加以缝补，不然会化脓的。"

"那就快动手吧。"卓戈卡奥命令。

"伟大的骑马战士啊，"那女人说，"我的用具和药剂都在神庙里面，那里的治疗之力最为强大。"

"吾血之血，我扶你进去。"哈戈提议。

卓戈卡奥把他挥开。"我不需要人帮忙，"他用骄傲而坚定的语气说。他不靠搀扶站了起来，比在场所有人都要高大。鲜血自他被奥戈血盟卫的亚拉克弯刀所割去的乳头处汩汩流下，丹妮赶忙走到他身边。"我不是男人，"她小声说，"靠在我身上吧。"卓戈伸出巨手搭住她的肩膀，她便这么扶着他朝泥砌神庙走去。三名血盟卫紧跟在后，丹妮命令乔拉爵士和她的卡斯部众守住神庙入口，确保他们出来之前不会有人来此纵火。

他们穿过一连串的前厅，走进位于"洋葱"正下方的中央大堂。微弱的光线从上方隐蔽的窗户射入，墙上烛台里插了几支火把，正在冒烟燃烧。泥地上散乱地铺着羊皮。"躺在那里。"弥丽·马兹·笃尔指着祭坛说。那是一块巨大的蓝纹石板，上面刻画着牧羊人与羊群的图案。卓戈卡奥躺上去，老妇人在火盆里洒上一把干枯的叶子，房间顿时充满香烟。"你们最好到外面等。"她对其他人说。

"我们是他血之血，"科霍罗说，"我们在这里等。"

柯索走近弥丽·马兹·笃尔。"听好，羊神的祭司，你若敢伤害卡奥，就会有这样的下场。"他抽出剥皮用的猎刀，给她亮亮锋刃。

"她不会伤他的。"丹妮觉得自己可以信任这个丑陋的扁鼻胖妇人，毕竟是她将她从施暴者手中拯救出来的啊。

"如果你们定要留下，就请帮忙吧。"弥丽对血盟卫们说，"伟大的骑马战士太过强壮，请你们按住他，让我把箭拔出来。"她任自己碎裂的长袍落至腰际，前去打开一个雕花箱子，拿出各式瓶罐、小盒、尖刀和针线。一切备妥之后，她先折断箭身，拔出锯齿状的箭头，一边用拉札林人歌唱般的语调吟诵，随后拿起一瓶葡萄酒在火盆上煮沸，浇在伤口上。卓戈卡奥痛得大声骂她，但一动未动。她以湿叶裹住箭伤。然后她把一种淡绿药膏涂在胸部

伤口上，再把那层皮拉回原处。卡奥咬紧牙关，忍住尖叫。女祭司取出一根银针和一团丝线，开始缝合伤口。完成之后，她又在伤口抹了一种红色药膏，覆盖更多湿叶，并用一块羊皮裹住胸部。"您必须包着这羊皮，并照我所说的祷词按时祷告，持续十天十夜。"她说，"您会发烧，还会很痒，伤口愈合后也会留下很大的一块疤。"

卓戈卡奥坐起来，发际铃铛叮当作响。"羊女，我以我的伤疤为傲。"他动动手臂，痛得皱眉。

"不能喝酒，也不能喝罂粟花奶，"她警告他，"虽然很痛，但你必须保持身体强壮，才能与毒素的恶灵斗争。"

"我是卡奥，"卓戈说，"我不怕痛，爱喝什么就喝什么。科霍罗，把我的背心拿来。"老科霍罗快步离开。

"刚才，"丹妮对那位丑陋的拉札林女人说。"我听你说起分娩之歌……"

"银夫人，我懂得染血产床的所有奥秘，从没有接生失败过。"弥丽·马兹·笃尔回答。

"我就快生了，"丹妮说，"如果你愿意，我儿子出生时希望你能帮我接生。"

卓戈卡奥笑道："我生命中的月亮，跟奴隶说话不是用问的，你只要交代下去，让她照办就成了。"他跳下祭坛。"走吧，吾血之血，马儿在呼唤着我们。此地只剩废墟，动身的时刻到了。"

哈戈随卡奥走出神庙，但柯索留了片刻，瞪着弥丽·马兹·笃尔。"记住，巫魔女，卡奥没事，你才能留下一条命。"

"如您所说，骑马战士。"女人回答他，一边收拾她的瓶瓶罐罐。"愿至高牧神看顾所有羊羔。"

提利昂

在一座俯瞰国王大道的丘陵上，搭起了一张原松木做成的折叠长桌，其上铺好了金黄桌布。泰温公爵的大帐就在桌旁，红金相间的大旗飘扬于长竿之上，而他本人便是在此与手下重要骑士和诸侯共进晚餐。

提利昂到得有些迟，他骑了一整天马，此刻浑身酸痛，摇摇摆摆地爬上缓坡，朝父亲走去，心里十分清楚自己是何等滑稽模样。这天的行军路途漫长，令人精疲力竭。今晚他打算喝个酩酊大醉。时间已是黄昏，空气中满是流萤，仿佛有了生命。

厨子正端上当晚的主菜：五只烤得金黄酥脆、嘴里含着不同水果的乳猪。闻到香味，他口水都流了出来。"不好意思，我迟到了。"他一边说，一边在叔叔身边的板凳上坐下。

"提利昂，我看还是让你去埋葬死者好了。"泰温公爵说，"要是你上战场也跟上餐桌一般慢，等你光临，仗都已经打完了。"

"哎，父亲，留一两个农民给我对付总行吧？"提利昂回答，"不用太多，我这个人向来不贪心。"他自顾自地斟满酒，一边看着仆人切猪肉，松脆的皮在刀子下噼啪作响，滚烫的油汁流下来。提利昂已经很久没见过如此美丽的景象了。

"据亚当爵士的斥候报告，史塔克军已从李河城南下，"父亲一边看着仆人把肉片放进他的木盘，一边说，"佛雷大人的部队加入了他们。此刻敌军就在北边，离我们大概一日行程。"

"父亲，您行行好，"提利昂说，"我正要开始吃呢。"

"提利昂，一想到面对史塔克家那小鬼，你就吓成这样？换成你哥哥詹姆,他只怕会迫不及待想大显身手。"

"我宁可对这头猪大显身手,罗柏·史塔克既没这么嫩,更没这么香。"

负责辎重补给的莱佛德伯爵——一个无趣的家伙——向前一靠:"希望你那群野蛮人不像你一样没用,否则我们精良的装备就白白浪费了。"

"大人,我保证我那群野蛮人会让你的装备物尽其用。"提利昂回答。之前,当他告诉莱佛德需要武器和护甲,用来装备乌尔夫从山上找来的那三百人时,莱佛德的表情活像是别人要他交出自己的闺女。

莱佛德伯爵皱起眉头。"我今天碰见了那个浑身是毛的高个子,那家伙坚持要拿两把战斧。他挑的可都是黑色重钢打造、两面月刃的上等货色。"

"夏嘎喜欢双手操家伙。"提利昂看着侍者把一盘冒烟的烤猪肉放在面前,一边说。

"他自己那柄木斧还挂在背后。"

"我想夏嘎的意思是,三把斧头肯定比两把好。"提利昂伸出拇指和食指探进盐碟,在肉上洒了一大把。

这时凯冯爵士倾身向前:"我们有个想法,开战的时候,打算把你和你那群野人放在前锋。"

凯冯爵士的"想法"通常都是泰温公爵的主意。提利昂原本已拿匕首刺好一块肉,正往嘴边送,一听此言连忙放下。"前锋?"他有些怀疑地重复。父亲大人若不是对他的能力突然产生了敬意,就是打算彻底除掉这个老让他出丑的儿子。至于是前者,还是后者,提利昂有种不祥的预感。

"他们看起来很威猛。"凯冯爵士道。

"威猛?"提利昂突然惊觉自己像只训练有素的鸟儿一样不断

重复叔叔的话。父亲则在旁观看,严加审度,仔细衡量他所说的每一个字。"让我告诉你他们有多威猛。昨天晚上,有个月人部的家伙为了一根香肠,捅死了一个石鸦部的人。所以呢,今天我们扎营时,三个石鸦部的人抓住凶手,割开他的喉咙为同伴报仇。或许他们想拿回香肠,我不确定。波隆好不容易才阻止夏嘎剁掉那死人的老二,算是不幸中的大幸。即便如此,乌尔夫还坚决要求对方为这个血债付出赔偿金,可康恩和夏嘎不肯。"

"士兵缺乏纪律,表示指挥官领导无方。"父亲说。

哥哥詹姆总有办法使人忠心追随,甚至赔上性命都在所不惜;提利昂可没这本领。他拿黄金换取忠诚,用姓氏使人服从。"您的意思是,换成个子高点的人,可以多些威严,吓他们不敢乱来,对吧,大人?"

泰温·兰尼斯特公爵转向弟弟。"若我儿子的手下不愿服从他的命令,那么前锋显然不适合他。毫无疑问,应该让他殿后,负责保护辎重货车。"

"父亲,不需要这么替我着想。"他怒道,"如果您没别的地方给我指挥,就让我来率领前锋。"

泰温公爵打量着他的侏儒儿子。"我可没说让你指挥,你是格雷果爵士的部属。"

提利昂咬了口猪肉,嚼了两下,然后愤怒地吐出来。"我发现自己一点也不饿。"说着他别扭地爬下长凳。"诸位大人,我先告退了。"

泰温公爵点头同意。提利昂转身一跛一跛地走下山丘,心里很清楚身后众人的目光。一阵哄笑传来,但他没有回头,只暗自希望他们最好都被乳猪噎死。

夜幕已然低垂,将所有旗帜染成黑色。兰尼斯特军的营地位于河流和国王大道之间,绵延数里。在众多人马和树林之中,非常容易迷路。果不其然，提利昂茫然地走过十几个大帐篷和百余座营火，忽然迷失了方向。萤火虫在营帐间蹿动，有如游荡的星星。他闻到蒜肠的香味，辛辣又可口，令他空空的肚腹饥肠辘辘。他听见远处有人唱起情色小曲，一个女人咯咯笑着从他身边跑过，身上只盖了件深色斗篷，一个醉酒的人追在她后面，没两步就被树根绊倒。更远的地方，两名长矛兵隔着小溪，就着渐渐黯淡的天光，练习格挡和突刺的技巧，赤裸的胸膛上大汗淋漓。

无人看他一眼，无人与他交谈，无人注意到他。在他周围，全是宣誓效忠兰尼斯特家族的部属，一共多达两万人的庞大军团。然而他，却孤独无依。

后来，他总算听到夏嘎低沉浑厚的笑声透过夜色轰隆传来，便循着笑声，找到石鸦部过夜的小角落。科拉特之子康恩朝他挥挥一大杯麦酒。"半人提利昂！过来，来我们火边坐坐，跟石鸦部一起吃肉，我们弄到一头牛。"

"我看到了，科拉特之子康恩。"巨大的血红牛尸被架在熊熊营火之上，用一根粗如小树的烤肉叉串起——恐怕那根叉子原本就是一棵小树罢。鲜血和油汁滴落火焰中，两个石鸦部的人合力转着牛。"谢谢你，等牛烤好后叫我一声。"依目前的情形看来，或许能赶在开战前吃到。他继续往前走。

每个部落都生了自己的营火；黑耳部不和石鸦部共食，石鸦部不和月人部共食，而任何部落都不和灼人部共食。他好不容易才从莱佛德伯爵那儿弄来的帐篷，就位于四部营的火中间。来到帐前，提利昂发现波隆正和他新来的仆人们喝酒。泰温公爵派来一个马夫和一个贴身仆人照料他起居，甚至还坚持他应该带个侍从。他们围坐在小营火的灰烬旁，在场的还有个女孩：纤细、黑发，看来不超过十八岁。提利昂打量了她一会儿，这才瞥见火烬里的鱼骨头。"你们吃了什么？"

A SONG OF ICE AND FIRE

"大人，是鳟鱼。"他的马夫说，"波隆抓的。"

鳟鱼，他心想，*烤乳猪*。父亲真该死。他有些哀怨地望着鱼骨头，肚子咕噜叫。

他的侍从把原本要说的话吞了下去。这孩子很不幸地姓了派恩，波德瑞克·派恩，他是御前执法官伊林·派恩爵士的远亲……也几乎和后者一样沉默寡言，虽然他有舌头。某一天，提利昂叫他把舌头吐出来，确定一下。"的确是舌头，"他评说，"哪天你总得学着用。"

今天这种时候，提利昂可没耐性去套那孩子的话。他更怀疑父亲派这小鬼来当侍从，根本是个恶意的玩笑。于是提利昂把注意力转移到女孩身上。"就是她？"他问波隆。

她优雅地起身，从五尺多的高度俯瞰他。"是的，大人，而且她自己会说话，如果您高兴的话。"

他歪歪头。"我是兰尼斯特家族的提利昂，别人叫我小恶魔。"

"我母亲为我取名雪伊，别人也常这样叫……我。"

波隆哈哈大笑，提利昂也不禁扬起嘴角。"那么，就请进帐吧，雪伊。"他为她掀起帷幕，进去之后，燃起一支蜡烛。

军旅生活多少有些补偿，无论在何处扎营，必定有人循踪而至。今天行军结束时，提利昂叫波隆去给他找个像样的营妓。"最好年轻一点的，当然，越漂亮越好。"他说，"如果她今年洗过澡，那最好，如果没有，把她先洗干净。务必告诉她我的身份，以及我是什么德行。"杰克以前通常懒得说明，于是许多女孩初次见到这位她们受雇服侍的贵族少爷时，眼底的神情便油然而生……那是一种提利昂·兰尼斯特这辈子难以忍受的神情。

他拿起蜡烛，把她仔细打量一番。波隆眼光不错：她生得一双雌鹿般的眸子，身形纤细，乳房小而结实，脸上的笑容时而羞怯、

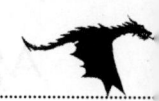

时而傲慢、时而邪恶。他挺满意。"大人，要我脱衣服吗？"她问。

"稍等，雪伊，你是处女吗？"

"大人，您高兴的话，就这样想吧。"她故作庄重地说。

"小妹妹，知道真相我才会高兴。"

"是吗？那您得付双倍的钱。"

提利昂认为他们简直是绝配。"我是兰尼斯特家的人，有的是黄金，你会发现我很慷慨……但我要的不只是你两腿间的东西——当然那个我肯定要——我要你和我一起住，为我倒酒，陪我说笑，每天在我奔波之后替我按摩双脚……而且，不管我留你一天还是一年，只要我们在一起，你就不许跟其他男人上床。"

"很公道。"她伸手向下，抓住自己粗布薄衫的裙摆，流畅地上拉过头，丢到一边。底下除了裸体，空无一物。"大人不把蜡烛放下来，可是会烧到手的。"

提利昂放下蜡烛，牵起她的手，轻轻拉拢过来。她俯身亲吻他，嘴里有蜂蜜和茴蓿的味道，她的手指灵活熟练地找到他衣服的绳结。

当他进入她体内的时候，她用低回的亲密话语和颤抖的喜乐喘息来迎接他。提利昂怀疑她的愉悦是装出来的，但由于她装得非常逼真，他也就不以为意，毕竟这背后的真相他可不想知道。

完事后，当她静静地躺在他怀里，提利昂才明白自己真的很需要她，或者像她这样的人。自他随哥哥及劳勃国王一行前往临冬城至今，已经快一年没和女人睡过了。而明天，或者后天，他就可能战死，果真如此，他死的时候宁可想着雪伊，也不要想着父亲大人、莱莎·艾林或凯特琳·史塔克夫人。

他感觉到她柔软的胸部靠上自己臂膀，那是一种无比美妙的感觉，在他脑海里突然浮现出那首歌。静静地，轻轻地，他哼唱起来。

"大人，唱什么哪？"雪伊靠着他呢喃道。

"没什么，"他告诉她，"只是我小时候学的一首曲儿罢了。快睡吧，小宝贝。"

待她闭上双眼，呼吸变得深沉而规律，提利昂轻轻地从她体下抽身离去，唯恐扰她好梦。他浑身赤裸地下床，跨过他的侍从，走到帐篷后去撒尿。

波隆盘腿坐在一棵栗子树下，靠近拴马的地方，睡意全无地磨着利剑；这佣兵似乎不像别人那般需要睡眠。"你在哪儿找到她的？"提利昂一边尿，一边问他。

"从一个骑士手上抢的，那家伙本不愿放弃她，是你的名字让他改变了主意……当然，还有我架在他脖子上的匕首。"

"好极了，"提利昂苦涩地说，一边甩干最后几滴尿液。"我记得我说的是'帮我找个妓女'，不是'帮我找个敌人'。"

"漂亮的早抢光了，"波隆道，"你要想换个没牙的丑婆娘，我很乐意帮你把她送回去。"

提利昂跛着脚走到他身边坐下。"你这话要给我老爸听到，必定被加上无礼放肆的罪名，发配去挖矿。"

"好在你不是你老爸，"波隆回答，"还有一个鼻子长满疱子的，你要么？"

"那岂不伤了你的心？"提利昂回敬，"我就留着雪伊。你不会刚巧注意到那骑士叫什么名字吧？打仗的时候，我可不想让他在我身边。"

波隆霍地起身，动作如灵猫一般迅捷优雅，手心转着剑。"侏儒，打仗时我会在你身边。"

提利昂点点头，他的皮肤裸露在外，觉得夜晚的空气十分温暖。"保我这场仗活下来，要什么奖赏随你挑。"

波隆将长剑从右手抛到左手,然后试着挥了一下。"谁想杀你这种人?"

"我老爸就是一个。他派我打前锋。"

"是我也会这么安排。小矮人举个大盾牌,教他们的弓箭手头痛死。"

"听你这么一说,我的心情竟大为振奋,"提利昂道,"我一定是疯了。"

波隆收剑入鞘。"毫无疑问。"

提利昂回到帐篷,发现雪伊已经翻了身,她用手肘枕着脸,睡意未消地喃喃说:"我一醒来,大人就不见了。"

"大人这就回来了么。"他钻进被窝,在她身边躺下。

她探手伸到他畸形的双腿之间,发现他硬了起来。"的确是回来了哟。"她悄声说,同时抚弄他。

他问她是被波隆从谁手上带来的,她说出一个小贵族的随从的名字。"大人,您用不着担心他。"女孩说,手指忙个不休。"他是个不起眼的小家伙。"

"那你倒是说说看,我又是什么?"提利昂问她,"难不成我是个巨人?"

"哎哟,可不是嘛,"她愉悦地说,"我的兰尼斯特巨人。"说完她骑到他身上,一时之间,几乎就让他相信她的话。提利昂微笑着睡去……

……直到被黑暗中震耳欲聋的喇叭声吵醒,雪伊摇着他的肩膀。"大人,"她悄声道,"大人您醒醒,我好怕。"

他有气无力地坐起来,掀开毛毯,号音响彻夜空,狂野而急促,仿佛在喊着:快啊,快啊,快啊。他听见人们的叫喊、枪矛的撞击、马儿的嘶鸣,好在没有打斗。"是我父亲的喇叭,"他说,"这是作战集合令。史塔克军离我们不是还有一天路程么?"

雪伊摇摇头，眼睛睁得老大，面色苍白。

提利昂呻吟着下床，摸索着走到帐外，一边叫唤他的侍从。苍白的迷雾自夜幕中飘浮过来，宛如河面上悠长的白手指。人和马在黎明前的寒气里跌跌撞撞，人们忙着系紧马鞍，将货物运上马车，并熄灭营火。号角再度吹响：*快啊，快啊，快啊*。骑士们纷纷跃上不住吐气的战马，步兵则边跑边扣上剑带。当他找到波德①时，那孩子正轻声打着鼾。提利昂扬腿狠狠地踢了他肋骨一脚。"快把我盔甲拿来，"他说，"动作快。"波隆从雾中跑来，已然全副武装，骑在马上，戴着那顶饱经击打的半罩头盔。"发生什么事了？"提利昂问。

"史塔克那小鬼抢先一步，"波隆道，"他趁夜色沿国王大道南下，就在我们北方不到一里处，全军成战斗阵形。"

快啊，号角仿佛在喊，*快啊，快啊，快啊*。

"叫原住民准备出动。"提利昂缩回帐篷。"我的衣服上哪儿去了？"他朝雪伊叫道。"就那件，不对，是那件皮衣，该死，对对，把我靴子拿来。"

等他穿好衣服，侍从已把他的盔甲排好。这身盔甲实在不起眼。提利昂本有一套上好的重铠，特别精心打造，适合他畸形的身体，只可惜而今好端端放在凯岩城，与他相隔千里。他只好将就一下，在莱佛德伯爵的辎重车辆上东拼西凑：锁甲和头套，一名战死骑士的护喉，圆盘护膝，铁手套和尖角钢靴。其中某几件有装饰，有的则样式普通，通通都不成套，颇不合身。他的胸甲原本是要给个子更大的人穿的；为了对付他那颗不合比例的大头，他们找来一个水桶状的大盔，顶端有根一尺长的三角尖刺。

雪伊协助波德为他扣上扣环和系带。"如果我死了，记得要为我掉眼泪。"提利昂告诉妓女。

---

① 波德是波德瑞克的小名。

"你人都死了,怎么会知道?"

"我就是知道。"

"我相信你会。"雪伊为他戴上巨盔,波德随即将之与护喉相连。提利昂扣上腰带,挂好短剑和匕首,沉甸甸的。这时马夫牵来他的坐骑,那是一头结实的棕色大马,身上的护甲和他一样厚实。他得别人帮忙才上得了马,只觉自己如有千石重。波德递上他的铁木镶钢边大盾,然后是战斧。雪伊退开一步,上下打量他一番。

"大人您看起来很威武。"

"大人我看起来像个穿着滑稽盔甲的侏儒。"提利昂酸酸地说,"不过我谢谢你的好意。波德瑞克,倘若战事对我方不利,请护送这位小姐平安回家。"他举起战斧向她致意,然后调转马头,飞奔而去。他的肚子里好似打了一个结,绞得很紧,痛得厉害。在他身后,他的仆人们连忙开始拔营。朝阳自地平线升起,一根根淡红的手指从东方伸出。西边的天空是一片深紫,缀着几颗星星。提利昂不知这是否会是他今生所见最后一次日出……也不知思索这类事情是否就是怯懦的表现。哥哥詹姆在出战前想过死么?

远处响起军号,低沉哀怨,令人灵魂不寒而栗。原住民纷纷爬上骨瘦如柴的山地坐骑,高声咒骂、彼此嘲弄,其中几个明显是醉了。提利昂领军出发时,空气中游移的雾丝正逐渐被东升旭日所蒸发,马儿吃剩的青草上凝满露水,仿佛有位天神刚巧路过,洒下整袋钻石。高山氏族紧跟在他身后,各个部落的人各自追随自己的领袖。

黎明的晨光中,泰温·兰尼斯特公爵的军队有如一朵缓缓绽开的钢铁玫瑰,尖刺闪闪发光。

中军由叔叔指挥,凯冯爵士已在国王大道上竖起旗帜。步弓手排成三列,分立道路东西,冷静地调试弓弦,箭支在腰间晃动。成方阵队形的长枪兵站在弓箭手中间,后方则是一排接一排手持矛、剑和斧头的步兵。三百名重骑兵围绕着凯冯爵士、莱佛德伯爵、莱顿伯爵和沙略特伯爵等诸侯及其随从。

右翼全为骑兵，共约四千人，装甲厚重。全军超过四分之三的骑士齐聚于此，有如一只巨大钢拳。该队由亚当·马尔布兰爵士指挥。提利昂看到他的掌旗官展开旗帜，家徽立即显露：一棵燃烧之树，橙色与烟灰相间。在他身后有佛列蒙爵士的紫色独角兽，克雷赫家族的斑纹野猪，以及史威佛家族的矮脚公鸡等旗号。

父亲大人则坐镇大帐所在的丘陵之上，四周是预备队，一半骑兵一半步兵，多达五千人。泰温公爵向来指挥预备队，身处可将战况尽收眼底的高地，视情形将部队投入最需要的地方。

即便从远处观之，父亲也依旧辉煌耀眼。泰温·兰尼斯特的战甲，连他儿子詹姆的镀金套装与之相比，都会黯然失色。他的大披风由难以计数的金缕丝线织成，重到连冲锋时都鲜少飘起，一旦上马则几乎将坐骑后腿完全遮住。普通的披风钩扣无法承受如此重量，取而代之的是一对趴在肩头、相互对应的小母狮，仿佛随时准备一跃而出。她们的配偶是一只鬃毛壮伟的雄狮，昂首立于泰温公爵的巨盔顶，一爪探空，张口怒吼。三头狮子都是纯金打造，镶了红宝石眼睛。他的盔甲则是厚重的钢板铠，上了暗红色瓷釉，护膝和铁手套均有繁复的黄金涡形装饰。护手圆盘是黄金日芒，每一个钩扣都镀上了金。红钢铠甲经过一再打磨，在旭日光芒中鲜亮如火。

这时，提利昂已可听见敌军的隆隆战鼓。他记起上次在临冬城大厅，看见罗柏·史塔克坐在他父亲的高位上，手中未入鞘的长剑闪闪发光。他记得冰原狼自暗处攻来的景象，突然间仿佛又看到它们咆哮着向他扑来，咧嘴露出尖牙利齿。那小鬼会带狼上战场吗？这念头令他大感不安。

经过整夜无休的长途行军，北方人此刻一定精疲力竭。提利昂不明白那小鬼究竟打的是什么主意，难道想趁对方熟睡时攻其不备？这样的机会实在不大，抛开其他方面不谈，泰温·兰尼斯特对战争可是精明之极。

前锋军在左方集结。当先便是黄底的三黑狗旗，格雷果爵士正在旗下，骑着提利昂平生所见最大的马。波隆看了他一眼，嘻嘻笑道："打仗时，记住跟着大个子。"

提利昂严厉地看了他一眼。"这是为何？"

"他们是最棒的箭靶，瞧那家伙，他会吸引全战场弓箭手的目光。"

提利昂笑笑，转用全新的观点审视魔山。"我得承认，我还从没这么想过。"

克里冈的装备半点也称不上华丽：盔甲是深灰色的厚重钢板，其上只有长期剧烈使用的痕迹，没有任何纹章或装饰。他的佩剑是一把双手巨剑，然而格雷果爵士单手提起浑如常人拿匕首一般轻松。此刻，他正以剑尖戳指，喝令众人就位。"谁要敢逃跑，我就亲手宰了他！"他咆哮道，转头看到了提利昂。"小恶魔！你守左边，看你有没有能耐守住河流。"

那是左军的最左翼，只要守住这里，史塔克军便无法从侧面包抄——除非他们的马能在水上跑。提利昂领军朝河岸行去。"你们看！"他以斧指河，叫道。"就是这条河。"一层白雾依然如毯子般笼罩着水面，暗绿河水奔流其下。浅滩满布泥泞，遍生芦苇。"我们负责防守此地。无论发生什么，保持靠近河流，决不要让它离开视线，决不能让任何敌人进到河流和我们之间。他们要玷污我们的河水，我们就剁掉他们的命根子，丢进河里喂鱼吃。"

夏嘎双手各持一斧，这时他两斧用力一敲，发出巨响。"半人万岁！"他叫道。石鸦部的人立刻跟进，黑耳部和月人部也照样呼喊。灼人部虽然没叫，但他们拿起枪剑互击。"半人万岁！半人万岁！"

提利昂骑马绕圈，检视战场。周围的土地崎岖不平：岸边滑软泥泞，低缓的上坡一直伸向国王大道，再往东去，则是多石的破碎地形。丘陵中有些许林木点缀，不过此间树木多半已被伐尽，辟作农田。他听着战鼓，心脏在胸口随着节奏怦怦跳动，在层层的皮衣钢甲保护下，他的额际冷汗直流。他看着魔山格雷果爵士策马在战线上来来去去，高声喊话，指手画脚。左军的组成也多是骑兵，然而并不若右翼那样是由骑士和重装枪骑兵组成的钢拳，而是西境的杂牌部队：仅穿皮甲的弓骑兵、大批毫无纪律的自由骑手和流浪武士，骑着犁马、手持镰刀和祖父辈遗留的生锈刀剑的庄稼汉，兰尼斯港小巷中找来并未完成训练的男孩……以及提利昂和他的高山氏族。

"等着喂乌鸦吧。"波隆在他身边低声呢喃，说出了提利昂没说的话，他不由得点头同意。父亲大人难道失却了理智？左翼不仅没有矛兵，弓箭手很少，骑士更是稀罕，尽是些装备低劣、未加防护的人，况且还是由一个行事不经大脑、全凭意气用事的残暴粗汉所率领……如此可笑的一支军队，父亲竟期望他们守住左翼？

他没有时间仔细思考，鼓声愈来愈近，咚咚咚咚，潜进他的皮肤之下，令他双手抽搐。波隆拔出长剑，刹那间，敌人已出现在前方，从丘陵顶端漫山遍野地冒出来，他们躲在盾牌和长矛构成的壁垒之后，整齐划一地迈步前进。

诸神该死，瞧瞧他们有多少人，提利昂心想，不过他明白父亲的总兵力比较多。敌军的首领们骑着披甲战马，领导士兵前进，掌旗官举起家族旗帜与之并肩而行。他瞥见霍伍德家族的驼鹿旗帜、卡史塔克家族的日芒旗、赛文伯爵的战斧旗、葛洛佛家族的盔甲铁拳……其间更有佛雷家族的灰底蓝色双塔旗，前几天父亲还信誓旦旦地说瓦德大人不会出兵。史塔克家族的白色旗帜四处可见，旌

旗在风中飘荡，翻飞于长竿之上，灰色的冰原狼仿佛也在旗帜上奔跃。那小鬼在哪里？提利昂纳闷。

军号响起，呜呜呜呜呜呜呜呜呜呜呜呜呜呜呜呜呜呜呜呜，低沉而悠长，有如来自北方的冷风，令人不寒而栗。兰尼斯特的喇叭随即回应，嘟——嘟、嘟——嘟、嘟——嘟嘟嘟嘟嘟嘟嘟嘟嘟，洪亮又不驯，只是提利昂的心中却觉得比较小声，且有些不安。他的五脏六腑一阵翻搅，涌起一股恶心，令他泫然欲呕；他暗暗希望自己可别因反胃而死。

当号声渐息，嘶嘶声填满了空缺。在他右边，道路两侧的弓箭手洒出一阵箭雨，北方人开步快跑，边跑边吼。兰尼斯特军的弓箭如冰雹一般朝他们身上招呼，百支，千支，刹那间不可胜数。不少人中箭倒地，呐喊转为哀号。这时第二波攻击又已从空中落下，弓箭手们纷纷将第三支箭搭上弓弦。

喇叭再度响起，嘟——嘟、嘟——嘟、嘟——嘟、嘟——嘟嘟嘟嘟嘟嘟嘟嘟。格雷果爵士挥动巨剑，吼出一声命令，几千个人的声音随即回应。提利昂一踢马肚，放声加入这个嘈杂的大合唱，随后前锋军便向前冲去。"河岸！"当他们策马开跑，他对原住民吼道，"记住！守住河岸！"开始冲刺时，他还在前方带头，但齐拉随即发出一声令人毛骨悚然的凄厉呐喊，从他身边向前窜去，夏嘎狂吼一声，也跟了上去，原住民们纷纷跟进，把提利昂留在他们扬起的烟尘中。

正前方，一群敌军枪兵组成半月阵形，有如一只两面生刺的钢刺猬，躲在绘有卡史塔克家族日芒纹章的高大橡木盾后方，严阵以待。格雷果·克里冈率领一队精锐的重装骑兵，成楔形阵势，率先与之接战。面对大排长枪，半数的马在最后一刻停止冲刺，闪避开去。有的则是横冲直撞，枪尖贯胸而出，当场死亡，提利昂看到十来个人因此倒地。魔山的坐骑被一根带刺枪尖刮过脖颈，它人立起来，伸出镶蹄铁的双脚便往外踢。发狂的战马跃入敌阵，长枪自四面八方向它捅来，但盾墙也同时在它的重压之下瓦解，北方人脚步踉跄地闪避这只动物的垂死挣扎。战马轰然倒下，吐血身亡，魔山却毫发无伤地起身，高擎双手巨剑，展开疯狂攻击。

夏嘎趁敌方盾墙上的裂缝还来不及合拢，也冲了进去，石鸦部的人众紧跟在后。提利昂高叫："灼人部！月人部！跟我来！"不过他们大都已冲到他前面去了。他瞥见提魅之子提魅的坐骑倒地而死，人则跳开脱身；有个月人部民被钉死在卡史塔克家的长矛上；康恩的马则扬腿踢断敌人的肋骨。这时，一阵箭雨洒在他们头上，究竟从何而来，他说不准，总之对史塔克军和兰尼斯特军一视同仁。它们或从盔甲上弹开，或找到暴露的血肉。提利昂举起盾牌，躲在下面。

在骑兵的冲击下，铁刺猬逐渐崩解，北方人纷纷后退。提利昂看见有个矛兵愚蠢地朝夏嘎直冲过去，结果被夏嘎战斧一挥正中胸膛，穿透盔甲、皮革、肌肉和肺，顿时毙命。斧刃卡在对手胸膛里，但夏嘎马不停蹄，又用左手的战斧将另一个敌人的盾牌劈成两半，右手的尸体则绵软无力地随马弹跳颠簸。最后，死尸滑落地面，夏嘎高举双斧，交互撞击，发出慑人的呐喊。

这时他自己也冲入了敌阵，战场瞬间缩小到坐骑周围几尺。一个步兵手持长矛朝他胸膛戳来，他战斧一挥，将矛格开，那人向后跳去，打算再试一次，但提利昂调转马头，把他踩在马下。波隆被三个敌兵团团围住，但他砍断第一支向他刺去的矛头，反手一剑又正中另一个人面门。

一支飞矛从左方朝提利昂射来，"咚"的一声插在木盾上。他转身追击掷矛者，但对方举盾过头，于是提利昂策马绕着他转，战斧如雨般砸在盾上。橡木碎屑四溅，最后北方人终于脚底一滑，仰面摔倒在地，盾牌却刚好挡在身体上。提利昂的战斧够不到他，

下马又太麻烦，所以他抛下此人，策马攻击另一目标。这次他从对方后背偷袭成功，战斧向下一劈，正中敌人，却也震得自己手臂酸麻。他获得了短暂的喘息机会，便勒住缰绳，寻找河岸，猛然发现河流竟在右手，看来乱军中他不知不觉调转了方向。

一位灼人部民骑马从他身边跑过，软绵绵地趴在马脖子上，一支长矛插进肚腹，从背后穿出。虽然人是没救了，但当提利昂看见一名北方士兵跑过去要拉住那匹马的缰绳时，他也冲锋过去。

对方持剑迎战，他生得高大精瘦，穿着一件长衫锁子甲以及龙虾铁手套，不过掉了头盔，鲜血从额头的伤口直流进眼里。提利昂瞄准他的脸，奋力砍去，却被那高个子挥剑格开。"侏儒！"他尖叫，"去死！"提利昂骑马绕着他转，他也跟着旋身，不断挥剑朝提利昂的头颅和肩膀砍劈。刀斧相交，提利昂立时明白高个子不仅动作比他快，力气也比他大上许多。天杀的七层地狱，波隆跑哪儿去了？"去死！"那人咕哝着发动猛烈攻击。提利昂勉强及时举盾，挨下这一记猛击，盾牌仿佛要向内爆开，碎裂的木片从手边落下。"去死！"剑士咆哮着再度进逼，一剑当头劈下，打得提利昂头昏眼花。那人抽回长剑，在他头盔上拉出可怕的金属摩擦，高个子不由得嘿嘿一笑……谁料提利昂的战马突然张口，如蛇一般迅捷地咬掉他一边脸颊，伤口深可见骨。那人厉声尖叫，提利昂一斧劈进他的脑袋。"去死的是你！"他告诉他，对方果然死了。

他正要抽回战斧，却听有人大喊。"为艾德大人而战！"对方声音洪亮，"为临冬城的艾德大人而战！"这名骑士马蹄奔腾，朝他冲来，带刺的流星锤在他头顶挥舞。提利昂还来不及叫唤波隆，两匹战马便轰地撞在一起，流星锤的尖刺穿透了他右手肘关节处薄弱的金属防护，一阵剧痛顿时炸裂开来，斧头也立刻脱手。他伸手想拔剑，但流星锤呼啦啦转了个圈，又朝他迎面扑来。一声令人作呕的碰撞，他从马上摔了下去。他不记得自己撞到地面，然而待他抬头，上方只有天空。他连忙翻身，想要站起，却痛得浑身发抖，仿佛整个世界都在颤动。将他击落的骑士靠过来，高高在上。"小恶魔提利昂，"他声如洪钟地向下喊，"你是我的俘虏了。投不投降，兰尼斯特？"

我投降，提利昂心想，但话却卡在喉咙里。他发出沙哑的声音，挣扎着跪起来，胡乱地摸索武器：剑、匕首、什么都好……

"投不投降？"骑士高高地坐在披甲的战马上，人和马都活像庞然大物。带刺流星锤慵懒地转着圈。提利昂双手麻木，视觉模糊，剑鞘竟是空的。"不投降就得死。"骑士高声宣布，链锤越转越快。

提利昂踉跄着起身，不觉一头撞上马肚子。马儿发出凄厉的嘶喊，前脚跃起，剧痛令他只想要挣开。鲜血和肉块如雨般喷洒在提利昂脸上，接着，马儿以山崩之势轰然倒地。等他回过神，面罩里已塞满了泥巴，有东西正在撞击他的脚。他挣脱开来，喉咙紧绷得几乎无法言语。"……投降……"他好不容易挤出声。

"是，我投降。"一个人呻吟道，声音充满痛苦。

提利昂拨开头盔的泥土，发现那匹马朝另一方向倒下，正好压在骑士身上。骑士的一只脚被马困住，用来缓冲撞击的手则扭曲成怪异的角度。"我投降。"他继续说，同时用另一只没被折断的手在腰际摸索，抽出佩剑丢在提利昂脚下。"大人，我投降。"

侏儒头晕目眩地弯身拾起那把剑，手稍微一动，阵阵剧痛便自肘部直冲脑际。战事似乎已经转移到别的地方，他所在的位置除了大批尸体，没有活人留下来。乌鸦在上空盘旋、落地啄食。他看到凯冯爵士派出中军支援前锋，大批长枪兵将北方人逼回丘陵，两军正在缓坡上作殊死搏斗，长枪方阵碰上了又一堵由椭圆铁钉盾构成的墙垒。他一边看，只见空中又洒下一阵箭雨，盾墙后的士兵在无情的炮火下纷纷倒地。"爵士先生，我想你们快输了。"他对被马

压住的骑士说。对方没有答话。

背后忽然传来蹄声，他急忙旋身，但由于手肘的剧痛，他已无法举剑作战。幸好来的是波隆，他勒住缰绳，往下看着提利昂。

"看来，你还真帮不了什么忙。"提利昂告诉他。

"我看你靠自己也就够了。"波隆回答，"只是你把头盔上的刺弄丢了。"

提利昂伸手一摸，巨盔上的尖刺已然整个儿折断。"我没弄丢，我知道它在哪里。看到我的马了吗？"

等他们找到马，喇叭又再度响起，泰温公爵的预备队倾巢而出，沿着河岸朝敌军冲去。提利昂看着父亲急驰而过，身边围绕着五百名骑士，阳光在枪尖闪耀，兰尼斯特家族的红金旗帜在头顶飞扬。史塔克家的残余部队在冲击下彻底溃散，有如被铁锤敲打的玻璃。

提利昂盔甲下的手肘又肿又痛，他也就没参加最后的屠杀，转而和波隆前去寻找自己的手下。许多人都是在死人堆里找到的。乌玛尔之子乌尔夫倒在一摊渐渐凝固的血泊里，右手肘以下全部不见，身旁还倒卧了十几个月人部的同胞。夏嘎颓然靠坐在一棵树下，全身插满了箭，康恩的头枕在他膝上。提利昂本以为他俩都死了，但当他下马时，夏嘎却睁开了眼睛："他们杀了科拉特之子康恩。"英俊的康恩身上没有任何伤痕，只有长枪贯穿胸膛的一个红点。波隆扶夏嘎站起来，大个子仿佛这才注意到身上的箭，便一支支拔出来，一边抱怨弓箭把他的盔甲和皮衣插出一堆窟窿。有几支箭射进体内，拔得他像个婴儿似的喊痛。当他们为夏嘎拔箭时，齐克之女齐拉骑马过来，向他们展示她割取的四只耳朵。提魅则率领灼人部众掠夺被他们杀掉的死人。跟随提利昂·兰尼斯特上战场的三百名原住民，大约只有半数幸存。

他让生者打理死者，派波隆去处置被他俘虏的骑士，然后独自去找父亲。泰温公爵坐在河边,正拿一个镶珠宝的杯子喝酒,并让他的侍从为他解开战甲的环扣。"一场漂亮的胜仗。"凯冯爵士看到提利昂,便对他说,"你的野人打得很好。"

父亲以那双淡绿金瞳看着他,冷酷得令他打战。"父亲,是不是教您很吃惊啊?"他问,"有没有破坏您的计划啊?我们本该被敌人屠杀的,是不是这样?"

泰温公爵一饮而尽,脸上毫无表情。"是的,我把无纪律的部队安排在左翼,预期他们会溃败。罗柏·史塔克是个毛头小鬼,想必勇气多于睿智,我原本希望他一见我左军崩溃,便全力突进,企图侧面包抄。等他进了圈套,凯冯爵士的长枪兵便会转身攻他侧翼,把他逼进河里,这时我再派出预备队。"

"您把我丢进这场大屠杀,却不肯把计划告诉我。"

"佯攻难以让人信服,"父亲回答,"何况我不能把计划透露给与雇佣兵和野蛮人为伍的人。"

"真可惜我的野蛮人坏了您的大好兴致。"提利昂脱下钢护手,任它落地,因手肘的剧痛皱起眉头。

"以史塔克那小鬼的年纪来说,他的用兵超乎预期地谨慎,"泰温公爵承认,"但胜利就是胜利。你似乎受伤了。"

提利昂的右臂染满鲜血。"父亲,谢谢您的关心,"他咬牙道,"可否麻烦你派个学士来帮我看看?除非您觉得有个独臂的侏儒儿子也不赖……"

父亲还来不及回答,只听一声急切的喊叫:"泰温大人!"他便转过头去。亚当·马尔布兰爵士翻身下马,泰温公爵起立迎接。那匹马口吐白沫,嘴流鲜血。亚当爵士生得高瘦,一头暗铜色及肩长发,穿着发亮的镀铜钢铠,胸甲中央有一棵象征家徽的燃烧之树。他在父亲面前单膝跪下,"公爵阁下,我们俘虏了部分敌方头目,包括赛文伯爵、威里斯·曼德勒爵士、哈利昂·卡史塔克和

四个佛雷家的人。霍伍德伯爵战死。至于卢斯·波顿,恐怕已经逃了。"

"那小鬼呢?"泰温公爵问。

亚当爵士迟疑片刻。"大人,史塔克那小鬼没和他们一道,他们说他已从李河城渡河,带着骑兵主力,赶赴奔流城。"

好个毛头小鬼,提利昂想起父亲刚才的话,想必勇气多于睿智。若不是手痛得厉害,他一定会哈哈大笑。

A SONG OF ICE AND FIRE

凯特琳

林间轻响,萦绕耳际。

谷底溪水奔流,蜿蜒穿过石板河床,月光在水面粼粼波动。树下,战马轻声嘶鸣,伸蹄扒开覆满落叶的湿软地面。人们压低声音,紧张地开着玩笑。她不时听见长枪的碰撞和锁子甲滑动所发出的微弱声响,但即便这些声音,也显得朦胧模糊。

"夫人,等不了多久了。"哈里斯·莫兰道。他要求在这场战事中有幸担负起保护她的责任,身为临冬城侍卫队长,这本是他的权利,罗柏也没拒绝。她身边还围绕着三十个卫士,他们的任务只是保护她免遭任何伤害,倘若战事不利,则务必将她安然护送回临冬城。罗柏原本要派出五十人,凯特琳坚持这场仗他需要所有的人手,因此十个就够了,最后他们达成妥协,改派三十名卫士,但双方都快快不乐。

"该来的时刻自然会来。"凯特琳告诉他。当战事到来的时刻,她知道那将意味着死亡,或许是哈尔的死……也或许是她的,甚至是罗柏。在战争中无人安全,任何人的性命都有危险,所以凯特琳宁愿等待,静听林间轻响、溪涧乐音,感受暖风拂过发丝。

再怎么说,等待对她来说毫不陌生,她生命中的男人总是让她等待。"小凯特,等我回来哟。"每次父亲上朝、上集或远赴沙场,总是这么对她说。她也乖乖听话,耐心地站在奔流城的城垛上,看着红叉河和腾石河水奔涌流过。他每每不能准时归来,于是凯特琳也在城墙上终日守望,透过雉堞和箭孔向外眺望,直到终于瞥见霍斯特公爵骑着那头棕色老马,沿着河岸,快步朝渡口奔来。

"你有没有等我啊?"当他弯身搂抱她时,一定会这么问,"有没

有啊，小凯特？"

布兰登·史塔克也教她等了好久。"夫人，此行不会太长。"他曾郑重发誓，"等我回来，咱们便可成婚。"然而当成婚那天终于来临，与她并肩站在圣堂的却是他的弟弟艾德。

奈德与新娘相守不足两周，便又快马赶赴战场，只留下一个又一个承诺。好歹他留下的不只是空洞的话语，他还给了她一个儿子。月盈月缺，转眼九个月过去，罗柏诞生于奔流城，他的父亲却还在南方作战。她历经莫大痛苦，把浑身是血的罗柏带来人世，却不知奈德今生有无机会见到他。她的儿子啊，当时的他好小好小……

如今，她等待的对象变成了罗柏……以及詹姆·兰尼斯特，那个金光闪闪，传说从不知等待为何物的骑士。"弑君者暴躁易怒。"布林登叔叔对罗柏这么说，他则以所有人的性命和唯一的希望为赌注，押在这句话上面。

罗柏即便心里害怕，也一点没表现出来。凯特琳看着他在队伍里走动，拍拍这人肩膀，和那人同声说笑，又协助另一人安抚焦躁不安的马匹。他的盔甲随着移动轻声作响，全身上下只有头部暴露在外。微风吹动他的枣红头发，那头和自己一模一样的红发，她不禁讶异儿子何时长得这么高大。才十五岁呢，已经快跟她一般高了。

请让他长得更高，她祈求天上诸神，让他活过十六岁、二十岁、五十岁，让他变得和他父亲一样高大，让他有机会把儿子抱在怀中，求求你们，求求你们，求求你们。她看着面前这个留了新胡子，脚边跟了一条冰原狼的高大青年，眼中所见却是那个他们放在她怀中的小婴儿。那是好久好久以前，发生在奔流城的事了。

夜空虽暖，想到奔流城却令她打起冷战。他们究竟在哪里？她纳闷。莫非叔叔出错了？一切的一切，都维系在他的承诺上。罗柏拨给黑鱼三百精兵，派他趋前掩护主力部队的行踪。"詹姆不知情，"布林登爵士回来报告，"我敢拿性命担保。我的弓箭手没让任何一只鸟飞回他那里。我们遇到了几个他的斥候，那些人也都无法回去通报了。他应该派出更多人才对。总而言之，他不清楚我们的行踪。"

"他的部队规模如何？"儿子问。

"总共一万两千步兵，分居三处营地，散于城堡周围，彼此间有河水相隔。"叔叔边说边露出一抹粗犷的微笑，令她觉得好熟悉。"包围奔流城，这是唯一的方法，但这也将是他们的致命伤。对方的骑兵约莫两三千。"

"弑君者的兵力将近我们三倍。"盖伯特·葛洛佛道。

"不错，"布林登爵士说，"但詹姆爵士缺乏一样东西。"

"缺什么？"罗柏问。

"耐心。"

比之刚离开孪河城时，他们目前的兵力又增加了不少。绕过蓝叉河源头，调头往南急驰时，杰森·梅利斯特伯爵从海疆城带兵前来助阵，其他生力军也陆续加入，包括雇佣骑士、小诸侯和没了主子的散兵，他们是在她弟弟艾德慕的军队于奔流城下被击溃后，逃往北方的。人们极尽所能，催马前进，赶在詹姆·兰尼斯特接获消息以前来到此地。眼下，决战时刻已经来临。

凯特琳看着儿子上马，瓦德侯爵的儿子奥利法·佛雷则为他拉住缰绳。奥利法较罗柏年长两岁，却幼稚得活像小他十岁，处处显得焦躁不安。他替罗柏绑好盾牌，递上头盔。儿子放下面罩，盖住那张她所深爱的脸庞，摇身一变，成为高大英挺的年轻骑士，端坐于灰色骏马之上。树林极暗，月光无法照及，所以当罗柏转头看她，面罩之下，她只见一片漆黑。"母亲，我得上前线去。"他告诉她，"父亲教导我，开战之前，要让部下看到首领与他们同

在。"

"去吧,"她说,"让他们好好看看你。"

"我会给他们勇气。"罗柏道。

谁来给我勇气呢? 她扪心自问。然而她保持缄默,逼着自己对他微笑。罗柏调转大灰马,缓缓离她远去,灰风如影随形地伴着他,他的贴身护卫们随即跟上。当他强迫凯特琳接受保护时,她坚持他也得照此办理,对此北境诸侯亦表赞同。众多封臣的子嗣都极力争取与少狼主——这是他们帮他新取的称号——并肩作战的荣耀。最后确定的三十人中包括托伦·卡史塔克与艾德·卡史塔克两兄弟,派崔克·梅利斯特,小琼恩·安柏,戴林恩·霍伍德,席恩·葛雷乔伊,瓦德·佛雷众多子孙中的五个,还有较年长的如文德尔·曼德勒爵士和罗宾·菲林特等等。其中甚至有一位女性,黛西·莫尔蒙,梅姬伯爵夫人的长女和熊岛继承人,身形瘦长,高达六尺,别的女孩还在玩洋娃娃的年纪,她便使起了流星锤。对这最后一项指派,诸侯们颇有微词,但凯特琳不理会他们的抱怨。"此事与家族名誉无关,"她告诉他们,"只为了确保我儿毫发无伤。"

*到了生死关头,*她心想,*这三十人够吗?这里的六千人够吗?*

远处传来一声微弱的鸟鸣,那是一种高亢而尖锐的颤音,有如一只冰冷的手,划过凯特琳颈背。又一只鸟颤鸣应和,接着是第三只、第四只。这是雪伯劳的呼唤,在临冬城的这么多年,她早已非常熟悉。凛冬深雪之时,当神木林白茫茫一片,寂静无声,便能看到它们的踪迹。它们是北方的鸟。

*他们来了,*凯特琳心想。

"夫人,他们来了。"哈尔·莫兰悄声道。他总爱重复人尽皆知的事实。"愿诸神与我们同在。"

她点点头。周围的树林安静下来,四下寂然之中,她可以听见他们的声音,距离虽远,却在迅速逼近:万马奔腾之声,枪剑铠甲交击,战士喃喃自语,笑骂声此起彼落。

亿万年的光阴仿佛来了又去,声音越变越大,她听见更多笑闹,有人发号施令,渡溪时水花飞扬。一匹马在哼气。某个男人在咒骂。最后她看到他了……虽然只是一刹那,虽然只是透过林间细缝望向谷底,但她深知必是他无疑。即便是在这么远的距离,詹姆·兰尼斯特爵士的身影依旧清晰可辨,他的金发金铠被月光染为银白,鲜红披风成了黑色。他没戴头盔。

他甫一出现,便又消失,银色铠甲再度被树丛遮蔽。长长的队伍跟在他身后,包括骑士、誓言骑士和自由骑手,大概占兰尼斯特军骑兵总数的四分之三。

"他绝不会乖乖待在营帐里,坐等木匠搭建攻城塔。"布林登爵士曾经保证,"迄今为止,他已三度率骑兵出击,追赶零散的我军或强攻顽抗的庄园。"

于是罗柏点着头,仔细研读他舅舅绘制的地图。奈德教导他要熟悉地图。"你在这里袭击他,"他指着地图说,"带个两三百人就好,不要多,打着徒利家的旗帜。当他追过来时,我们会在——"他的手指向左移动一寸,"——这里埋伏。"

"这里",夜幕中的一片寂静,月光倾洒,暗影幢幢,地面铺满厚厚落叶,山脊密林遍布,丘陵缓缓下降,直至河床。地势越低,矮树丛便越见稀疏。

"这里",他儿子骑在战马上,回望她最后一眼,举剑行礼。

"这里",梅姬·莫尔蒙奏出长而低沉的号角,自东侧轰然直下,炸进河谷,通知人们詹姆的部队已然全数进了圈套。

灰风向后一甩头,仰天长号。

狼嗥之声仿佛直直地穿透了凯特琳·史塔克,她发现自己浑身颤抖。这是一种恐怖之声,骇人之声,然而其中如有音律。一时之间,她竟为下方河谷里的兰尼斯特军感到一丝怜悯。**这就是死亡之**

声,她心想。

啊啊呜呜呜呜呜呜呜呜呜呜呜呜呜呜呜呜呜呜……对面山脊传来大琼恩的号声,东西两边,梅利斯特家和佛雷家也吹起了复仇的喇叭。河谷的北口极窄,有如弯曲的手肘转了方向,卡史塔克伯爵的战号从那里传来,低沉浑厚,充满哀悼之音,加入了这场黑暗的大合唱。下方溪谷里,敌军高声叫喊,马儿前脚踢扬。

奉罗柏之命藏身枝干间的弓箭手们齐齐洒下箭雨,呓语森林用力吐出按捺多时的气息,整个夜晚顿时充斥人马哀号。她放眼四望,武士们纷纷举起长枪,褪去用来遮掩反光的泥土和树叶,露出锐利无比的残酷尖刃。"临冬城万岁!"当箭雨再度落下,她听见罗柏高喊。他从她身边急驰向前,当先率领部下朝河谷俯冲。

凯特琳静坐马上,一动不动。哈尔·莫兰和贴身护卫们环绕四周,而她只是静静等待,一如当年等待布兰登,等待奈德,等待父亲。她置身高高的山脊上,树林几乎完全遮蔽了下方的战事。她的心狂乱地跳动,一下、两下、四下,突然间,森林里似乎只剩下她和她的护卫,余人皆已融进无边的绿色中。

然而,当她抬眼,望向河谷对面的山脊,却见到大琼恩的骑兵自密林黑影后现身,排成无止无尽的长长横队,开始冲锋。当他们自树林中激进而出时,在那么细微的心跳瞬间,凯特琳看到月光洒落枪尖,仿如千只包裹银焰的萤火虫,朝山下扑去。

她眨眨眼。他们不过是人,朝山谷俯冲的战士,要么杀人,要么被杀。

事后她虽不能宣称亲睹战事,却至少可说听闻全程。河谷里回音激荡,有断折长枪的噼啪,刀剑交击的响动,以及"兰尼斯特万岁!""临冬城万岁!"和"徒利家万岁!为奔流城与徒利家而战!"的呐喊。当她明白睁眼无益,便闭上双眼,凝神谛听。她听见马蹄奔波,铁靴溅起浅水,剑劈橡木盾的钝音,钢铁碰撞的摩擦，弓箭呼啸，战鼓雷鸣，一千匹马同时发出惊叫。人们或高声咒骂，或乞求饶命，或得免一死，或劫数难逃，有人得以生还，有人则命丧于此。山谷似乎会扰乱听觉，有一次，她仿佛听见了罗柏的声音，清楚得好似他就站在身边，高喊："跟我来！跟我来！"接着她听到了那只冰原狼的嘶吼咆哮，利齿撕扯肉块，人马发出充满恐惧的痛苦哀号。真的只有一只狼？她难以分辨。

声音渐渐变弱，终至平息，最后只剩狼号。几缕红曙露出东方，灰风仰天长啸。

罗柏归来时，骑的已不是原本那匹灰马，而是一匹花斑马。他盾牌上的狼头几乎被砍成碎片，木板上刻画出深深的痕迹，但本人似乎安然无恙。然而当他走近，凯特琳却发现他的锁甲手套和外衣袖子上全是黑血。"你受伤了。"她说。

罗柏举起手，伸了伸五指。"我没事，"他说，"这……或许是托伦的血，或是……"他摇摇头。"我不知道。"

一大群人跟着他上了斜坡，个个浑身脏污，盔甲凹陷，却嬉笑不停。席恩和大琼恩当先，两人一左一右拽着詹姆·兰尼斯特爵士。他们把他推到她的坐骑前。"弑君者。"哈尔又多此一举地宣示。

兰尼斯特抬起头。"史塔克夫人，"他跪着说，他头上有个伤口，鲜血自头顶流下一边脸颊，苍白的晨光将他头发的金黄还给了他。"很乐意为您效劳，可惜我忘了我的剑放哪儿去了。"

"爵士阁下，我不需要你的效劳。"她告诉他，"我要的是我父亲和我弟弟艾德慕，我要我的两个女儿，以及我的丈夫。"

"恐怕我也不知他们到哪儿去了。"

"实在可惜。"凯特琳冷冷地说。

"杀了他，罗柏。"席恩·葛雷乔伊劝道，"砍他的头。"

"不，"儿子回答，一边把染血的手套脱下。"他活着比较有用。况且父亲大人绝不会在战后杀害俘虏。"

"他是个聪明人,"詹姆·兰尼斯特道,"光明磊落。"

"把他带走,戴上镣铐。"凯特琳说。

"照我母亲大人说的做,"罗柏下令,"此外,务必多派人严加看守。卡史塔克大人恨不得把他的头插在枪上。"

"我想也是。"大琼恩同意,他比比手势,兰尼斯特便被领开去,包扎伤口,并戴上枷锁。

"卡史塔克大人为何想杀他?"凯特琳问。

罗柏转头望向树林,眼中流露出奈德常有的忧郁神色。"他……杀了他们……"

"卡史塔克大人的儿子。"盖伯特·葛洛佛解释。

"两人都死在他手里,"罗柏说,"托伦和艾德,以及戴林恩·霍伍德。"

"谁也不能否认兰尼斯特那厮的勇气,"葛洛佛道,"他眼看大势已去,便号召手下,一路往河谷杀上来,企图冲到罗柏大人身边将他砍倒,他差点就得逞了。"

"他忘了他的剑放哪儿……他的剑先砍断托伦的手,劈开戴林恩的脑袋,然后忘在了艾德·卡史塔克的颈子上。"罗柏说,"从头到尾,他一直叫喊着我的名字,若非大家死命阻止他——"

"——如今哀悼者就是我,而非卡史塔克大人了。"凯特琳道,"罗柏,你的部下完成了他们宣誓信守的职责,为保护他们的封君而英勇战死。你可以为他们哀悼,表彰他们的忠勇,但不是现在,你没有悲伤的时间。你砍断了蛇头,然而四分之三的蛇身还缠绕着你外公的城堡。我们打赢了一场仗,但不是整个战争。"

"但这是多么辉煌的一场仗啊!"席恩·葛雷乔伊兴奋地说,"夫人,自古代'怒火燎原'一役以来,王国便再没有如此精彩的战役。我敢发誓,兰尼斯特那边每死十个,我们才死一个。我们俘虏了近百名骑士,十来个诸侯,包括维斯特林伯爵、班佛特伯爵、盖尔斯·格林菲尔爵士、伊斯兰伯爵、泰陀斯·布拉克斯爵士、多恩人马洛尔……除詹姆外,我们还抓到三个兰尼斯特家的人,都是泰温大人的侄子,其中两个是他妹妹的,一个是他死去的老弟的……"

"那泰温大人呢?"凯特琳打断他。"席恩,请问你有没有刚巧把泰温大人也抓到?"

"没有。"葛雷乔伊回答,他突然愣住了。

"只要还没抓到他,战争就没有结束。"

罗柏抬起头,用手将红发从眼前拨开。"母亲说得对,奔流城之战还等着我们。"

丹妮莉丝

成群苍蝇围绕着卓戈卡奥,缓缓打转,翅膀嗡嗡的声音在丹妮的听觉边际回环,令她满心恐惧。

无情的骄阳高挂天空,热气从低矮丘陵裸露的岩层间蒸散而出。汗水如一根根纤细的手指,自丹妮肿胀的双乳缓缓流下。天地间,唯一的声音是马蹄坚定的嗒嗒声,丹妮发际铃铛有韵律的轻响,以及身后悄声的交谈。

丹妮盯着苍蝇。

它们大如蜜蜂,体形沉重,略呈紫色,发出湿黏而恶心的光。多斯拉克人称其为"血蝇"。它们居住于沼泽地和死水潭,以吸食人马鲜血为生,并在腐尸或濒死的人畜身上产卵。卓戈恨极了这种生物,每当有血蝇靠近,他的手便如灵蛇般迅速窜出,一把抓住,她从未见他失手过。他会把苍蝇握在巨掌里,听任它狂乱地嗡嗡乱飞,最后才用力捏紧,等张开手,苍蝇已成为他掌心的一摊红印。

这时,正有一只血蝇在他坐骑的臀部爬来爬去,骏马愤怒地甩着尾巴,想把它赶走。其他苍蝇则在卓戈周围来回飞动,越飞越近,然而卡奥却没有反应。他的视线朝向远方的褐色丘陵,缰绳松松垮垮地垂在手中。在他的彩绘背心下,一层无花果叶和干涸的蓝泥覆盖着胸前的伤口,那是草药妇人专为他调制的。弥丽·马兹·笃尔的药膏不仅灼热,更令他瘙痒难耐,因此六天前他便已撕掉膏药,骂她是"巫魔女"。泥膏比较舒服,况且草药妇人还为他调制了罂粟酒,这三天来他喝得厉害;即便不喝罂粟酒,他也豪饮发酵马奶或胡椒啤酒。

然而他却几乎不碰食物，到了夜里则是又踢打又呻吟。丹妮看得出，他的脸变得好削瘦。雷戈在她的肚子里不断骚动，活像一匹骏马，但丝毫没有引起卓戈的兴趣。每天早上，当他从噩梦中醒来，她便发现他的脸上又多了新的痛苦痕迹。眼下，他竟连话也不说了，这使她倍感惊恐。是啊，自从他们日出时出发以来，他连一个字也没有说。即便她主动开口，得到的也只是一声咕哝，过了中午，连咕哝都没了。

一只血蝇降落在卡奥裸露的肩膀上，另外一只则盘旋片刻，停上了他脖子，并朝他嘴巴爬去。卓戈卡奥在马鞍上微微晃动，发际铃铛轻声作响，坐骑则以稳定的步伐继续前进。

丹妮夹紧银马，骑到他身旁。"夫君，"她轻声说，"卓戈，我的日和星。"

他似乎根本没听见。血蝇顺着他长长的胡子往上爬，爬上脸颊，停在鼻子旁的皱痕里。丹妮惊讶得屏住呼吸。"卓戈，"她笨拙地伸手去扶他的臂膀。

卓戈卡奥在马鞍上晃了晃，缓缓倾斜，接着重重地从马上摔了下去。血蝇群散开了一个心跳的瞬间，随即又徘徊而回，停在他身上。

"不，"丹妮连忙勒住缰绳，不顾自己的大肚子，蹒跚着翻下小银马，奔向他身边。

他身下的草地棕黄干枯。当丹妮在他身边跪下时，卓戈发出痛苦的叫喊。他的呼吸卡在喉咙里，看她的眼神仿佛不认得她。"我的马。"他喘着气说。丹妮挥开他胸膛上的苍蝇，学他的样子捏死了一只。手指下，他的皮肤烫得吓人。

卡奥的血盟卫就跟在后面。她听见哈戈大喊，他们便快马加鞭地赶来。科霍罗自马背一跃而下。"吾血之血！"他边跪边喊。其他两人则留在马上。

"不，"卓戈卡奥呻吟着在丹妮怀中挣扎。"必须骑马。骑马。不。"

"他从自己的马上摔下来。"哈戈瞪着脚下的他们说，他那张阔脸毫无表情，但声音如铅般沉重。

"别说这种话，"丹妮告诉他，"今天我们骑得也够远了，就在这里扎营。"

"这里？"哈戈环顾四周。此地植物干枯，一片棕黄，不适人居。"这里不能扎营。"

"女人无权命令我们停下，"柯索说，"即便卡丽熙也不例外。"

"我们就在这里扎营。"丹妮重复，"哈戈，传话下去，就说卓戈卡奥命令大家停下。若有人问起原因，就说我快生了，无法再走。科霍罗，把奴隶带来，让他们立刻搭起卡奥的帐篷。柯索——"

"卡丽熙，你无权命令我。"柯索说。

"你去把弥丽·马兹·笃尔找来。"她告诉他。女祭司应该和其他"羊人"一起，位于长长的奴隶队伍中。"带她来见我，叫她把药箱也带来。"

柯索从马上瞪着她，两眼刚硬如燧石。"巫魔女，"他啐了一口，"我不干。"

"你立刻去办，"丹妮说，"否则等卓戈醒来，他会想知道你为何忤逆我。"

柯索愤怒地调转马头，飞奔而去……但丹妮知道，无论他多么不情愿，终究是会把弥丽·马兹·笃尔带来的。奴隶们在一片崎岖的黑色岩层下搭起卓戈卡奥的大帐，那里的阴影可以稍稍遮挡午后的骄阳。即便如此，当伊丽和多莉亚协助丹妮搀扶卓戈走进沙丝帐时，里面依旧热得令人窒息。帐内地上铺着厚重的绘画地毯，枕头散置于各个角落。埃萝叶,那个丹妮在"羊人"城镇的泥墙外解救的羞怯女孩,已经燃起一个火盆。他们让卓戈平躺在草席上。"不,"他用通用语呢喃着,"不,不。"他只说得出这个字,仿佛这是他能力唯一所及。

多莉亚解开他的奖章腰带,脱下他的背心和绑腿,姬琪则跪在他脚边,为他解开骑马凉鞋。伊丽想让帐篷敞开通风,但丹妮不准,她绝不能让别人看见卓戈神志不清的虚弱模样。当她的卡斯部众抵达时,她要他们守在门口。"未经我允许,不准任何人进来,"她对乔戈说,"谁都不行。"

埃萝叶畏惧地看着躺在席上的卓戈。"他死了。"她小声说。

丹妮抽了她一个耳光。"卡奥不会死,他是骑着世界的骏马之父,他的头发从未修剪,至今依旧绑着他父亲留给他的铃铛。"

"可是,卡丽熙,"姬琪道,"他从自己的马上摔下来。"

丹妮眼中突然盈满泪水,她颤抖着别过头去。他从自己的马上摔下来!的确如此,不仅她亲眼目睹,血盟卫们看到了,目击者还包括她的女仆和卡斯部众。除此之外还有多少呢?他们不可能保守秘密,丹妮知道这意味着什么:无法骑马的卡奥便无能统治,而卓戈竟从自己的马上摔了下去。

"我们必须帮他沐浴。"她固执地说。她绝不能让自己陷入绝望。"伊丽,叫人马上把澡盆搬来。多莉亚、埃萝叶,去找水,要凉水,他身体好烫。"他简直是人皮包裹的一团火。

奴隶们将沉重的赤铜澡盆放在帐篷角落。当多莉亚拿来第一罐水时,丹妮浸湿一卷丝布,盖在卓戈滚烫的额际。他双眼直视,却视而不见。他张开嘴巴,却说不出话,只有呻吟。"弥丽·马兹·笃尔在哪儿?"她的耐心快要被恐惧磨光了,忍不住厉声质问。

"柯索一定能找到她。"伊丽说。

女仆们将澡盆灌满散发着硫黄气息的温水,加入几罐苦油和几

把捣碎的薄荷叶。在她们准备洗澡水时,身怀六甲的丹妮笨拙地跪在夫君身边,用不安的手指解开他的发辫,一如他在星空下与她初次结合的那个晚上。她小心翼翼地把他的铃铛一个个放好,她告诉自己,等他康复,他需要重新系上这些铃铛。

一股空气吹进帐篷,原来是阿戈从丝幕间探头。"卡丽熙,"他说,"安达尔人来了,他请求进来。"

"安达尔人"是多斯拉克人对乔拉爵士的称呼。"好的,"她笨拙地起身,"让他进来。"她信任这位骑士,假如还有人知道现在该怎么做,那此人非他莫属。

乔拉·莫尔蒙爵士低头穿过帐门,等了一会儿,使眼睛适应黑暗。在南方的炎热气候下,他穿了宽松的斑纹沙丝长裤,绑到膝盖、露出脚趾的骑马凉鞋,佩剑则挂在一条曲折的马鬃带上。在漂白的背心下,他赤裸胸膛,皮肤被毒日晒得通红。"到处都是谣言,整个卡拉萨都传遍了。"他说,"据说卓戈卡奥从自己的马上摔下来。"

"帮帮他吧,"丹妮哀求。"看在你承诺过对我的爱分上,帮帮他吧。"

骑士在她身边跪下,意味深长地审视卓戈良久,最后对丹妮说:"把您的女仆支开。"

丹妮的喉咙因恐惧而紧绷着,她一言不发地打了个手势,伊丽便哄着其他人出了帐篷。

她们离去后,乔拉爵士抽出匕首,熟练地割开卓戈胸膛上的黑叶和干蓝泥,动作之轻巧,难以想象竟是出自如此一位大汉之手。敷料早已干如羊人的泥墙,也像泥墙一样轻易地破裂。乔拉爵士用匕首切开干泥,撬掉血肉上的碎块,剥下一片片叶子。一股恶臭甜腻的味道从伤口涌出,浓烈得让她不能呼吸。满地落叶结满了血块和脓疮,卓戈的胸膛一片漆黑,腐烂的伤口闪闪发亮。

"不,"丹妮小声说,泪水滚下双颊。"不,求求你,诸神救救我,不要。"

卓戈卡奥抽搐了一下,好似在与某个看不见的敌人拼斗。黑色的脓血自他伤口缓缓地流下。

"公主殿下,您的卡奥与死人无异。"

"不,他不能死,他不可以死,这只是个小伤,"丹妮伸出细小的双手,紧紧握住卓戈长满老茧的巨掌。"我不会让他死……"

乔拉爵士苦涩地笑笑。"无论你是卡丽熙还是公主,只怕这个命令都超出了你的能力所及。孩子,请留住你的泪水,明天,或是明年再为他哀悼,眼下我们无暇悲伤。趁他还没断气,我们得赶紧走。"

丹妮不知所措。"走?去哪里?"

"我提议去亚夏。此地位于极远的南方,是已知世界的尽头,据说也是个繁盛的大港。在那里,我们应当能搭船回潘托斯,但毫无疑问,这将是一趟极为艰苦的旅程。你能信任你的卡斯部众吗?他们会不会跟我们走?"

"卓戈卡奥命令他们保护我的安全,"丹妮有些犹疑地回答,"假如他死了……"她摸摸自己隆起的小腹。"我不懂,我们为什么要逃走?我是卡丽熙,肚里怀着卓戈的后代,卓戈死后他会继任卡奥……"

乔拉爵士皱起眉头。"公主殿下,请听我说。多斯拉克人绝不会追随嗷嗷待哺的婴儿,他们臣服于卓戈的威势,但仅止于此。卓戈死后,贾科、波诺及其他'寇'便会争夺他的地位,整个卡拉萨将自相残杀,而最后的胜者一定不会留对手活口。你的孩子刚一出生就会被夺走,被他们拿去喂狗……"

丹妮的双手紧紧抱住胸口。"可这是为什么?"她哀怨地哭道,"为什么他们要杀一个小婴儿?"

"因为他是卓戈的儿子,况且老妪们宣布他将成为骑着世界的骏马,他的成就已被预言。与其冒让他长大成人后回来复仇的风险,不如趁他年纪还小时杀了他。"

此话仿佛给胎儿听到,他在她肚子里应声踢打起来。丹妮想起韦赛里斯说过的故事,篡夺者的走狗是如何对待雷加的孩儿。大哥的儿子当年也只是个襁褓里的婴儿,但他们依旧将他从母亲怀抱里硬生生夺走,一头撞死在墙上。这就是男人。"他们绝不能伤害我儿子!"她叫道,"我将命令我的卡斯部众保护他的安全,卓戈的血盟卫也会——"

乔拉爵士搂住她的肩膀。"孩子,血盟卫会陪卡奥殉死,这你是知道的。他们会带你去维斯·多斯拉克,将你交付给老妪,那是他们在世间对他所付的最后职责……在那之后,他们便会追随卓戈进入夜晚的国度。"

丹妮不愿返回维斯·多斯拉克,去和那群恐怖的老妇共度余生,但她知道骑士说的是实话。卓戈不仅是她的日和星,更是保护她免遭危难的屏障。"我不能离开他,"她固执而悲苦地说,再度执起他的手。"我绝不能。"

帷幕掀动,丹妮回身,只见弥丽·马兹·笃尔走进来,深深低下头。由于连日跟在卡拉萨后长途跋涉,她跛了脚,形容憔悴,双腿皮破血流,眼窝凹陷。柯索和哈戈跟在她后面,提着女祭司的药箱。血盟卫们一见到卓戈的伤势,哈戈手指一松,药箱滑落在地,哐的一声巨响。柯索则骂了一句非常难听的话,语气之凶恶,仿佛能点燃空气。

弥丽·马兹·笃尔脸如死灰地盯着卓戈。"伤口化脓了。"

"巫魔女,都是你干的好事!"柯索说。哈戈一拳挥去,正中弥丽脸颊,轰的一声将她打倒在地,接着又扬腿踢她。

"住手!"丹妮尖叫。

柯索拉开哈戈，对他说："踢她作甚！这对巫魔女太仁慈了，把她拖到外面，钉在地上，让每个经过的男人都骑上一回，结束之后，再让狗来骑她。让黄鼠狼扯出她的内脏，让乌鸦啄食她的眼睛，河边的苍蝇将在她的子宫里产卵，吸食她乳房溃烂的脓汁……"他伸出铁一般刚硬的手指，抠进女祭司臂膀松软的肌肉，一把将她拉起来。

"住手！"丹妮说，"我不许你伤害她。"

柯索的嘴皮自他弯曲的黄板牙往上一翻，露出恐怖的嘲笑，"住手？你叫我住手？你最好祈祷我们不要把你钉在这个巫魔女旁边，今天发生这种事，你要负一半责任。"

乔拉爵士隔在他们之间，作势欲拔长剑。"血盟卫，你讲话小心一点，公主殿下她仍然是你的卡丽熙。"

"除非吾血之血还能活下去，"柯索对骑士说，"在他死后，她就什么也不是了。"

丹妮只觉浑身一凛。"我不仅是卡丽熙，更是真龙传人。乔拉爵士，立刻召集我的卡斯部众。"

"哼，"柯索道，"我们走，先不跟你计较……卡丽熙。"哈戈跟随他走出帐篷，双眉深锁。

"公主殿下，那人恐怕会对您不利。"莫尔蒙道，"按多斯拉克习俗，卡奥与他的血盟卫同生共死，柯索眼看自己寿命将近，才会这样放肆。死人是什么都不怕的。"

"什么人都没死哪，"丹妮说，"乔拉爵士，我需要借重你的剑术，请你去穿上盔甲。"她不敢承认有多害怕，即便在自己心里。

骑士一躬到底。"如您所愿。"他大步走出营帐。

丹妮转身面向弥丽·马兹·笃尔。妇人的眼神非常虚弱，"看来，您又救了我一命。"

"换你救他一命了,"丹妮说,"求求你……"

"跟奴隶说话不是用问的,"弥丽尖刻地回答,"你只要交代下去,让她照办就成了。"她走到浑身发烫的卓戈的席边,凝视伤口良久。"但眼下,无论你询问还是交代,结果都无差别,已经没有任何医者可以救他。"卡奥双眼紧闭,她伸手拉开一边眼皮,"他是不是一直喝罂粟花奶麻痹痛觉?"

"是。"丹妮承认。

"我曾用火豆和勿螯我草为他调制药膏,并用羊皮绑上。"

"他说那药灼热得厉害,所以把羊皮撕了。草药妇人帮他弄了一帖新药,湿湿的很舒服。"

"的确很灼热,但火具有强大的疗效,就连你们的无毛人都知道。"

"帮他再弄帖敷药吧,"丹妮哀求,"这次我保证让他戴好。"

"夫人,来不及了,"弥丽说,"如今我能做的,只是为他指引黑暗的道路,让他毫无痛苦地骑马进入夜晚的国度。明日清晨,他就会离去。"

她的这番话有如利刃刺进丹妮胸膛,她究竟造了什么孽,竟得到天上诸神如此残酷的对待?好不容易找到栖身之所,好不容易尝到爱情与希望的甜美,好不容易踏上归乡之路,到头来一切都是幻梦……"不,"她恳求,"只要你救他,我就放你自由,我对天发誓。你一定还知道其他的办法……某种魔法,或者……"

弥丽·马兹·笃尔跪坐下来,用那双漆黑如夜的眼睛打量着丹妮。"的确还有一种魔法。"她的声音静得出奇,几与呓语无异。"但是,夫人,这个法术不但施行困难,而且非常黑暗,对某些人而言,死亡反而比较干脆。我在亚夏学会了这个法术,并为此付出惨痛的代价。我的导师是来自阴影之地的血巫。"

丹妮只觉全身冰冷。"你真的是巫魔女……"

"是吗？"弥丽·马兹·笃尔微笑，"银夫人，眼下也只有巫魔女可以救您的勇士。"

"没有别的办法？"

"没有。"

卓戈卡奥颤抖着喘了口气。

"动手吧，"丹妮脱口而出。她不能害怕，她是真龙传人。"快救救他。"

"您必须付出代价。"女祭司警告她。

"黄金、马匹……你要什么都可以。"

"这不是黄金或马匹的问题，夫人，这是血魔法，唯有死亡方能换取生命。"

"死亡？"丹妮防卫性地双手抱胸，前后摇晃。"我的死？"她告诉自己，如果情非得已，她愿意为他牺牲性命。她是真龙传人，她不怕，她大哥雷加不就为他深爱的女人而献身了么？

"不，"弥丽·马兹·笃尔向她保证。"不是您的死，卡丽熙。"

丹妮如释重负地颤抖着。"那就动手吧。"

巫魔女神情肃穆地点点头。"如您所愿，我将完成这个仪式。先请您的仆人进来。"

当拉卡洛和魁洛把卓戈卡奥放进浴缸时，他虚弱地动了动。"不，"他喃喃道，"不，必须骑马。"但等他一进到水里，力量便仿佛尽数泄出。

"把他的马带进来。"弥丽·马兹·笃尔下达指令，他们随即照办。乔戈将那匹雄壮的红骏马牵进帐篷，它一闻到死亡的气息，立即翻开白眼，扬起前脚，嘶鸣不休，合三人之力才将它制伏。

"你打算怎么做？"丹妮问她。

"我们需要鲜血,"弥丽回答,"这,就是血的来源。"

乔戈霍地退后,伸手按住亚拉克弯刀。他是个年方十六的青年,瘦得像根鞭子,在沙场上无所畏惧,平时则笑口常开,他的上唇已开始留出长须。他在她面前跪下。"卡丽熙,"他恳求,"这事做不得,请让我杀了这巫魔女。"

"杀了她,你就是杀了卡奥。"丹妮说。

"可这是血魔法啊。"他说,"这是禁忌。"

"我是卡丽熙,我说不是禁忌就不是禁忌。在维斯·多斯拉克,卓戈卡奥不也杀了一匹骏马,让我吃下它的心脏,好让我们的儿子拥有勇气和力量。现在这个仪式也一样,完全一样。"

于是,拉卡洛、魁洛和阿戈三人把又跳又踢的骏马拉到浴缸旁,卡奥漂浮在水里,黑血和脓汁不断流出,仿佛他已经死去。弥丽·马兹·笃尔开始用一种丹妮从没听过的语言喃喃念诵,她手中陡然出现一把小刀。丹妮没看清刀是从哪里来的。这把刀看起来相当陈旧,红铜铸成,树叶形状,锋刃刻满古老符咒。巫魔女举刀划过骏马颈项,割开它高贵的头颅,马儿惨叫一声,猛烈颤抖,鲜血有如一股红泉,自伤口喷出。若非她的卡斯部众死命扶住,它早已四脚一软,瘫倒在地。"坐骑之力,传予骑者。"马血涌进水中,弥丽跟着高唱,"野兽之力,传予人类。"

乔戈挣扎着,竭力支撑住沉重的骏马,脸上写满了惊恐。他害怕碰触死去的肉体,却更害怕放手。**不过是匹马**,丹妮想,假如一匹马的死,就能换取卓戈的性命,那要她付出一千次这样的代价都没关系。

待得他们任马瘫倒,澡盆里已一片暗红,卓戈全身上下只有脸孔露在血水外。弥丽·马兹·笃尔不需要尸体,所以丹妮对他们说:"烧了它。"她知道这是多斯拉克人的习俗:每当有人死去,他的坐骑也会被杀,并放在他的火葬柴堆下,与他一同焚烧,好载他进入夜晚的国度。她的卡斯部众遵令将马尸拖出帐篷，四处都被染成鲜红，连沙丝帐幕上也血迹斑斑，地毯更是被黑血彻底浸湿。

女仆燃起火盆，弥丽·马兹·笃尔在煤上洒了一种红粉末，顷刻间，冒出的烟便有了辛辣香气，虽然并不难闻，却令埃萝叶哭着逃了出去。丹妮自己也心生恐惧，然而走到这步田地，她已经无法回头，于是她把女仆全部遣开。"银夫人，您也得跟她们出去。"弥丽·马兹·笃尔告诉她。

"不，我要留下来，"丹妮说，"这个男人在星空之下与我结合，给了我体内胎儿的生命，我不要离开他。"

"你一定要离开。一旦我开始吟唱，任何人都不能进入这座帐篷。我的咒语将唤醒古老而黑暗的力量，今晚亡灵将在此舞蹈，活人不能看到他们。"

丹妮无助地低下头。"任何人都不能进入，"她走到澡盆边，弯下身子，看着浸在鲜血里的卓戈，轻轻吻了他的额头。**"请为我把他带回来，"**逃离帐篷前，她悄声对弥丽·马兹·笃尔说。

帐篷外，夕阳低垂，天空是一片瘀伤的红。卡拉萨已在此扎营，举目所及，尽是帐篷和睡席。热风吹起，乔戈和阿戈正在挖掘焚烧马尸的坑洞。营帐前聚集了一群人，他们用严厉的黑眼睛瞪着丹妮，他们的脸则活像磨亮赤铜做成的面具。她看见了乔拉·莫尔蒙爵士，他已经穿起锁甲和皮衣，日渐光秃的宽额上布满豆大的汗珠。他推开多斯拉克人群，走到丹妮身边，当他看见她的鞋子在地上留下的猩红足印时，顿时脸色苍白。"你这小笨蛋，你到底做了什么？"他嘶哑地问。

"我非救他不可。"

"我们本来可以逃走，"他说，"公主殿下，我本来可以护送你安全抵达亚夏，实在没必要……"

"我真的是你的公主？"她问他。

"你很清楚你是。啊,诸神救救我们俩。"

"帮帮我。"

乔拉爵士皱眉:"我知道怎么帮就好了。"

弥丽·马兹·笃尔的声音转为高亢尖细的号啕,令丹妮背脊发麻,有些多斯拉克人念念有词地向后退去。火盆的光将营帐照得通明,透过血迹斑斑的沙丝帷幕,她瞥见帐内有无数影子在晃动。

弥丽·马兹·笃尔正在跳舞,但并非独自一人。

恐惧赤裸裸地呈现在多斯拉克人脸上。"这事不能继续。"柯索大喝。

她没注意血盟卫回来,哈戈和科霍罗也跟他一道,带着"无毛人",即用尖刀、针线和火焰为人治病疗伤的太监。

"这事必须继续。"丹妮回答。

"你这巫魔女!"哈戈咆哮道。接着,老科霍罗——就是那个早在卓戈诞生之日,便将自己的性命与之紧紧结合的科霍罗,那个向来待她温和的科霍罗——朝她面门吐了口水。

"巫魔女,你等死吧,"柯索向她保证,"先杀另一个。"他抽出亚拉克弯刀,朝帐篷走去。

"不,"她叫道,"你不能进去!"她抓住他的肩膀,却被柯索一挥手推开。丹妮跌倒在地,连忙双手抱住腹部,保护肚里的胎儿。"阻止他!"她朝她的卡斯部众下令。"杀了他!"

站在营帐门口的是拉卡洛和魁洛,听到命令,魁洛前跨一步,伸手欲拿皮鞭,但柯索宛如舞者般优雅地向前一跃,举起亚拉克弯刀,砍中魁洛胸膛。尖利的钢刃咬穿皮革和皮肤,直透肌肉和肋骨。年轻战士喘着气向后倒去,血如泉涌。

柯索抽出弯刀。"马王,"乔拉·莫尔蒙爵士叫道,"来跟我试试!"他的长剑铿地一声,滑出剑鞘。

柯索咒骂旋身,手中的亚拉克弯刀飞也似的朝对方砍去,速度之快，令刀上魁洛的血有如热风中的雨，溅洒开来。乔拉爵士的长剑在离他脸庞只有一尺的地方挡住这记攻势，刀剑僵持了片刻，力道千钧，锋刃颤抖，柯索愤怒地大声号叫。骑士穿着锁甲，戴着铁手套和龙虾护膝，还有厚重的护喉，但没戴头盔。

柯索向后一跃，骑士随即突前反攻，但柯索舞动亚拉克弯刀，在头部绽开一片亮如闪电的白芒。在丹妮眼中，柯索仿佛生了四手四刀，乔拉爵士只能勉强抵挡。她听见弯刀砍在锁甲上的响声，看到弯刀划过铁手套时激溅的火花，几回合后形势逆转，莫尔蒙跟跄后退，柯索则跳近攻击。骑士的左脸血红一片，一记划破他臀部锁甲的刀伤则使他行动艰难。柯索厉声嘲弄，辱骂对手是懦夫、是奶人、是穿铁衣服的太监。"你去死！"他咒道，舞跃的亚拉克弯刀划破血红暮色。丹妮的儿子在子宫里疯狂地踢打。这时，弯刀滑过笔直的长剑，再度深咬进骑士臀部锁甲的裂口。

莫尔蒙闷哼一声，绊了一跤。丹妮只觉腹部传来一阵剧痛，两腿间有湿漉漉的感觉。柯索尖声狂叫着庆祝胜利，但他的亚拉克弯刀砍到了骨头，卡住了半个心跳的时间。

这就够了。乔拉爵士用尽毕生力气挥剑砍下，穿透皮肤、肌肉和骨头，几乎把柯索的右手前臂硬生生斩断，只剩几丝皮肤和肌腱相连，松垮地摇摆着。骑士再度挥剑，朝多斯拉克人耳部一刀，力道极猛，柯索的脸仿佛整个炸开。

围观的多斯拉克人大呼小叫，帐篷里弥丽·马兹·笃尔的号叫已完全不是人的声音。地上垂死的魁洛哀求别人给他水喝。丹妮出声呼救，但无人在意。拉卡洛正与哈戈搏斗，两柄亚拉克弯刀相互交击，直到乔戈的皮鞭咔啦一响，如爆雷般缠住哈戈的喉咙。他猛力一扯，血盟卫失去重心，踉跄地向后摔倒，弯刀从手中松落。拉卡洛向前疾跃，双手紧握亚拉克弯刀，咆哮着从哈戈头顶捅下。鲜红的刀尖卡在血盟卫两眼之间，不住颤抖。有人朝丹妮丢石头，她定神一看，自己的肩膀已经皮破流血。"住手，"她哭喊，"住手，求求你们，快住手，太高了，这样的代价太高了。"更多石块朝她飞来，她试图往帐篷爬，却被科霍罗一把攥住头发，向后拉扯，冰冷的刀锋架上她的喉咙。"我的宝宝！"她尖叫，或许天上诸神真的听见了，因为她甫一出声，科霍罗便倒地身亡。阿戈的箭正中他胸膛，射穿肺部和心脏。

等丹妮莉丝终于找回力气抬头，群众已经渐渐散去，原本围观的多斯拉克人蹑手蹑脚地返回自己的营帐和睡席，有的甚至直接装上马鞍骑马离去。夕阳西沉，卡拉萨营地里篝火熊熊，团团橙焰发出愤怒的噼啪声，将火星吐进夜空。她试着起身，却因剧痛无法动弹，仿佛被巨人的拳头紧紧握住。她难以呼吸，只能拼命喘气。弥丽·马兹·笃尔的吟唱有如葬仪上的挽歌。帐篷内，黑影盘旋。

一只手抱住她的腰，乔拉爵士把她扶了起来。他满脸是血，丹妮发现他还少了半只耳朵。剧痛再度袭来，她在他怀里猛烈抽搐，只听见骑士大声呼唤她的女仆过来帮忙。难道她们都这么怕我吗？她已经知道了答案。又一阵剧痛袭来，丹妮咬紧嘴唇，忍住尖叫。她的儿子仿佛双手都握着尖刀，正从她体内砍出一条路来。"多莉亚，你该死，"乔拉爵士咆哮，"快过来，把接生婆找来！"

"她们不肯来。她们说她是被诅咒的人。"

"她们要么过来，要么我就把她们的头砍了。"

多莉亚哭了出来。"大人，她们都逃了。"

"巫魔女，"另一个人说。是阿戈吗？"带她去巫魔女那里。"

不，丹妮想开口，不，不，你们不可以。但当她张开嘴巴，却只能吐出长长的痛苦呻吟，全身上下的皮肤不断冒汗。他们这是怎么了？难道他们看不出来？帐篷内，无数的形影正围绕火盆和血淋淋的澡缸盘旋跳舞，投射在沙丝上，显得格外阴暗，有些形体根本不是人。她瞥见一头巨狼,还有一个如在烈焰中扭动的男子。

"羊女懂得染血产床的所有奥秘,"伊丽说,"她自己说的,我亲耳听见。"

"是的,"多莉亚也同意,"我也听见了。"

不,她高声尖叫,莫非这只是她脑中的想法?因为她的双唇没有发出任何声音。有人把她抬起来,她睁开眼睛,凝望着上方平板死寂的天空,漆黑而凄凉的无星之夜。**不,求求你们!**弥丽·马兹·笃尔的吟唱声越变越大,逐渐淹没了整个世界。**那些可怕的形体啊!**她尖叫,**那些骇人的舞者啊!**

乔拉爵士抱着她走进帐篷。

艾莉亚

　　从面粉街沿路店铺传出的热面包气味，比艾莉亚闻过的任何一种香水都要诱人。她深吸一口气，朝鸽子又靠近一步。这是只肥鸽，身上长满褐斑，正忙着啄食地上鹅卵石缝隙间的面包屑。然而艾莉亚的影子一碰到它，它便拍翅飞起。

　　她的木剑咻的一声蹿出，在离地两尺的半空中击中鸟儿，随后它伴着一堆棕色羽毛掉落地面。只一眨眼工夫，她便冲到鸽子旁边，抓住它一只翅膀。鸽子拼命振翅欲飞，还啄她的手。但她抓住它的脖子用力一扭，直到感觉骨头断裂。

　　与抓猫相比，捕鸽子实在简单。

　　一位路过的修士疑惑地看着她。"这里是抓鸽子最好的地方，"艾莉亚一边拍拍身子，拾起掉落的木剑，一边向他解释，"因为它们会来吃面包屑。"听罢此言，他急急忙忙地离开。

　　她把鸽子绑在皮带上，沿着街走下去。一名男子推着一辆两轮车，上面满满地放着果酱甜饼，散发出蓝莓、柠檬和杏子的香气。她的空腹咕噜作响。"可以给我一个么？"她听见自己说，"柠檬，或是……或是什么口味都好。"

　　推车的男子上下打量她，显然不太喜欢眼前的光景。"三个铜板。"

　　艾莉亚用木剑敲敲靴边。"我用一只肥鸽跟你换。"她说。

　　"异鬼才要你的鸽子呢。"推车男子道。

　　刚出炉的果酱饼热腾腾的，香味馋得她直流口水，但她没有三枚铜板……连一个都没有。她看了推车男子一眼，想起西利欧教导她"洞察真相"。他生得很矮，挺着圆圆的小腹，走路时似乎重心偏左。她正在思考假如自己抓了一块饼拔腿就跑,他应该追不上时,只听他说:"把你的脏手给我拿开。你瞧,金袍子知道怎么对付小扒手。"

艾莉亚满怀戒心地往后看去。两名都城守卫站在巷口,身披金黄色的厚重羊毛披风,披风几乎垂到地上;他们的护甲、长靴和手套则是黑色。其中一人腰际佩了长剑,另一个拿了根铁棍。艾莉亚依依不舍地看了果酱饼最后一眼,转身跑开。金袍卫士虽没特别注意她,可她一看到他们就浑身不对劲。这段时间以来,艾莉亚尽可能地远离城堡,然而即使离得很远,她依旧能看见高高的红墙上腐烂的人头,每颗头上都有大群乌鸦盘旋乱叫,多得像垃圾堆里的苍蝇。跳蚤窝里传言,金袍卫士和兰尼斯特家狼狈为奸,他们的指挥官因而跻身贵族之列,不仅获得了三叉戟河附近的封地,还成了国王的重臣。

她也听说了其他的事,吓人的事,把她给弄糊涂了。有人说父亲谋害了劳勃国王,之后被蓝礼公爵所杀。有人坚持是两兄弟醉酒发生口角,蓝礼失手把劳勃杀掉的,否则他干吗大半夜像个小偷似的溜走哩?一种版本的故事宣称国王出外打猎时被一头野猪所杀,另一种版本的故事又说他是吃野猪肉活活撑死。还有人说,不对,国王虽是死在餐桌上,却是因为八爪蜘蛛瓦里斯给他下了毒。不对,毒害他的是王后。不对,他是生疹子死的。不对,他是给鱼骨头噎死的。

所有故事只有一个共通之处:劳勃国王死了。贝勒大圣堂的七座钟塔响彻日夜,哀悼的鸣动如雷般朝众人滚滚袭来。一位皮匠学徒告诉艾莉亚,只有国王驾崩时,他们才会这样敲钟。

她只想回家,但离开君临远不如她想象的那么容易。每个人都在谈论战争,而城墙上的金袍卫士之多,就好像……好像她身上的跳蚤一样。这段时间,她都睡在跳蚤窝,不管屋顶、马厩,只要

能躺下来的地方就行。没过多久,她发现这街区的名字取得真是恰当。

自从逃出红堡后,她每天都会到七座城门各绕一遍。巨龙门、雄狮门和旧城门都已紧紧关闭,加上门闩。烂泥门和诸神门虽然还开着,但金袍卫士把守严密,只进不出。获准离开的人走的是国王门和钢铁门,但这两道门均由身穿鲜红披风、头顶雄狮头盔的兰尼斯特部队亲自守卫。艾莉亚曾趴在国王门附近的一家旅店屋顶上,眺望过去,只见他们搜索马车货物,强迫骑者打开鞍袋,详加盘查每位徒步出城的人。

她也想过游泳渡河,但黑水河既宽且深,而每个人都知道里面暗流汹涌莫测。要搭船,她又没钱付给船夫。

父亲大人教导她绝不能偷东西,可到底为什么不能偷,她是越来越模糊了。眼下她再不赶紧出城,迟早会被金袍子找上。虽然自从她学会用木剑打鸟,肚子就很少挨饿,但天天吃鸽子肉,她已经有些反胃。在找到跳蚤窝以前,有两次她还是生吃的。

跳蚤窝的巷子里,有许多煮着大锅浓汤、终年冒烟的食堂。你可以用半只鸟跟他们换一点昨天的面包和一碗"褐汤",假如你肯自己拔毛,他们还愿意帮你把另外半只鸟烤得香香脆脆。艾莉亚愿以任何代价换取一杯牛奶和一块柠檬蛋糕,但"褐汤"其实也不坏。浓汤表面浮着一层油,里面通常有大麦、胡萝卜块、洋葱和芜菁,有时还有苹果。她已经学会了不去幻想肉的味道。只有一次,她在汤里吃到一片鱼肉。

唯一的麻烦是,这些食堂永远挤满了人,每当艾莉亚狼吞虎咽时,总觉得他们在盯着她看。他们瞪着她的靴子和斗篷,她很清楚对方在想些什么。还有些人的目光,让她感觉好像在她的皮衣下面爬,她不明白这些人在想什么,反而更加害怕。更有几次她遭人跟踪,在暗巷里没命奔逃,好在到目前为止,没人抓得到她。

她原本打算变卖换钱的银手镯,早在离开城堡的第一天晚上就被偷了。当晚她睡在猪巷一间被烧毁的屋子里,手镯和那包贵重衣物就在熟睡中不翼而飞,只剩裹在身上的斗篷,穿着的皮衣和那把练习木剑……以及"缝衣针"。她躺在缝衣针上,否则它肯定也会被偷走,它可比其他东西加起来还要宝贵呢。从那之后,艾莉亚走路时便习惯让斗篷盖住右手,用以遮掩佩在腰际的宝剑;她把木剑拿在左手,让所有人都看得到,用以吓唬强盗——只可惜食堂里有些人,就算她拿着一柄战斧,恐怕也无所谓。看到这些人,足以让她对鸽子肉和硬面包的胃口全失。所以有时候她宁可空着肚子睡觉,也不愿冒险被这些人注意。

一旦出城,她便可采野莓吃,或找个果园偷摘苹果和樱桃。艾莉亚记得南下途中曾看到好多园子。再不济,她还可以在森林里挖草根,甚至抓兔子吃。城里会跑的动物,只有老鼠、猫和瘦狗。听说一窝小狗可以在食堂换得一把铜板,但她想想就觉得不安。

面粉街下的巷道错综复杂,有如迷宫,艾莉亚在人群里推挤,拉开和金袍卫士之间的距离。她已经学会走在道路中央,虽然免不了时时闪躲车辆和马匹,但至少可以看清来者是谁。假如你走得太靠近建筑物,很容易被人一把攫住。可惜在某些巷子里,你不得不贴墙走,因为建筑物之间距离太近,几乎彼此相连。

一群孩童大呼小叫地跑过她身边,追着一个滚动的铁环。艾莉亚怨恨地瞪着他们,想起以前和布兰、琼恩以及小瑞肯玩滚铁环的时光。她不知现在瑞肯长大了多少,也不知布兰是否伤心难过。她愿意付出任何代价,只要琼恩能在她身边,叫她"我的小妹",弄乱她的头发。其实她的头发已经够乱了,之前她在路上的积水坑中看见自己的倒影,只觉这是全天下最脏的头发。

她曾试着和街上的小孩说话,看能不能交个朋友,让她有地方睡。可能是她说错话了吧,年纪小的孩子只是充满戒心,飞快地瞧她一眼,如果她靠近,便立刻跑开。而他们的大哥大姐则会问些艾莉亚回答不出的问题,给她取难听的绰号,甚至偷她的东西。昨天,便有个打着赤脚,骨瘦如柴,年纪足足是她两倍的女孩把她打倒在地,企图扯下她那双靴子。艾莉亚拿起木剑,咔的一声打中对方耳朵,令她抽抽噎噎地流着血跑走了。

她走下雷妮丝丘陵的缓坡,朝跳蚤窝走去。一只海鸥飞过头顶,艾莉亚若有所思地看着它,可它超出木剑攻击范围太远。看到海鸥,不禁让她想起海洋,*说不定这正是逃走的办法*。老奶妈以前常说一个故事,有位小男孩躲在商船货舱里逃走,结果遇上各式各样的精彩冒险,或许艾莉亚也行哩。于是她决定去河边看看,反正会路过烂泥门,而她今天还没去那儿查看呢。

艾莉亚抵达码头时,周围静得出奇。她瞥见两个金袍卫士,正并排穿过鱼市,可他们看都没看她一眼。市场的摊贩空了一半,港口的船只也比她记忆中少。黑水河上,三艘国王的战船排成固定阵形巡逻,船桨起起落落,金色的船壳破浪前进。艾莉亚看了一会儿,然后开始沿河走。

当她看见站在三号码头边,身穿灰色羊毛滚白缎披风的卫士时,她的心几乎停止了跳动。*临冬城的颜色*,她的眼泪不禁夺眶而出。在他们身后,有一条漂亮的三桅商船,泊在码头里轻轻摆动。艾莉亚看不懂船壳上漆的字,那是种奇怪的语言,可能是密尔语、布拉佛斯语甚至高等瓦雷利亚语。她抓住一个路过的码头工的袖子。"请问,"她说,"这艘船是?"

"密尔来的'风之巫女'号。"那人说。

"它还在这儿啊。"艾莉亚脱口便道。码头工人神情怪异地看了她一眼,耸耸肩走了。艾莉亚朝码头跑去。风之巫女号正是父亲雇来送她回家的……它竟然还在这儿!她以为船早就开走了。

三个守卫之中,两个在赌骰子,另一个则手按剑柄来回巡视。她不能像个小婴儿一样哭哭啼啼地走过去,给他们见着了准会丢脸,于是她停下来揉揉眼睛。眼睛,眼睛,眼睛,他们为什么还……

用你的眼睛看,西利欧的话在耳际回荡。

艾莉亚仔细看去。她认得父亲所有的侍卫,但这三个穿灰披风的人她从没见过。"喂,"正在巡逻的那人叫道,"小子,你干什么?"玩骰子的两人抬起头来。

艾莉亚用尽浑身解数,才忍住惶恐,没有拔腿就跑。她知道自己若真跑了,他们会立刻追上。于是她逼自己走得更近。他们要找的是个女孩,但他把她错当成小男生了。**既然如此,她就当个小男生吧**。"要不要买鸽子啊?"她把死鸟拿给他看。

"快滚吧你。"守卫说。

艾莉亚立刻照办,她根本不需要假装害怕。她一转身,那两人又重新赌起骰子。

她不记得自己是怎么跑回跳蚤窝的,但当她抵达丘陵间弯弯曲曲的狭窄巷道时,差点喘不过气。跳蚤窝里有一种臭味,混杂了猪圈、马厩和皮匠棚的气息,外加酸败酒肆和廉价妓院的味道。艾莉亚在这迷宫里麻木地走着,直到经过一间食堂,闻到从门口传出的沸腾褐汤的香味,才发现鸽子没了。一定是跑的时候从腰带上掉了,不然就是有人趁她不备偷走的。一时之间,她的眼泪又快掉了下来。她可得大老远走到面粉街,才找得到那么肥的鸽子哪。

在城市遥远的另一头,钟声响起。

艾莉亚抬眼倾听,不禁纳闷这次的钟声又代表着什么。

"这会儿又怎么啦?"食堂里有个胖子喊。

"天上诸神行行好,怎么这钟成天响个没完啊。"一名老妇人哀号。

邻街二楼,有个穿着轻薄彩绘丝衣的红发妓女推开窗户。"这会儿换那小鬼国王死啦?"她探身朝下喊,"我说啊,小鬼就是这德行,个个都不持久!"她正在笑,一个浑身赤裸的男人便伸手从后面抱住她,咬着她的脖子,一边隔着薄衫,用力搓揉她垂在胸前的那对白色大奶子。

"你这没脑筋的骚货!"胖子朝二楼叫道,"国王没死,这会儿敲的是集合钟,只有一座塔里的钟在响。国王死的时候,城里每座钟都会响。"

"喂,行了,行了,别咬了!再咬小心我敲你的'钟'!"窗边的女人对身后的男人说,并用手肘推开他。"不是国王,那是谁死了哩?"

"这只是集合钟。"胖子重复。

两个与艾莉亚年纪相仿的男孩蹦蹦跳跳地跑过,哗啦溅起一大摊水。老妇人咒骂他们,但他们没有停步。其他人也开始陆续朝丘陵上移动,想看看究竟是怎么回事。艾莉亚追着一个动作慢的男孩跑。"你去哪儿?"跑到他背后时,她叫道,"发生了什么事?"

他回头看了一眼,脚步却没慢下。"金袍子要把他带去大圣堂。"

"带谁?"她大声叫着,一边拼命快跑。

"当然是首相啊!阿布说他们要砍他的头咧。"

一辆经过的马车在地上留下深深的车辙。男孩一跃而过,但艾莉亚没有在意,结果被这么一绊,整个人扑倒在地,一只脚擦到石头,膝盖全破了皮,手指则狠狠地戳上硬泥地,缝衣针也勾住了脚。她抽抽噎噎地挣扎着站起身,左手大拇指全是血。她把拇指伸进嘴里吸吮,才发现摔倒时断了半片指甲。她的双手痛得要命,膝盖红成一片。

"速速回避!"十字街口有人高喊,"雷德温大人驾到!速速回避!"艾莉亚好容易才从路中央跑开,差点没被活活踩死。四名穿着蓝红相间格子披风的卫士骑着高大骏马,轰隆隆地经过,在他们之后是两位贵族小少爷,肩并肩骑乘两匹栗子色母马,宛如一个盘里的豌豆。艾莉亚在城堡院子里见过他们几百次,他们是雷德温家的双胞胎,霍拉斯爵士和霍柏爵士,年纪很轻,相貌平庸,橙色头发,还有长满雀斑的方脸。珊莎和珍妮·普尔以前常背地里叫他们"恐怖爵士"和"流口水爵士",一见到他们,就咯咯直笑。但他们现在的模样可一点都不好笑。

每个人都朝着同一方向前进,急着想弄清敲钟的缘故。钟声似乎越来越大,叮当作响,不停呼唤。艾莉亚加入人潮,断指甲痛得不得了,她拼命忍住才没尖叫出声。她紧咬嘴唇,一路跛行,一边倾听周围兴奋的话音。

"——是御前首相史塔克大人。他们要把他带到贝勒大圣堂去。"

"我听说他死了。"

"就快啦,就快啦。来来来,我赌一个银鹿他们会砍他的头。"

"早该砍头了,这卖国贼。"男人啐了口唾沫。

艾莉亚挣扎着想出声。"他才没有——"她开口,可她只是个孩子,他们的说话声完全把她盖住了。

"笨蛋!他们才不会砍他头哩。打哪时起叛徒砍头是在大圣堂啊?"

"呃,总不会是封他当骑士吧?我听说啊,杀咱们老国王劳勃的就是这史塔克。他在森林里割了陛下的喉咙,后来被发现时,还装作没事人似的,撒谎说陛下是被啥老野猪干掉的。"

"唉,才不是这样,杀死陛下的是他老弟,就那个头生金鹿角的蓝礼。"

"臭女人,你给我闭上你那张碎嘴!少在这儿胡扯,蓝礼大人他是个正直的好人。"

等他们到了静默姐妹街,人群已经摩肩擦踵,挤得水泄不通。艾莉亚任由人潮将自己推上维桑尼亚丘顶。圣堂前的白色大理石广场满满的都是人,他们兴奋地彼此交谈,拥挤着希望能更靠近贝勒大圣堂。这里,钟声非常响亮。

艾莉亚左推右挤,在一双双马腿之间穿梭,同时还得抓紧她的剑。在人群里,她只能看到别人的手脚和肚子,以及耸立头顶的七座纤细高塔。她瞄到一辆木马车,便想爬上去,期望这样看得比较清楚,但四周的人也有相同的念头,结果车夫破口大骂,鞭子一挥把他们通通赶走。

艾莉亚急了,她硬是往前钻,结果被人群挤得贴在一个石头基座上。她抬起头,看到"主教国王"、"受神祝福的"圣贝勒的脸庞,于是艾莉亚把剑塞进腰带,开始往上爬。虽然断掉的指甲在彩绘大理石上留下斑斑血迹,但她最后还是爬了上去,揳进国王的两腿中间。

她看到了父亲。

艾德公爵站在圣堂大门外的总主教讲坛上,左右各由一位金袍卫士搀扶。他穿着一件厚实的灰天鹅绒上衣,胸前用珠子绣了一只白狼,肩披灰色羊毛滚绒边斗篷,但艾莉亚从没见他这么瘦过,那张长脸上写满了痛苦。他几乎无法站立,全靠两个卫兵支撑,他断腿上的石膏是灰的,整个都烂掉了。

站在他身后的是矮胖的总主教,年事已高,发色灰白,臃肿不堪,身着一件纯白长袍,头戴一顶由金箔和水晶做成的巨大宝冠,随着他的动作散发出七彩虹光。

在圣堂的大门边,高高的讲坛前,聚集了一群骑士和贵族。乔佛里一身大红丝衣和缎子装束,绣满腾跃雄鹿与怒吼猛狮,头戴金冠,在人群之中最为显眼。王后站在他身旁,穿了一袭哀悼的黑礼服，衣上间或有几许红丝，发际戴着黑钻石头纱。艾莉亚认出了猎狗，他身穿暗灰盔甲，外罩雪白披风，旁边围绕着四个御林铁卫。她也看见了太监瓦里斯，他披着彩绘的锦缎袍子，穿了拖鞋，在贵族之间游走。至于那个披着银斗篷、生了尖胡须的矮个子，她认为就是那个曾为母亲决斗的人。

珊莎也站在这群人中间，穿一袭天蓝丝质礼服，长长的卷曲的枣红头发放了下来，手腕上戴了好些个银手镯。艾莉亚皱起眉头，不知姐姐在这里干吗，更不知她为何看来如此高兴。

在一名粗壮的中年人指挥下，一长排金袍枪兵把群众挡在外围。那人身着一副华丽盔甲，上了黑漆，镶有金线，他的披风则用货真价实的金缕缝成，闪耀着金属光泽。

钟声停止，一阵寂静慢慢地笼罩住整个大广场。父亲抬起头，开始说话，但他的声音气若游丝，她听不出他说了什么。她身后的人大声叫嚣："搞什么？""大声点！"接着那个身穿黑金盔甲的人踱到父亲身后，狠狠戳了他一下。*你不要欺负他！*艾莉亚想大喊。但她知道没人会理会的，于是她咬紧嘴唇。

父亲提高音量，重新开始："我是临冬城公爵暨国王之手，艾德·史塔克，"他越说越响亮，声音在广场里回荡。"今天我来到这里，当着天上诸神和地上凡人的面，承认我的叛国罪行。"

"不要！"艾莉亚哀号。她下面的群众开始大吼大叫，空中充满了各种嘲弄与脏话。珊莎则把脸深埋进双手间。

父亲再度提高音量，努力让众人都听见。"我背叛了我的国王，我的挚友，劳勃。我背叛了他的信任与托付，"他高喊，"我发誓保护他的孩子，然而当他尸骨未寒，我便阴谋废黜并杀害他的儿子，自立为王。现在，请总主教、'受神爱护的'贝勒，以及至高七神为我所说的真相作见证：乔佛里·拜拉席恩乃铁王座唯一的合法继承人，以天上七神之名，他是七国统治者与全境守护者。"

人群里飞出一颗石头,击中父亲,艾莉亚见状叫出声来。金袍卫士撑着他,不让他倒下,于是他的前额被砸出一道深深的伤口,鲜血汩汩流下。更多石头随即跟进,有一块打到了父亲左边的卫士,更有一个哐当一声,正中黑金铠甲骑士的前胸。两名御林铁卫出列挡在乔佛里和王后身前,举起盾牌保护他们。

她的手伸到斗篷下,抽出鞘里的缝衣针。她使出浑身力气,紧紧握住剑柄。**天上诸神,求求你们,请你们保护他**,她暗自祷告,**别让他们伤害我父亲**。

总主教在乔佛里和他母亲面前跪下。"因为我们有罪,所以我们受苦,"他用浑厚而低沉的声音吟诵道,音量比父亲大上许多。"此人当着天上诸神与地上凡人的面,于此神圣之处坦承其罪行。"他高举双手祈求,头际闪耀七彩虹光。"天上诸神是公正的,然而'受神祝福的'贝勒曾教导我们,他们同时也是慈悲的。国王陛下,请问该如何处置这名叛徒呢?"

四周众声喧哗,但艾莉亚全不在意。乔佛里王子……不,是乔佛里"国王"……从御林铁卫的盾牌后方踱步而出。"我的母亲敦请我让艾德公爵穿上黑衣,珊莎小姐也多次为她父亲求情。"说完,他直直地盯着珊莎,**面露微笑**,一时间,艾莉亚以为天上诸神当真听见了她的祈祷,但乔佛里随即转身面对群众,"那是她们软弱的妇女心肠使然。只要我一日为王,叛国之罪必将严惩!伊林爵士,给我砍下他的头!"

群众哗然。他们纷纷向前推挤,艾莉亚只觉贝勒的雕像也跟着摇晃。总主教抓住国王的披风,瓦里斯则冲上前来指手画脚,就连王后都对他说着些什么,但乔佛里只摇摇头。贵族和骑士让开一条路,"他"走了出来——御前执法官伊林·派恩爵士,身躯高大,骨瘦如柴,活像一具穿着铁甲的骷髅。艾莉亚隐约听到姐姐的尖叫,从遥远的地方传来。珊莎双膝一跪,歇斯底里地啜泣起来。伊林爵士爬上讲坛的阶梯。

艾莉亚从贝勒的双脚间扭出身子,握着缝衣针,跳进人群。她跳到一个穿屠夫围裙的人身上,把那人撞倒在地,但立刻就有人轰然撞上她的背,害她也险些跟着摔倒。四周都是身躯,跌跌撞撞,相互推挤,把可怜的屠夫踩在脚下。艾莉亚拿起缝衣针朝他们挥砍。

在高高的讲坛上,伊林·派恩爵士做了个手势,黑金铠甲的骑士立即下达命令。金袍卫士把艾德大人按在大理石板上,头和胸露出台子边缘。

"喂!干什么啊你!"一个愤怒的声音对艾莉亚大吼,但她浑不关心,她或把人推开,或从中钻过,谁要挡路就一头撞去。有人伸手抓她的脚,她挥剑便砍,又用力踢中对方胫骨。有位女人摔倒,艾莉亚立刻跳上她的背,一边朝左右猛砍,可是没用,**完全没用**,人实在是太多了。无论何处,她才瞥见缺口,瞬间又被填满。有人在殴打她,想把她赶开。她唯一能分辨的是珊莎的尖叫。

伊林爵士从背后抽出一把双手巨剑,当他把剑高举过头时,阳光在沉暗的金属上舞跃波动,那剑锋比任何剃刀都要锐利。**寒冰**,她意识到,**他拿的是寒冰!** 眼泪流下两颊,遮住了视线。

正在这时,一只手从人群中飞速窜出,如捕狼的陷阱般紧紧扣住她的手臂,力道之大,使得缝衣针从她手里飞了出去。艾莉亚被抓离地面,她觉得自己好像个洋娃娃,被轻易地擒来抱去。一张脸贴了上来,这张脸披有黑长发,还有纠结的胡须和烂掉的牙齿。"不要看!"对方粗声粗气地对她咆哮。

"我……我……我……"艾莉亚抽抽噎噎地哭着。

老人用力摇她,摇得她牙齿喀喀作响。"小子,你给我乖乖闭嘴,把眼睛也闭上。"隐隐约约,仿佛从很遥远的地方,她听见……**一个声音**……一声轻轻的叹息,好似几百万人同时舒了一口气。老人铁一般的手指抠进她的手臂。"看着我,没错,就这样,*看着我就好*。"他满口酒臭。"小子,记得我么?"

这个味道起了作用。艾莉亚看着他那头油腻的乱发,满是灰尘和补丁的黑斗篷,扭曲的肩膀,以及那双直直盯着她的坚定黑眼珠,想起了曾来拜访父亲的黑衣弟兄。

"认出我了吧,对不对?这才是好孩子。"他啐了一口,"这儿没什么好看的。你跟我走,把嘴巴闭上。"她正要回答,他更用力地摇她。"我说了,*把嘴巴闭上*。"

广场上的群众开始散去,人潮渐息,人们纷纷返回各自的生活。只是艾莉亚的生活却已经找不着了,她麻木地跟着他……尤伦,对了,他叫尤伦。她不记得他回去找过缝衣针,可他却把剑还给她。"小子,希望这东西你真的会用。"

"我不是——"她开口。

他把她推进一道门,伸出脏兮兮的手指,抓住她的头发往后一扯,"——*不是个聪明小子*,你是不是要说这个?"

他另一只手里握着匕首。

眼见刀子朝她迎面逼近,艾莉亚猛地往后撞去,两脚狂踢,死命扭头,但他抓住了她的头发,*力气好大*,她觉得头皮都被扯了下来。唇上,是咸咸的泪水。

A SONG OF ICE AND FIRE

布兰

他们之中最年长的已经成年,达到十七八岁,还有一个年过二十。但多数人都很年轻,在十六岁以下。

布兰在鲁温师傅的塔楼的阳台上观看他们挥舞棍棒和木剑,气喘吁吁,闷哼咒骂。木头敲击的咔啦声响彻校场,不时还传来挨揍时发出的号叫。罗德利克爵士迈着大步,在男孩群里走来走去,白胡子下脸红成一片,嘴里念念有词,布兰从没见老骑士的表情如此严厉过。"不行,"他不停念叨,"不行,不行,不行啊!"

"他们打得不太好。"布兰怀疑地说。他漫不经心地搔搔夏天的耳背,冰原狼啃着一块后腿肉,牙齿咬得骨头嘎吱作响。

"没错,"鲁温师傅长叹一声,表示同意。老学士正用长长的密尔透镜管测量影子,计算低挂在晨空中的彗星的位置。"他们得多花时间训练……罗德利克爵士考虑得很周到,我们需要人手防守城堡。城里精锐的卫士都被你父亲大人带去君临,你哥哥又把剩下的守卫全部带走,方圆几里格内可用的年轻人也都跟着他走了,许多人一去就不会回来。我们得找人代替他们的位置。"

布兰愤恨地看着楼下汗流浃背的男孩。"如果我还能走路,他们谁都打不过我。"他记得自己最后一次握剑,是国王到临冬城来的时候,只是用把木剑,他却把托曼王子打倒在地好多次。"罗德利克爵士应该教我用斧子,我去做一把长柄斧,就可以让阿多当我的脚,我们一起当骑士。"

"我想这……恐怕不太可能。"鲁温师傅说,"布兰,打仗的时候,人必须手脚和思想完全一致才行。"

下方的场子里,罗德利克爵士正在高喊:"你们打起来活像呆头鹅,他啄一下,你啄回去,**要挡啊!把攻击挡下来!**打架像鹅怎

么成？这是真剑的话，啄一下你的手就没啦！"旁边一个男孩忍不住笑出声，老骑士立刻转身面对他。"你觉得好笑？啊？你到底懂不懂礼貌？你瞧瞧你，打起来像刺猬……"

"从前有个骑士眼睛看不见，"布兰固执地说。罗德利克爵士在下面继续喝骂。"老奶妈跟我说，他有一根长长的棍子，两边都有尖刀，他把棍子拿在手中转，一次砍两个人。"

"那是'星眼'赛米恩，"鲁温边说边在簿子上做记号。"失去双眼之后，他把星辰蓝宝石放进空空的眼窝，吟游诗人是这么唱的。可布兰啊，那只是个故事，就像傻瓜佛罗理安的故事一样，都是从英雄纪元流传下来的寓言。"老学士喷了一声。"你要学着抛开这些白日梦，它们只会伤你心的。"

说到白日梦，倒是提醒了他。"我昨晚又梦见了那只乌鸦，就是生了三只眼睛的那只。它飞进我的卧房，要我跟它一起走，我就随它去了。我们飞下墓窖，父亲正在那里，我和他说了话。他很难过。"

"为什么难过？"鲁温透过镜管向外看。

"我记得……好像是和琼恩有关的事，"这个梦令他很不舒服，比其他有乌鸦的梦更甚。"后来阿多不肯下墓窖去。"

布兰看得出，老师傅有些心不在焉。他把眼睛从镜管上抬起，眨了眨。"阿多不肯怎样？"

"不肯下墓窖去。我醒来之后，叫他带我下去，看看父亲是不是真的在那里。起初他不明白我在说什么，我只好叫他到这到那，最后走到楼梯边，但他却死活不肯下去。他就站在楼梯口，说着'阿多'，好像他怕黑，可我有火把啊。我好生气，差点就像老奶妈一样敲他的头。"他见老师傅皱起眉头，赶忙补充一句，"不过我没敲啦。"

"很好。阿多是个人，不能像驴子一样随便打的。"

"在梦里，我跟乌鸦一起飞下去，可我醒来以后就飞不了了。"布兰解释。

"你为什么想到墓窖去？"

"我跟你说了啊，去找父亲嘛。"

学士扯扯脖子上的颈链，他觉得不安的时候常会这么做。"布兰，好孩子，总有一天艾德大人会化身石像，坐在地底墓窖，和他的父亲、祖父，以及自古代冬境之王以来所有的史塔克家人团聚……但愿诸神保佑，那是很多年以后的事。你父亲现下人在君临，是太后的阶下囚，你到了墓窖也找不到他的。"

"可他昨天晚上真的在啊，我还跟他讲话呢。"

"好个固执的孩子。"老师傅叹口气，把簿子挪到一边。"你想下去看看？"

"我去不了，阿多又不肯，楼梯太窄还曲折得厉害，所以小舞也不行。"

"我想这还难不倒我。"

于是他找来女野人欧莎代替阿多，她身高体壮，又从不抱怨，叫她去哪里就去哪里。"大人，咱打小在长城外长大，一个地洞吓不倒我，"她保证。

"夏天，过来。"欧莎伸出精瘦而结实的双手抱起布兰，布兰一边唤道。冰原狼立刻丢下骨头，跟随欧莎穿过校场，走下螺旋阶梯，来到地底的冰冷墓窖。鲁温师傅走在最前，手持火把。布兰不在意——不太在意——被她抱着，而非背在身后。罗德利克爵士已命人砍断欧莎的脚链，因为她来到临冬城之后，不仅忠心耿耿，工作又有效率。两个重镣环虽仍在她脚踝上——表示她还未得到完全的信赖——却不影响她下楼梯的稳健步伐。

布兰不记得自己上次到墓窖来是什么时候的事了，但可以确定，那是意外发生之前。他小时候常与罗柏、琼恩及姐姐们在这下面玩耍。

他好希望这会儿他们都在,那样的话,墓窖就不会这么阴森吓人了。夏天潜入充满回音的幽暗走廊,停下脚步,抬起头,嗅嗅死寂的冰冷空气。随后它张嘴露出尖牙,缓步向后爬开,在学士的火炬照耀下,它的双眼闪着金光。即便刚强如铁的欧莎,此刻也觉得有些不自在。"看起来都是些阴森的家伙。"她一边扫视长排的大理石王座,一边说,上面坐着历代的史塔克族长。

"他们是冬境之王。"布兰低声道。不知怎地,他觉得在这里似乎不应该大声讲话。

欧莎微微一笑。"冬天是没有国王的。假如你亲眼见识过凛冬的威力,你就知道啦,夏天的小子。"

"他们在北境称王长达数千年之久,"鲁温师傅说着举起火把,照亮石像的脸庞。它们有的头发极长,生了大胡子,毛茸而坚毅的脸有如趴伏脚下的冰原狼;有的则是修面整洁,五官憔悴而锐利,有如横放膝上的铁剑。"他们都是生长在艰苦环境中的坚毅之人。来吧。"他快步朝墓窖深处走去,经过一排排石柱和无数的雕像,手中高举的火把向后曳出一条长舌。

墓窖宽阔,比临冬城本身还长。琼恩曾对他说,在墓窖底下,更深更幽暗的地方,还有其他墓穴,年代更久远的古代君王便睡在那里。这样看来,如果火把熄灭,那可就糟了。夏天不肯离开楼梯,只有欧莎怀抱布兰,跟着火把。

"布兰,学过的历史还记得么?"学士边走边说,"如果你没忘掉,就告诉欧莎这些人是谁,以及他们的生平事迹吧。"

于是他环顾经过的张张脸庞,属于他们的故事便纷纷涌现。这些故事虽是鲁温师傅告诉他的,但使他们鲜活还得归功于老奶妈。"那个是琼恩·史塔克,海盗从东方来袭时,他把他们打退,并在白港盖了城堡。他的儿子是瑞卡德·史塔克,不是我爷爷,而是另一个瑞卡德,他从沼泽王手中夺走颈泽,并娶了沼泽王的女儿为妻。那个很瘦很瘦,长头发尖胡子的是席恩·史塔克,大家叫他'饿狼',因为他一天到晚打仗。那个个子很高,一副做梦模样的国王也叫布兰登,'造船者'布兰登,他很喜欢海洋。他的坟墓是空的,因为他乘船向西横渡落日之海,从此下落不明。他的儿子是'焚船者'布兰登,他在伤心之余,纵火烧掉了父亲所有的船只。那个是罗德利克·史塔克,传说他在一场摔角比赛里赢得了熊岛,并把熊岛赠送给莫尔蒙家族。那个就是'降服王'托伦·史塔克,最后的北境之王,第一个临冬城公爵,是他向征服者伊耿投降。噢,你看那边,他是克雷根·史塔克,曾经和伊蒙王子决斗,后来,龙骑士说这辈子没碰上比他更优秀的剑手。"他们几乎走到了末端,布兰只觉一阵哀伤涌上心头。"那是我爷爷,瑞卡德公爵,他被'疯王'伊里斯处死。他女儿莱安娜和他儿子布兰登就在他身旁的坟墓里。不是我,是另一个布兰登,我父亲的哥哥。他们原本不该有雕像的,那是公爵和国王才享有的荣耀,可父亲实在太爱他们,所以也为他们造了雕像。"

"这女孩很漂亮。"欧莎说。

"劳勃和她已经订了婚,雷加王子却把她强行掳走,并强暴了她。"布兰解释,"为了救她回来,劳勃挑起了一场战争,他在三叉戟河上用自己的战锤亲手杀了雷加,但莱安娜却已经死去,他最后还是来不及救她。"

"真是个悲伤的故事,"欧莎说,"但那几个空空的洞更教人难过。"

"以后,那里就是艾德大人的坟墓,"鲁温师傅道,"布兰,你梦中就是在这里看到你父亲的吗?"

"是啊。"回忆令他颤抖,他不安地环顾墓窖,颈背毛发竖立。他好像听见了什么?难道这里还有别人?

鲁温师傅举着火把,朝敞开的坟墓走去。"你看,他不在这儿,他还要等好多好多年才会在这儿。孩子,梦,不过就是梦。"他伸手探进墓穴中的黑暗,活像探进怪兽的巨口。"你看清楚了,这里空得——"

黑暗咆哮着朝他扑来。

一双宛如绿火的眼睛,一排闪烁即逝的洁白利齿,还有黑得像所处墓穴的毛皮。鲁温师傅大叫一声,扬起双手。火把从他指间飞了出去,撞到布兰登·史塔克的石脸,反弹开来,滚落至雕像脚边,火舌舔上他的小腿。在宛如醺醉的摇曳光线下,他们看见鲁温正与一头冰原狼搏斗,他的一只手拼命捶打狼嘴,另一只手则被狼牢牢咬住。

"夏天!"布兰尖叫。

夏天立刻从身后的昏暗中射出,有如一个奔跃的影子,一头把毛毛狗撞开,两只冰原狼在地上来回翻滚,灰色和黑色的毛皮纠结在一起,互相撕扯啮咬。鲁温师傅挣扎着起身,欧莎让布兰斜靠在瑞卡德公爵的石狼身上,急忙过去帮老学士的忙。摇曳的火光一照,狼影成了二十尺高的庞然大物,在墙壁和天顶上拼斗。

"毛毛。"一个小小的声音唤道。布兰抬头,发现他的小弟正站在父亲坟墓的进口。毛毛狗朝夏天的脸咬了最后一口,回身奔至瑞肯身旁。"你别来烦我爸爸,"瑞肯警告鲁温,"你别烦他。"

"瑞肯,"布兰轻声说,"父亲不在这里。"

"他明明就在,我看到的,"瑞肯脸上泪水晶莹。"我昨晚上看到的。"

"你梦见……?"

瑞肯点点头。"你别来烦他,别来伤他,他要回家了,他答应过我的,他要回家了。"

布兰从未见过鲁温师傅这么犹豫不决。毛毛狗撕裂了他的羊毛衣袖，暴露的手臂不住淌血。"欧莎，把火把拿来。"他强忍着痛说，那火炬尚未熄灭，她拾起来交给他。伯伯雕像的双腿都被熏黑了。"那……那头野东西，"鲁温续道，"应该是被拴在兽舍里。"

瑞肯拍拍毛毛狗血染的嘴巴。"我把它放出来了。它不喜欢被拴着。"他舔舔手指。

"瑞肯，"布兰说，"要不要跟我回去？"

"不要，我喜欢待在这里。"

"可这里又黑又冷。"

"我不怕。我要等爸爸回来。"

"你可以跟我一起等啊，"布兰说，"你和我，还有我们的小狼，我们一起等他回来。"这时两只冰原狼都舔起伤口，经此恶斗，他们都需要悉心照料。

"布兰，"学士坚定地说，"我知道你是好意，但毛毛狗性子太野，不能让它这样乱跑。我是第三个被他咬伤的人了。假如让它在城里随意活动，迟早会闹出人命。事实很难接受，可这只狼一定得拴起来，否则……"他犹豫了一下。

……就得杀掉，布兰心想，然而他却说："它生来就不是被拴的，就让我们一起到你的塔里等嘛。"

"这实在不可能。"鲁温师傅道。

欧莎嘻嘻笑道："我没记错的话，这里该由这孩子当家，"她把火炬交还鲁温，抱起布兰，"所以就到学士的塔里去吧。"

"瑞肯，要一起来么？"

弟弟点点头。"如果毛毛也一起去的话。"说完他跑在欧莎和布兰后面，这下子，鲁温师傅也只好跟上，不过他还是充满戒心地看着两只狼。

鲁温学士的塔里到处堆满了物品，他居然还能从中找到东西，

176

布兰觉得简直就是奇迹。书籍在桌椅上堆得老高，架子上陈列着一排排瓶瓶罐罐，家具上则满是烧剩的蜡烛和干涸的蜡滴，那根密尔制的青铜镜管端坐在阳台门边的三脚架上，墙上挂着星象图，草席上摊着散乱的地图，纸张、羽毛笔和墨水瓶则随处可见，许多东西都沾上了居住屋梁间的乌鸦所遗留的粪便。欧莎听从鲁温简洁的指示，替他清洗伤口，着手包扎。头顶的乌鸦不停地嘎嘎叫唤。"这样的想法真是荒唐，"她为他在狼咬的伤口涂上一种气味扑鼻的膏药时，头发灰白的瘦小学士说，"我承认，你们两个同时做了相同的梦，乍看起来的确很怪，但仔细一想，其实非常自然。你们想念你们的父亲大人，也知道他如今身遭囚禁。恐惧会影响人的思绪，让人产生奇怪的念头。瑞肯年纪还小，不了解——"

"我已经四岁了。"瑞肯说。他正透过镜管，眺望首堡上的石像鬼。两只冰原狼各据偌大的圆形房间的一端，舔着伤口，啃食骨头。

"——年纪还小，所以——哎哟，七层地狱，还真痛。不，别停下，多抹点。正如我刚才所说，他年纪还小，但布兰你应该知道：梦是没有任何意义的。"

"有些有，有些没有。"欧莎将淡红色的火奶倒在长长的伤口上，鲁温吸了口气。"森林之子能告诉你关于梦的知识。"

老师傅疼得眼泪都流了下来，但他仍旧固执地摇摇头。"森林之子……本身就只存在于梦中。他们早已灭亡、消失。够了，这样就够了，现在把绷带拿来。先垫棉花，再裹绷带，绑紧一点，我大概还会流不少血。"

"老奶妈说森林之子懂得树木的歌谣，会说动物的语言。他们能像鸟一样飞翔，像鱼一般游泳。"布兰说，"她说他们的音乐很美，光是听到就会让你像婴儿一样哭泣。"

"他们是靠魔法才办到的，"鲁温师傅有些心不在焉地说，

"我真希望他们还在。如果有魔法,我的手就不用痛得这么厉害,他们也可以跟毛毛狗沟通,叫它别乱咬人。"他愤怒地瞟了一眼那头大黑狼。"布兰,你要记好,不能相信魔法,否则就会做出拿玻璃剑和人打架的蠢事。森林之子正是如此。来,让我给你看件东西。"他突然起身,穿过房间,回来之时,没受伤的手里多了个绿罐子。"你看看这些。"说着他打开瓶盖,倒出几个闪亮的黑箭头。

布兰拾起一个。"这是玻璃做的。"瑞肯也好奇地靠过来,朝桌上看。

"这种玻璃叫龙晶。"欧莎道。她手拿绷带,在鲁温身边坐下。

"学名是黑曜石。"鲁温一边澄清,一边挺起受伤的手臂。"这种物质是在地心深处,用诸神之火锻造而成。几千年前,森林之子便是用黑曜石打猎,因为他们不懂冶炼金属。他们以树叶编织的衣服代替盔甲,用树皮充作绑腿,看起来仿佛与森林融为一体。他们的飞箭和刀刃都是黑曜石做的。"

"现在也依旧如此。"欧莎将一块软垫布盖在学士的前臂伤口,然后用长长的棉绷带扎紧。

布兰把箭头拿近细看,黑色的玻璃又滑又亮,他觉得好漂亮。"可以给我一个么?"

"你拿去吧。"老师傅说。

"我也要,"瑞肯说,"我要四个,因为我四岁。"

鲁温要他算清楚了。"小心,它们依然很锋利,可别割伤自己。"

"告诉我森林之子的事。"布兰说。这很重要。

"你想知道哪方面的事呢?"

"每个方面我都想知道。"

鲁温师傅拉拉颈链。"他们是生活在黎明之纪元的族群，是世界最初的统治者，远在国王和王国出现之前。"他说，"那时没有城堡，没有村庄，也没有城市，从这里到多恩海，连半个市集都没有。当时没有人类存在，只有森林之子居住在这片我们称之为七大王国的土地上。

"他们是一个黝黑而美丽的民族，身材矮小，即使成年人的身高也和我们的小孩子差不多。他们居住于森林深处、洞穴、泽地岛屿和秘密的树上城镇。虽然个子小，森林之子行动起来却敏捷而优雅，不论男女均用鱼梁木制的弓箭和飞网狩猎。他们信仰属于森林、溪流和岩石的古老神明，这些神的名字都是秘密。他们的智者被称为'绿先知'，绿先知在鱼梁木上刻画奇怪的脸孔，借以守护森林。森林之子究竟在此统治了多久，或是来自何方，没有人知道。

"大约一万两千年前，'先民'出现了，他们通过当时还没断裂的多恩断臂角自东方跨海而来。先民骑着马，带着青铜宝剑和皮革巨盾。狭海这边的生物还没有见过马匹，森林之子对他们的马儿，想必和他们对树上刻画的脸同样感到害怕吧。当先民建造房舍和农田时，他们把有脸的树砍下来当柴烧。惊骇万分的森林之子随即与他们开战。古老的歌谣传说绿先知施展强力魔法，使海平面上升，横扫陆地，粉碎了多恩之臂，然而为时已晚。战争持续下去，直到人类和森林之子的鲜血染红大地。因为人类更加高大强壮，木材、石头和黑曜石又无法与青铜匹敌，所以森林之子死伤惨重。终于，双方的有识之士提议讲和，于是先民的酋长、英雄，以及森林之子的绿先知和木舞者来到神眼湖中的小岛，在岛上的鱼梁木森林间会面。

"他们在那里订立了'盟誓'，规定先民拥有海岸、平原、草原、山脉和沼泽，但繁茂的大森林永远归森林之子所有，而王国全境也不准再砍伐任何一棵鱼梁木。为使天上诸神见证此神圣盟誓，他们为岛上每一棵树都刻了脸，并在此成立'绿人'的神圣组织，专司看守千面屿。

"'盟誓'开始了人类与森林之子间四千年的友谊，到后来，先民甚至抛弃了他们从东方带来的信仰，改而崇拜森林之子的神秘诸神。盟誓的签署结束了黎明之纪元，开始了英雄之纪元。"

布兰的手掌，紧紧握住闪亮的黑箭头。"可你说森林之子已经灭绝了。"

"在这里，他们是灭绝了，"欧莎一边说，一边用牙齿咬断绷带末端。"长城以北可就不一样。森林之子、巨人还有其他古老的民族就是到那儿去啦。"

鲁温师傅叹道："女人，照理说你应该被处以死刑或至少披枷戴锁，史塔克家族给你的待遇，远超过你所应得的。他们对你这么好，你却把这孩子的脑袋里装满荒唐思想，实在是太忘恩负义了。"

"跟我说嘛，他们到哪里去了？"布兰说，"我想知道。"

"我也是。"瑞肯应和。

"唉，好吧。"鲁温喃喃道，"只要先民的国度还在，'盟誓'便仍有效力，经过英雄之纪元、长夜和七大王国的诞生，许多个世纪之后，其他的民族也终于渡海而来。"

"最先来到的是高大金发的安达尔战士。约八千年前，他们带着精钢打造的武器，胸膛画了象征新神的七芒星，渡海杀来。先民和他们的战争持续了数百年，六个南方王国一个接一个落入他们手中。只有在这里，冬境之王击败了所有试图穿越颈泽的军队；也只有在这里，先民依旧占有一席之地。安达尔人烧毁了所有的鱼梁木丛林，砍倒人面树，一遇森林之子便肆意捕杀，所到之处均大力倡导七神信仰，贬抑远古诸神。于是森林之子纷纷向北逃亡——"

夏天仰天长号。

鲁温师傅吓了一跳，停住讲话。毛毛狗随即跳起来，加入兄弟的长吼，布兰心中充满恐惧。"它来了。"他小声说，语气中有种肯定的绝望。他突然明白，自己从昨天晚上便已知道，因为三眼乌鸦带他到墓窖去道别。他虽然知道，却不肯相信，只下意识地希望鲁温师傅说得没错。那只乌鸦，他心想，那只三眼乌鸦……

狼号才刚开始，便告结束。夏天穿过房间，走到毛毛狗身边，开始舔舐弟弟颈背干涸的血块。窗边传来翅膀拍打的声音。

一只乌鸦降落在灰石窗棂上，张开鸟喙，发出一声尖锐、粗哑而痛苦的哀鸣。

瑞肯哭了，箭头从他手中一个又一个地滑落，坠地，叮当作响。布兰把他拉过来，紧紧地搂住他。

鲁温师傅怔怔地望着黑鸟，仿佛它是生了羽毛的毒蝎。他站起身，动作缓慢，宛如梦游般走向窗边。当他轻吹口哨，乌鸦便跳上他缠着绷带的前臂。鸟儿翅膀上有干掉的血迹。"一定是猎鹰，"鲁温喃喃自语，"或者是夜枭干的。可怜的家伙，它能活着抵达真是奇迹。"他取下鸟儿脚上的信。

眼看学士展开信纸，布兰发现自己止不住颤抖。"信上说什么？"他问，同时更用力地抱紧弟弟。

"小子，你已经知道是什么了。"欧莎说，话中并无恶意。她伸手摸摸他的头。

鲁温师傅抬起头，木然地看着他们。这位身材瘦小、灰衣灰发的老人，长袍袖子上沾满血迹，明亮的灰色眼瞳里泪光晶莹。"大人，"他用一种整个沙哑掉、干瘪掉的声音，对公爵的两个儿子说，"我们……我们得找个熟悉他容貌的雕刻师傅了……"

珊莎

在梅葛楼深处的高塔房间里，珊莎将自己彻底投入黑暗。

她拉上床帘，昏沉沉地睡去，醒了便哭，哭累再睡。睡不着的时候，她蜷缩在被窝里，哀恸欲绝，颤抖不已。仆人们来了又去，为她送来一日三餐，但她一见食物就无法忍受。于是一碟碟碰都没碰的饭菜在窗边桌上越堆越高，直到后来发酸发臭，仆人将之收走为止。

有时候她的睡眠沉重如铅，整夜无梦，等醒来精疲力竭，甚至较合眼时更累。但那还算好的，因为她若是做梦，必定与父亲有关。或睡或醒，她眼中所见都只有他被金袍卫士按倒在地的景象，伊林爵士大跨步向他走去，一边从背上的剑鞘里抽出"寒冰"，然后……然后……当时她只想把头转开，*她真的好想把头转开*，但她的双脚早已绵软无力，于是她跪倒在地。而不知怎的，她就是无法别过头去。四周的人大吼大叫，她的白马王子刚才不是对她露出微笑么？他真的笑了，她以为一切都没事了，但只有一瞬间，接着他便说了那句话。父亲的脚……她只记得他的双脚猛烈抽搐了一下……当伊林爵士……当他的剑……

我也死了算了，她对自己说，她发现这个念头一点也不可怕。假如她从窗户纵身跳下，便可结束一切苦难，多年以后，吟游诗人会歌颂她的悲伤。她将支离破碎地倒在塔下的石板上，纯洁无瑕，令所有背叛她的人均感羞愧。珊莎几度穿过卧室，敞开窗扉……但勇气就在那时离她而去，她只能哭着跑回床上。

女侍送饭来时，曾试着和她说话，但她一概置之不理。有次，派席尔大学士带着一箱瓶瓶罐罐前来，询问她是否病了。他摸摸她的额头，命她宽衣，要女侍按住她手脚，他则摸遍她全身上下。临走时他留给她一罐蜂蜜和药草调成的药水,叮嘱她每晚喝一小口。她乖乖照办,然后倒头再睡。

她梦见高塔楼梯上传来脚步声,一种皮革与石头摩擦的不祥之声。有人正一步一步缓缓朝她卧室走来。她所能做的只有蜷缩门后,不住地发抖,听他越来越近。她很清楚那一定是手握"寒冰"的伊林·派恩爵士,准备来取她首级。但她无路可逃,无处可躲,无法将门闩上。最后脚步声总算停了下来,她知道他就站在门外,一言不发,长长的麻子脸,一双死人眼。这时她才发觉自己浑身赤裸,赶紧趴在地上,用手遮掩身体。门缓缓打开,嘎吱作响,巨剑的尖端穿刺而进⋯⋯

她醒来之时,嘴里还不住念叨:"求求你,求求你,我很乖的,**我会听话**,请你不要杀我。"但没人理会她。

等他们当真找上门的时候,珊莎却没听见脚步声。开门的并非伊林爵士,而是她曾经的白马王子乔佛里。她正在床上,缩成一团,由于床帘紧闭,分不清中午还是午夜。她首先听见门轰然摔开,紧接着帷帐被猛地扯开,她赶忙伸手,遮挡突现的强光,发现他们高高地站在床边。

"今天下午你要跟我上朝,"乔佛里道,"快去洗澡,换衣服,打扮得有点我未婚妻的样子。"桑铎·克里冈站在他身旁,穿着一件式样简单的褐色外衣,绿色披风,那张烧烂的脸在晨光中更显狰狞。站在二人之后的是两名御林铁卫,肩披长长的雪白锦缎披风。

珊莎把毯子拉至下巴,遮住身子。"不要,"她哀求,"请⋯⋯请放过我吧。"

"你不赶紧起来换衣服,我就叫我的狗帮你换。"乔佛里说。

"求求您,我的王子⋯⋯"

"我是国王。狗,把她拖下来。"

桑铎·克里冈抓住她的手腕，将她自羽毛床上拎起来，任她虚弱地挣扎。毯子滑落地面，她只穿了一件薄薄的睡袍。"孩子，照他的话去做，"克里冈说，"快把衣服穿上。"他把她推向衣柜，动作竟有些温柔。

珊莎推开他们。"我照王后的要求做了，写了信，内容也都是照她的话写的。您答应我会手下留情。求求您，让我回家吧。我不会背叛你的，我会很乖、很听话，我发誓。我体内没有叛徒的血统，真的没有。我只是想回家。"想起应该注重礼节，她垂下头。"如果您高兴的话。"她有气无力地说。

"我一点也不高兴。"乔佛里道，"母亲说我还是得娶你，所以你必须留在这里，而且要乖乖听话。"

"我不想嫁给你，"珊莎悲泣着说，"你砍了我父亲的头！"

"他是个叛徒，我从没答应饶他一命，只说会手下留情，我也真的手下留情了。他要不是你父亲，我会把他分尸剥皮，但我却让他死得干脆。"

珊莎怔怔地望着他，这才头一次把他瞧了个清楚。他穿着绣满狮子的加衬鲜红外衣，金缕披风，高领搭配着他那张脸。她不禁纳闷自己怎么会觉得他英俊潇洒？他的嘴唇又红又软，活像雨后土中翻到的蠕虫，他的双眼则是虚妄又残忍。"我恨你。"她低声说。

乔佛里国王脸色一凛。"母亲说国王不应该动手打妻子。马林爵士。"

她还不及反应，骑士便已拉开她试图遮脸的手，抬起重拳甩了她一记耳光。珊莎不记得自己跌倒，但等她回过神来，已经单膝跪倒在草席上，头晕目眩。马林·特兰爵士矗立在她上方，白丝手套指节处有血迹。

"你是乖乖听话，还是要我再让他教训你一次？"

珊莎的耳朵没了知觉，她伸手一摸，指尖湿湿的都是血。

"我……听候您差遣，大人。"

"是'陛下'。"乔佛里纠正她，"等会儿朝廷上见。"说完他转身离去。

马林爵士和亚历斯爵士随他离开，但桑铎·克里冈粗略地拉了她一把，提她起来。"小妹妹，为你自己好，照他的想法去做。"

"他……他想怎么样？求求您，告诉我吧。"

"他想看你笑容可掬，浑身香气，当他的美丽未婚妻。"猎狗嘶声道，"他想听你背诵那套漂亮话语，就跟修女教你的一样。他想要你既爱他……又怕他。"

他走之后，珊莎立刻又软倒在草席上，怔怔地望着墙壁出神，直到两个女侍怯怯地走进房间。"我需要沐浴，请帮我准备热水。"她告诉她们，"还有香水，以及妆粉，好遮住淤伤。"她的右半边脸整个肿了起来，隐隐作痛，但她知道乔佛里希望她打扮得漂漂亮亮的。

热水，令她想起了临冬城，稍稍坚强起来。自从父亲死后，她就没洗过澡，这时才惊讶地发现水变得多脏。女仆为她洗去脸上的血污，刷净背上的尘土，将浆洗的头发梳成浓密的枣红发卷。除了下令，珊莎不和她们交谈：她们是兰尼斯特家的仆人，不是她自家的人，她不信任她们。穿衣服时，她特地拣了那件绿丝礼服，正是比武大会当天穿的那件。她记得那晚席间乔佛里对她有多殷勤，如果她穿上这件衣服，或许能让他联想起来，对她温柔一点。

打扮完毕后，她坐下等待，喝了一杯酪乳，啃下几块甜饼干，暂时止住胃里的翻腾。到马林爵士来找她时，已经日当正午。他穿上了全套纯白甲胄：精工金线白鳞甲，高顶黄金日芒盔，护膝、护喉、护手和长靴都是闪闪发光的铁铠，还有一袭厚重的羊毛披风，装饰着黄金狮扣。他的头盔除去了面罩，显露出冷峻的脸；两个大眼袋，一张宽阔而乖戾的嘴，铁锈般的头发里夹杂着几许灰白。

"小姐，"他鞠躬道，仿佛不记得自己三小时前把她打得满脸是血。"陛下吩咐我护送您上朝。"

"如果我拒绝，他有没有吩咐你打我啊？"

"小姐，您这是在拒绝么？"他看她的眼神毫无感情，对他稍早造成的淤伤无动于衷。

珊莎突然明白，他并不恨她，也不爱她，他对她根本一点感觉也没有。对他来说，她不过是个……东西。"不是，"她说罢起身，心中好想疯狂发怒，狠狠地揍他，就像他打她一样，她要警告他，等她当上王后，他若再敢动她一根汗毛，便将他永世放逐……但她心中依然记得猎狗的话，所以她只说："我将谨遵陛下的旨意。"

"我也是。"他回答。

"是么……可是，马林爵士，你不是真正的骑士。"

珊莎知道，桑铎·克里冈若是听了这话，准会哈哈大笑。换做其他人，或许会咒骂她，或许警告她闭嘴，甚或恳求她原谅，但马林·特兰爵士什么也没做，因为他根本不在乎。

除了珊莎，供旁听的楼台上空无一人。她低着头，强忍泪水，看着下面的乔佛里端坐铁王座，自以为公义地裁决国事。十件案子，有九件他觉得无聊，便把它们统统交给御前会议，自己则在宝座上焦躁不安地动来动去。贝里席伯爵、派席尔大学士和瑟曦太后忙个不停，但当国王偶尔决定亲自出马时，连他的母后大人也左右不了局面。

有个小偷被拖上来，他吩咐伊林爵士在王座厅里当场剁下他的手。两名骑士对某块地产生纷争，上朝请他定夺，他则下诏令他们明日决斗解决，并且补上一句："至死方休。"有个女人跪地乞求一位因叛国罪而被砍头的男子的首级，她说她很爱他，希望能让他全尸下葬。"你爱叛徒，说明你也是叛徒。"乔佛里说，于是两个

金袍卫士把她拖进地牢。

生着一张青蛙脸的史林特伯爵坐在议事桌末端，身穿黑天鹅绒外衣，肩披闪亮的金缕披风，国王每下一个判决，他就点头称是。珊莎仔细地看着他那张丑脸，想起他当时如何把父亲按倒在地，让伊林爵士斩首示众，心中只盼能狠狠地报复他，希望哪个英雄能把"他"也按倒在地，斩首示众。但在她心底，有个声音却在低语：世上已经没有英雄了。她忆起培提尔伯爵从前在这个大厅里对她说的话，"小可爱，人生不比歌谣，"他告诉她，"有朝一日，你可能会大失所望。"看来在现实生活中，往往是怪兽得胜，她对自己说，接着她耳边又回响起猎狗那如金属和石头摩擦的冰冷嘶声："小妹妹，为你自己好，照他的想法去做。"

最后一件案子的被告是一位肥胖的酒店歌手，他被控谱曲嘲弄故王劳勃。乔佛里派人把他的木竖琴拿来，命令他当场表演给所有人听。歌手泪流满面，发誓再也不会唱这首歌了，但国王坚持要他唱。歌词其实挺有趣，大致是描述劳勃和猪打架。珊莎知道，那头猪就是杀死国王的野猪，但歌中的某些小节却像在影射太后。唱完之后，乔佛里宣布他将网开一面，歌手可以选择保留手指或者舌头，他有一天的时间来决定。杰诺斯·史林特点头称许。

下午的朝政总算告一段落，珊莎松了口气，但她的苦难却没有结束。司仪宣布退朝后，她急忙逃离旁听台，谁料乔佛里正在蜿蜒的楼梯下等她，猎狗和马林爵士在他身边。年轻的国王从上到下，仔细地审视着她。"你看起来比先前漂亮多了。"

"多谢陛下称赞。"珊莎说。虽是违心之论，他听了却点头微笑。

"陪我散步吧。"乔佛里命令，一边伸出了手，她别无选择，只好挽着他。若是从前，摸到他的手会令她震颤不已，但如今她却浑身起了鸡皮疙瘩。"我的命名日快到了，"他们从王座厅后方离开时，乔佛里说，"我们将举办盛大的宴会，会有很多人送我礼物。你要送我什么？"

"我……我还没想好送什么，大人。"

"陛下，"他口气尖锐地说，"你真是个笨女孩，对不对？母亲早跟我说了。"

"她真这么说？"经过这些日子以来的经历，她以为他的话已经失去了伤害她的力量，但是却不然。王后向来对她很好啊。

"噢，当然是真的，她还担心我们的孩子会不会像你一样笨，不过我叫她别操心。"国王做个手势，马林爵士便为他们打开门。

"谢谢您，陛下。"她嗫嚅着说。*猎狗说得没错*，她心想，*我是一只小小鸟，只会重复别人教我的话*。夕阳已经落下西边的城墙，红堡的砖石在暮色中沉暗如血。

"一旦你能生孩子，我就会让你怀孕，"乔佛里陪她走过练习场。"如果头胎是个笨蛋，我就立刻把你的头砍了，另外找个聪明的妻子。你什么时候才能生孩子啊？"

他把她羞辱成这样，珊莎无法正视他。"茉丹修女说多……多数的官家小姐在十二或十三岁的时候就会发育成熟。"

乔佛里点点头。"这边。"他领她进入红堡的城门塔，走到通往城垛的楼梯口。

珊莎猛地从他身旁抽身，不住发抖，突然明白这是要去哪里。"不要，"她呼吸急促，语带恐慌。"求求你，不要这样，不要带我去，我求求你……"

乔佛里抿紧嘴唇。"我要让你瞧瞧叛徒的下场！"

珊莎疯狂地摇头。"不，我不要去看。"

"我可以叫马林爵士拖你上去，"他说，"你不会喜欢的。你还是给我乖乖照办的好。"乔佛里朝她伸手，珊莎向后退开，结果撞上了猎狗。

"小妹妹,听话。"桑铎·克里冈边说边把她推回给国王。他烧伤那边脸的嘴角抽搐了片刻,珊莎几乎可以听见他没说出来的话:无论如何他都会把你弄上去的,所以,照他的想法去做吧。

她强迫自己挽起乔佛里国王的手。登楼是一场噩梦,每一步都是挣扎,就像把脚从及膝的泥泞里抽出来那么困难。楼梯好似永无止境,几千几万级,而梯顶的城墙上有无边恐惧正等着她。

从城门塔顶的城垛望去,整个世界摊在下方。珊莎可以看到坐落于维桑尼亚丘陵上的贝勒大圣堂,父亲就是在那里被处死的。静默姐妹街的另一端,耸立着烧得焦黑的龙穴废墟。西边,红色的夕阳被诸神门遮掩了一半。在她身后,是咸海汪洋。南面有鱼市、码头和浩荡奔涌的黑水河,北面则有……

她望向北方,只见城市、街道、巷弄、丘陵……更多的街道巷弄,以及远方的城墙。然而她知道,在这些尘世扰攘之外,是开阔的原野、农田和森林,在更北更北更北的地方,是临冬城,是家。

"你在看什么?"乔佛里道,"我要你看这个,这里。"

一堵厚厚的石砌胸墙环绕着壁垒外围,高及珊莎下巴,每隔五尺便有一个让弓箭手使用的雉堞。那些首级便位于城墙顶端的雉堞之间,插在铁枪尖端,面朝城市。珊莎踏上城墙的那一刻便注意到了,但河滨景致、熙来攘往的街道和落日余晖是那么的美。他可以逼我看,她告诉自己,但我可以视而不见。

"这个是你父亲,"他说,"这边这个。狗,把头转过来给她瞧。"

桑铎·克里冈伸手到半空中,把首级转了过来。砍下的头颅浸过沥青,如此才能保存得较长。珊莎冷静地看着父亲的首级,不动声色。这看起来不像艾德公爵,她心想,看起来不像真的。"请问,您要我看多久?"

乔佛里似乎大感失望。"你想不想看其他人的头?"城垛上有一大排。

"如果陛下您高兴的话。"

于是乔佛里领她沿着走道前进,经过十几颗人头,还有两根空着的长枪。"这两根是我特地留给史坦尼斯叔叔和蓝礼叔叔的。"他解释。其他人死亡的时间比父亲长很多,首级待在枪尖上也久得多。虽然泡过沥青,但多数都变得难以辨认。国王指着其中一个说:"这个是你们家的修女。"可珊莎根本看不出那是女人的头。头颅的下巴已经整个烂掉,鸟儿吃掉了一只耳朵和大半边脸颊。

珊莎之前还纳闷茉丹修女到底发生了什么,现在想来,或许她早就心里有数了吧。"您为什么杀她呀?"她问,"她只是个虔诚的……"

"她是个叛徒。"乔佛里看起来闷闷不乐,她似乎惹恼他了。"你还没决定送我什么命名日礼物。不然换我送你好了,你觉得怎么样?"

"如果您高兴的话,大人。"珊莎说。

他一露出微笑,她便知道他在嘲讽自己。"你哥哥也是个叛徒,这你知道吧?"他把茉丹修女的头转回去,"我记得那次去临冬城见过你哥哥。我家的狗叫他玩木剑的少爷,对不对啊,好狗儿?"

"我这么说过?"猎狗回答,"我倒是不记得了。"

乔佛里暴躁地耸耸肩。"你哥哥把我詹姆舅舅打败了。母亲说他是靠诡计和欺骗才得逞的。她接获消息时,马上哭了起来。女人都是软弱的动物,连她也不例外,虽然总是假装很坚强。她说我们必须留在君临,以防我的两个叔叔发动攻击,但我才不在乎。等过了我的命名日宴会,我就要召集一支军队,亲手把你哥哥杀掉。珊莎·史塔克,这就是我要给你的礼物,你哥哥的首级。"

突来的一股狂念袭上她心头,她听见自己说:"或许我哥哥会把你的头拿来送我。"

乔佛里皱起眉头。"不准你这样开我玩笑。一个好妻子绝不可以拿她丈夫乱开玩笑。马林爵士,教训教训她。"

这回骑士打她时,用一只手紧紧托住她下巴。他一共打了两次,先打左边,然后更用力地打右边。她的嘴唇整个破了,鲜血一直流到下巴,混杂着咸咸的泪水。

"你不要整天哭哭啼啼。"乔佛里告诉她,"你笑起来比较漂亮。"

珊莎勉强挤出微笑,深恐若是不从,他又会叫马林爵士打她。可惜她笑了还是没用,国王嫌恶地摇摇头:"把血擦掉,你这样难看死了。"

外围的胸墙高到她下巴,但靠内的走道没有任何遮挡,距离下方的庭院足有七八十尺。用力一推就成了,她告诉自己。他就站在那里,就在那里,张着蠕虫般的嘴唇傻笑。你可以办到的,她告诉自己,你可以的,动手吧。即使跟他同归于尽也没关系,一点也没关系。

"过来,小妹妹。"桑铎·克里冈在她面前蹲下,正好挡在她和乔佛里之间。他轻轻地为她拭去自裂唇汩汩涌出的鲜血,动作出奇的温柔,令人很难与眼前的大个子联想在一起。

时机稍纵即逝,珊莎垂下眼睛。"谢谢。"他擦完之后,她向他道谢,因为她是个乖女孩,随时随地都要记得有礼貌。

A SONG OF ICE AND FIRE

丹妮莉丝

她发着高烧，噩梦连连，梦中有长了翅膀的黑影。

"你不想唤醒睡龙之怒，对吧？"

她在一个长长的大厅里走着，上方是高高的石拱。她无法转头，不能回头。在她前方极远之处有一扇门，因为距离的关系，显得相当微小，但她依旧看得出门乃是漆成红色。她加快步伐，赤裸的双脚在石地板上留下一个又一个血印。

"你不想唤醒睡龙之怒，对吧？"

她看见阳光洒在生意盎然的多斯拉克海上，空气中充满泥土和死亡的气息。风吹草动，碧浪荡漾有如汪洋。卓戈用健壮的双手环抱住她，抚弄她，撩拨她，使她流出那甜蜜的汁液，只属于他的甜蜜汁液。天上的星星含笑俯视着他们，赤日和繁星。"家，"她轻声细语的同时，他进入她的身体，将精液注入她体内。突然间，星星不见了，巨大的翅膀横扫天际，世界起火燃烧。

"……不想唤醒睡龙之怒，对吧？"

乔拉爵士的脸憔悴而哀伤。"雷加是最后的真龙传人。"他边告诉她，边伸出半透明的手在火盆上取暖，火盆里躺着几颗石蛋，如煤炭般烧红冒烟。前一刻他还有血肉，紧接着便开始消逝，肌肉失去颜色，比风儿还要无形。"最后的真龙。"他的声音如一缕轻烟，接着他便消失无踪。她感觉到身后紧迫的黑暗，而那扇红门，却是越来越远。

"……不想唤醒睡龙之怒，对吧？"

韦赛里斯站在她面前，厉声尖叫："你这个小贱货，真龙是不

会低声下气的，不准你对真龙之子颐指气使。我是真龙传人，我会得到王冠！"融化的黄金像蜡一样从他脸上流下，烧出条条深陷的凹痕。"*我是真龙传人！我会得到王冠的！*"他厉声号叫，手指像蛇一样，啮咬她的乳头，又捏又拧又扭，他的眼睛暴突出来，宛如胶冻，流下他焦黑的双颊。

"……不想唤醒睡龙之怒……"

红门在前方，好远好远，但她可以感觉到背后冰冷的气息朝她袭来，假如她被抓到，就会陷入比死亡更恐怖的境地，永远在无边黑暗中孤独地哀号。于是她开步快跑。

"……不想唤醒睡龙之怒……"

她感觉到体内的热气，仿佛有什么可怕的东西正在她的子宫内燃烧。她的儿子生得高大威武，有卓戈的古铜色皮肤和她银金色的头发，以及杏仁形状的紫罗兰色眼睛。他对她微笑，朝她伸手拥抱，然而当他张开嘴巴，吐出的却是滔天烈焰。她看见他的心脏正在胸腔里熊熊燃烧，只一瞬间，人便消失得无影无踪，有如扑火飞蛾被烛焰吞噬，化为灰烬。她为孩子哭泣，哀悼这原本会吸吮她乳房的甜美婴孩，但她的泪水一碰肌肤，竟立即化成蒸汽。

"……唤醒睡龙之怒……"

鬼魂罗列长厅两侧，穿着古代君王的褪色服饰，手握淡色火焰剑，他们的头发有的是银色、有的呈金黄，有的亮如白金，眼睛则是蛋白石、紫水晶、电气石和翡翠的颜色。"快！"他们高叫，"快，快跑！"她拔腿飞奔，每次落脚，都融化了石地板。"快跑！"鬼魂齐声呐喊，她跟着尖叫，往前扑去。剧痛有如一把尖刀，划过她的背脊，她只觉自己的皮肤被撕扯开来，闻到鲜血蒸腾的臭味，看到巨大翅膀的阴影。然后，丹妮莉丝·坦格利安飞了起来。

"……唤醒睡龙……"

红门就耸立在她面前,越来越近,越来越近,长厅变成周围的一团模糊,冷气自她身后退去,石地板也消失不见。她飞越过多斯拉克海,越飞越高,任绿海在下方波荡,世上所有的生物都在她的翅膀阴影下亡命奔逃。她闻到家的味道,见到家的景致,在门的那边,有茵绿田野和石砌大房,有温暖她心房的怀抱,就在那边。她猛地打开门。

"……睡龙……"

她看见的是哥哥雷加,身穿漆黑盔甲,骑着同样颜色的骏马,在头盔的狭窄眼缝内,有火焰熊熊燃烧。"最后的真龙传人,"乔拉爵士在微弱低语,"最后的,最后的。"丹妮揭开他擦亮的黑面罩,发现里面的那张脸,竟然是她自己。

在那之后,长长久久,痛楚,体内燃烧的熊熊大火和低声细语的群星,覆盖了整个天地。

她骤然醒来,嘴里有灰烬的味道。

"不,"她呻吟道,"不要,求求你!"

"卡丽熙?"姬琪凑过来,像一头害怕的雌鹿。

帐篷沉浸在黑影中,寂静而封闭。无数碎片的灰烬自火盆向上飘散,丹妮的视线跟着它们穿过上方的排烟口。飞啊,她心想,我有了翅膀,我会飞了。然而那究竟只是惊梦一场。"救救我,"她小声说,挣扎着想站起来。"请给我……"她的喉咙沙哑刺痛,想不起来自己究竟要什么。为什么痛得如此厉害?她觉得自己的身体好似被撕成碎片,又再重新组合。"我要……"

"是的,卡丽熙。"说完姬琪便飞奔出去,大声喊叫,帐里则空无一人。丹妮想要……某件东西……某个人……到底是什么?她知道这很重要,世界上只有这件事最重要。她翻过身,用手肘支撑身体,与纠缠双脚的毛毯搏斗。移动好难好难,整个世界天旋地转。我一定要……

他们进来时，发现她倒卧在地毯上，正朝那几颗龙蛋爬去。乔拉·莫尔蒙爵士把她抱回丝床上，她虚弱地抵抗。从他的肩头后方，她看到了自己的三个女仆，长了点小胡子的乔戈，以及弥丽·马兹·笃尔那张平板的阔脸。"我必须，"她试图告诉他们，"我一定要……"

"……睡，公主殿下。"乔拉爵士说。

"不，"丹妮说，"求求你，求求你。"

"一定要。"他为她盖上丝被，也不管她浑身发烫。"卡丽熙，好好睡，赶快好起来，回到我们身边。"接着，那巫魔女弥丽·马兹·笃尔出现了，她拿着一个杯子靠到她唇边。她尝出里面酸牛奶的味道，还有另一种浓而苦涩的东西。温热的液体流过她的下巴，她麻木地吞了下去。于是营帐渐渐黯淡，她再度入睡，这回没有做梦，而是在一片无边无际的黑色汪洋上漂浮，恬适而安宁。

过了一段时间——一个晚上，一天，还是一年，她不知道——她再度醒来，帐里一片漆黑，外面劲风吹拂，丝质帷幕有如飞翅般啪啦作响。这次丹妮不再挣扎起身。"伊丽，"她叫道："姬琪、多莉亚。"她们立刻出现。"我的喉咙好干，"她说，"好干、好干。"于是她们拿来了水。这水温热而无味，但丹妮却饥渴地喝个精光，并差姬琪多拿一点。伊丽浸湿一块软布，擦拭她的额头。"我生病了么？"丹妮说。多斯拉克女孩点点头。"病了多久？"湿布很舒爽，但伊丽的神情却无比哀伤，她不禁害怕起来。"很久。"女仆小声说。姬琪拿水回来时，睡眼蒙眬的弥丽·马兹·笃尔也跟着来了。"喝吧。"她边说边再度抬起丹妮的头就着杯子，不过这次杯中是葡萄酒，好甜好甜的酒。丹妮喝完以后，躺了回去，听着自己轻柔的呼吸，只觉四肢沉重，睡意又袭上心头。"我要……"她喃喃道，声音含混而模糊。"我要……我要抱……"

"要什么？"巫魔女问，"卡丽熙，您要什么？"

"我要……蛋……龙蛋……麻烦你……"她的眼皮沉重如铅，而她太累太倦，再没力气张开它们。

待她三度睁眼，一缕金色的阳光正从帐顶的排烟口直射而进，而她的双手环抱着一颗龙蛋。是乳白的那颗，奶油色的鳞壳，有金黄和青铜的螺旋条纹，丹妮可以感觉到龙蛋所散发出的热度。在丝被之下，她全身覆满一层晶莹的汗水，这就是龙露吧，她心想。她伸出手指，轻轻拂过蛋壳，沿着缕缕金黄挪移，感觉到石蛋深处有什么东西在跃动着、伸展着遥相应和。她并不害怕，所有的恐惧都已经随着高热焚烧殆尽了。

丹妮摸摸额头，汗水之下，皮肤凉凉的，高烧已退。她逼自己坐起来，虽然有点短暂的晕眩，两腿深处还很疼痛，但她觉得体力已经恢复。女仆们听到她的响动，急忙跑来。"我要喝水，"她告诉她们，"帮我拿瓶水来，越凉越好。再拿点水果，我想吃枣子。"

"遵命，卡丽熙。"

"我要见乔拉爵士。"说着她站起来，姬琪拿了一件沙丝长袍给她披上。"还要洗个温水澡。把弥丽·马兹·笃尔也叫来，还有……"回忆突然同时涌现，她讲不下去。"卓戈卡奥。"她逼自己说出口，惊恐地看着她们的脸庞。"他是不是——"

"卡奥他还活着。"伊丽静静地回答……但在她说话的同时，丹妮却在她眼中察觉了一抹黯淡，她话一说完，就连忙跑出去拿水了。

于是她转向多莉亚："告诉我是怎么回事。"

"我……我去找乔拉爵士。"里斯女孩说罢鞠了个躬，逃离了帐篷。

姬琪原本也要跑，可丹妮抓住她的手腕，将她扣留下来。"到底怎么回事？我一定要知道。卓戈……和我的孩子。"为何她现在

才想起孩子？"我儿子……雷戈……他在哪里？我要看看他。"

女仆垂下眼睛。"孩子……没活成，卡丽熙。"她的声音只剩惊恐的呓语。

丹妮松开手腕，任姬琪逃出营帐。我儿子死了，她怔怔地想。不知怎的，她好像早就知道，在她第一次醒来，看见姬琪泪流满面之前，不对，还没醒来前她就知道了。梦境突然袭上心头，历历如绘，她想起那个高个子，有着古铜色皮肤和银金色发辫，轰地葬身烈焰。

她知道自己应该哭泣，但双眼却干如灰烬。因为她在梦中已经哭过，泪水一碰两颊便化为蒸气。所有的悲伤，已在我体内蒸腾干净，她告诉自己。她虽然哀痛，可是……她只感到雷戈渐渐离她远去，仿佛从未存在。

须臾，当乔拉爵士和弥丽·马兹·笃尔走进帐篷时，丹妮跑去察看另外两颗龙蛋。那两颗蛋还在箱子里，却和她睡觉时抱着的那颗同样发热，实在很奇怪。"乔拉爵士，请你过来。"她执起他的手，将之放在那颗有鲜红条纹的黑色龙蛋上。"你有什么感觉？"

"蛋壳，硬得像石头。"骑士的神情有些谨慎，"还有鳞片。"

"热么？"

"不热，冷冰冰的石头。"他抽开手。"公主殿下，您还好吗？您的身体还这么虚弱，现在起来好吗？"

"虚弱？乔拉，我的身体很强壮。"为了让他放心，她在一堆靠垫上坐下。"告诉我，我儿子是怎么死的。"

"公主殿下，他根本就没活成。那些女人说……"他止住不说，丹妮这才发现他整个人已经垮了，移动时跛着脚。

"告诉我，告诉我那些女人说了些什么。"

他别过头去，眼里仿佛有些愧疚。"她们说那孩子是……"

她耐心等待，但乔拉爵士说不出口。他的脸色因羞愧而黯淡，看上去活像一具行尸走肉。

"那孩子是个怪物，"弥丽·马兹·笃尔替他说完。骑士虽然武艺超群，但丹妮明白此刻巫魔女比他更有力量、更残酷，更是难以想象的危险。"整个人畸形扭曲。我亲自帮他接生，他像蜥蜴一样全身长满鳞片，眼睛是瞎的，屁股上生了条短尾巴，还有一对像蝙蝠一样的小翅膀。我一碰他，他的皮肉就从骨头上脱落，里面满满的都是蛆虫，散发出腐烂的恶臭，他已经死了很多年了。"

就是那股黑暗，丹妮心想，就是那股紧追身后，想要吞噬她的恐怖黑暗。假如她回头，一切就都完了。"乔拉爵士把我抱进这座帐篷时，我儿子还健康强壮。"她说，"我感觉得到他不断拳打脚踢，急着要降临人世。"

"或许如此，"弥丽·马兹·笃尔回答，"可从你肚子里生出来的东西就是我刚刚说的那样。卡丽熙，当时这座帐篷里充满死亡。"

"不过是些影子，"乔拉爵士嘶声道，然而丹妮听得出他话中的疑虑。"我亲眼看到了，巫魔女，我看到你独自待在这里，和影子跳舞。"

"铁大王，坟墓洒下的影子是很长的，"弥丽说，"又长又暗，直到任何亮光都无法阻挡。"

丹妮明白了，是乔拉爵士害死了她儿子。他出于对她的敬爱和忠诚，将她抱进了一个任何活人都不该进入的地方，把她的宝贝喂给了黑暗。对此，他自己一清二楚；那张灰白的脸庞，那对空洞的眼瞳，那双不便于行走的跛足，实实在在说明了他的悔恨。"乔拉爵士，你也被阴影所害。"她对他说，但骑士没有答话。丹妮转向女祭司，"你警告我：唯有死亡方能换取生命，我以为你指的是那匹马。"

"不对，"弥丽·马兹·笃尔道，"那只是您用来欺骗自己的谎言，您很清楚代价是什么。"

她知道么？她当时真的知道么？如果我回头，一切就都完了。"我已经付出了代价，"丹妮说，"我付出了那匹骏马，我的孩子，还有魁洛、柯索、哈戈和科霍罗，付了好多好多倍。"她霍地从靠垫上站起。"卓戈卡奥人在哪里？带我去见他，不管你是女祭司、巫魔女还是血巫，总之我要见他。我要看看我用儿子的性命换来了什么。"

"如您所愿，卡丽熙。"老妇人说，"请随我来，我带您去见他。"

丹妮远比自己以为的虚弱，乔拉爵士伸手环抱住她，支撑她站立。"公主殿下，以后有的是时间。"他静静地说。

"乔拉爵士，我现在就要见他。"

习惯了帐篷内的昏暗，外面的世界亮得吓人。太阳如融化的黄金，烧灼着大地，炙烤的地面干裂而空洞。女仆们端着水、酒和瓜果等在一旁，乔戈走上前来，协助乔拉爵士搀扶她，阿戈和拉卡洛则站在后面。烈日照在沙地上，反射的强光使她很难视物，直到丹妮举手遮眼，这才见到一团营火的余烬，几十匹马无精打采地走来走去，寻找那一点点青草，此外还有少数的营帐和睡袋。一小群幼童围聚过来看她，更远处还有些妇人做着日常琐事，几名佝偻的老人，睁着疲倦不堪的眼睛，痴痴地望向湛蓝的天空，虚弱地挥赶血蝇。仔细一数，大约只有百来个人，就这么多。原先足足四万战士的营地，如今只剩风沙和尘土。

"卓戈的卡拉萨走了。"她说。

"无法骑马的卡奥没有资格当卡奥。"乔戈道。

"多斯拉克人只追随强者，"乔拉爵士说，"公主殿下，我很抱歉，我们实在留不住人。波诺'寇'第一个离开，并自称波诺卡奥，不少人跟了他。没过多久，贾科也如法炮制。剩下的人则趁着夜色，大群小群地，一天一天走光。从前多斯拉克海中只有卓戈的卡拉萨，如今却有了十多个新的。"

"老人们留了下来，"阿戈说，"还有胆小鬼、弱者和病夫，以及发过誓的我们。我们决不离开您。"

"卡丽熙，他们带走了卓戈卡奥的牧群，"拉卡洛道，"我们人手太少，阻止不了他们。抢夺弱者本是强者的权利。他们还抢走了很多奴隶，卡奥和您的都有，只留了几个下来。"

"埃萝叶呢？"丹妮想起自己在羊人城镇外拯救的受惊女孩，连忙问。

"马戈把她抓走，他如今是贾科卡奥的血盟卫，"乔戈说，"他先将她大骑特骑，然后把她给了他的卡奥，之后贾科又把她给了其他的血盟卫，而他总共有六个卫士。完事之后，他们割了她的喉咙。"

"卡丽熙，这是她的命。"阿戈道。

如果我回头，一切就都完了。"这是她悲惨的命运，"丹妮说，"但马戈的命运将更悲惨。我以新旧诸神之名起誓，以羊神、马神和世上所有神灵之名起誓，向圣母山和世界的子宫湖起誓：在我处置他们之前，马戈和贾科将会哀求我按照他们对待埃萝叶的方式赐给他们慈悲。"

多斯拉克人不安地彼此对视。"卡丽熙，"女仆伊丽像对小孩子解释一般地跟她说，"贾科现在是卡奥，身后有两万名骑马战士。"

她昂首道："我呢？我是'风暴降生'丹妮莉丝，坦格利安家族的丹妮莉丝，我是征服者伊耿与残酷的梅葛的后裔，血缘可以上溯至古老的瓦雷利亚民族。吾乃真龙之女，我向你们发誓，这些人将会尖叫痛苦而死。现在，带我去见卓戈卡奥。"

他躺在光溜溜的红沙地上，睁眼望着太阳。

他的身上停了十几只血蝇，但他似乎浑然不觉。丹妮挥开苍蝇，在他身边跪下。他的眼睛睁得老大，却视而不见，她当下便明白他双目已瞎。可当她轻声说出他的名字，他似乎仍旧充耳不闻。他胸口的伤已经完全愈合，结成的疤又灰又红，看来十分狰狞可怕。

"他为什么一个人待在这里晒太阳？"她问他们。

"公主殿下，他似乎喜欢阳光的温暖，"乔拉爵士道，"他的眼睛会随太阳移动，虽然他根本看不到。他能走路，只要有人带着他，他会跟着走，但仅止于此。若把食物放进他的嘴中，他就会吃；若把清水滴到他唇上，他就会喝。"

丹妮轻轻吻了她的日和星的额头，起身面对弥丽·马兹·笃尔。"巫魔女，你的法术可真是代价高昂。"

"他活了下来，"弥丽·马兹·笃尔说，"您要的是他的生命，您也支付了生命。"

"对卓戈那样的人来说，这根本不是生命。他的生命是开怀大笑，是火炉上烧烤的肉块，是双腿间骑乘的骏马。他的生命是手握亚拉克弯刀，骑马迎敌，铃铛在发际作响。他的生命是他的血盟卫，是我，以及我原本要为他产下的儿子。"

弥丽·马兹·笃尔没有回答。

"要多久他才会变回以前那样？"丹妮质问。

"等太阳从西边升起，在东边落下。"弥丽·马兹·笃尔说，"等海水干枯，山脉像枯叶一样随风吹落。等您的子宫再度胎动，您再次怀了孩子。到了那时候，他才会变回以前的模样，在那之前绝不可能。"

丹妮朝乔拉爵士和其他人打个手势。"你们先退下，我要单独跟巫魔女谈谈。"莫尔蒙和多斯拉克人随即离开。"你明明知道，"等他们走后，丹妮开口道。不论她的内心和肉体有多么痛楚，愤怒却给了她力量。"你明知我会得到什么，也明知代价为何，却依旧让我付出了代价。"

"他们烧了我的神庙，这是不对的。"肥胖的扁鼻妇人平静地说，"他们触怒了至高牧神。"

"神灵才不会做出这种事，"丹妮冷冷地说。*如果我回头，一切就都完了。*"你欺骗了我，谋害了我体内的孩子。"

"是啊，骑着世界的骏马没有办法烧毁城市，他的卡拉萨再也无法令其他国度灰飞烟灭了。"

"是我替你求情，"她痛苦地说，"是我救了你。"

"*救我？*"拉札林妇人啐了一口。"我被三个男人侵犯，那不是男女正常结合的姿势，而是从后面上，好像公狗和母狗交配一样。你骑马经过时，第四个男人正插入我体内。你要怎么救我？我亲眼见到我所信奉之神的庙堂遭到焚烧，而我曾在那里医治过不计其数的善男信女。我的家园被他们烧毁，街上随处可见堆堆人头，人头堆里有给我做面包吃的烘焙师傅，有罹患死眼热病，好不容易才被我救治的小男孩，而那不过是三个月前的事。我至今还能听见骑马战士挥动皮鞭，催赶孩童离开，他们震天动地哭泣。你倒是说说看：你救了什么？"

"我救了你的命。"

弥丽·马兹·笃尔冷酷地笑笑："那就好好瞧瞧你的卡奥，让你明白当一切都消失的时候，生命究竟有何价值。"

丹妮唤来卡斯部众，命他们逮捕弥丽·马兹·笃尔，将她五花大绑。然而当巫魔女被带走时，却对她露出微笑，仿佛两人间共享某种秘密。丹妮只需一个字，便可让她人头落地……但她又能得到什么？一颗头？假如生命都没了价值，死又何妨？

他们领着卓戈卡奥来到她的帐篷，丹妮命令他们将浴缸装满

水,这次不是血水。她亲自为他沐浴,为他洗去手臂和胸膛的尘土,用软布拭净他的脸庞,为他长长的黑发抹上肥皂,将纠缠打结的地方梳理柔顺,直到头发如她记忆中那般乌黑发亮。完成之后,夜幕早已低垂,丹妮只觉精疲力竭。她停下来吃东西,却只能吞下一颗无花果,喝了一口水。睡眠或许是种解脱,但她已经睡了很久……睡得太久了。为了从前和将来每个他们共有的晚上,她应该为他奉献今夜。

她领他走进黑夜,初次结合的回忆伴随着她。多斯拉克人相信,所有的人生大事都应该让苍天作见证。她告诉自己,这世上有比仇恨更强大的力量,有比巫魔女在亚夏习得的妖术更古老更真切的魔法。夜空沉暗,明月隐没,头顶只有百万颗星星熠熠发光,她把这当作吉兆。

这里没有柔软的草坪欢迎他们,只有坚硬飞尘的沙地,裸露的岩石。虽然没有微风吹拂的树林和潺潺溪涧温柔的水声抚平她的恐惧,但丹妮告诉自己,只需天际点点繁星便已足够。"卓戈,请你想起来,"她悄声说,"请你想起我们结婚那天晚上,我们的第一次结合。想起我们孕育雷戈的那个晚上,整个卡拉萨看着我们,而你的眼中只有我。想起世界的子宫湖,水有多么清凉澄澈。请你想起来啊,我的日和星,请你想起来,回到我身边。"

由于刚生产完毕,伤口未愈,她无法如愿与他结合,不过多莉亚教过她其他方法,于是丹妮用上了她的手、她的嘴巴和她的胸乳,她用指甲抠他,在他身上印满吻痕,在他耳边轻声细语,向他祈求祷告,说故事给他听。末了,她用泪水淹没了他。

然而卓戈没有知觉,没有说话,更没有勃起。

当空洞荒凉的地平线上露出凄凉的曙光,丹妮终于知道自己永远地失去了他。"等太阳从西边升起,在东边落下。"她哀伤地说,"等海水干枯,山脉像枯叶一样随风吹落。等我的子宫再度胎动，我再次怀了孩子。到了那时候，我的日和星，你才会变回以前的模样，在那之前绝不可能。"

回不来了，那股黑暗喊道，回不来了回不来了回不来了。

丹妮在帐篷里找到一个装满羽毛的柔软丝枕，将枕头紧抱在前胸，走回到她的日和星卓戈身边。如果我回头，一切就都完了。她走起路来觉得好痛苦，心中只想就此长眠，并不再做梦。

她在卓戈身边跪下，吻了他的双唇，然后用枕头盖住他的脸。

提利昂

"我儿子在他们手上。"泰温·兰尼斯特说。

"是的,大人。"信使的声音因疲累而呆滞。在他破碎的无袖罩袍前胸,干涸的血渍遮住了克雷赫家族的斑纹野猪。

你两个儿子中的一个,提利昂心想。他啜了口酒,一言不发,心里想着詹姆。抬手之时,剧痛从肘部直冲脑际,提醒着他战场的滋味。他虽然爱哥哥,但就算给他全凯岩城的金子,他也不想和哥哥一起待在呓语森林。

父亲召集的诸侯和将领们纷纷安静下来,听信使陈述事情经过。宽敞通风的旅店长厅里,只有火炉中的柴薪在噼啪作响。

经历了长途的急行南下,想到可以在旅店稍作歇息,虽然只有一晚,依旧使提利昂大为振奋……*只是他暗暗希望别要又是这家充满回忆的旅店*。父亲严令他们以耗尽体力的速度行进,结果损失惨重。伤员如果不能跟上,就落得被抛下来自生自灭的下场。每天早上他们动身之时,总有些人倒在路边,睡着便再没醒来;下午,又有另一些人精疲力竭地瘫在道旁;到得晚上,更有些人当了逃兵,遁进夜色之中,连提利昂本人都很想跟他们一起走。

片刻前,他人还在楼上,躺在柔软舒适的羽毛床中,怀抱雪伊温暖的身体。然而他的侍从匆匆跑来把他摇醒,报告说有人骑马带来奔流城方面的重大消息。他立刻明白他们是白跑了一趟。往南急奔,无止境的急行军和弃于路边的尸体……全成了空。罗柏·史塔克早在好几天前便解了奔流城之围。

"这怎么可能?"哈瑞斯·史威佛爵士呻吟道,"怎么可能?即便在呓语森林之战以后,奔流城依旧被大军团团包围……詹姆爵士到底在想什么，怎会分兵三处驻扎？他总该清楚这样做有何风险吧？"

他比你这没下巴的懦夫清楚多了，提利昂心想。纵使詹姆丢了奔流城，然而听见哥哥被史威佛这种人毁谤，依旧令他怒火中烧。史威佛是个厚颜无耻的马屁精，他这辈子最大的成就，就是把他那个同样没下巴的女儿嫁给凯冯爵士，借此与兰尼斯特家族攀上亲戚。

"换我也会这么做，"叔叔应道，提利昂若是开口，绝不会如他这般冷静。"哈瑞斯爵士，您没见过奔流城，不然您一定会清楚詹姆别无选择。奔流城坐落于腾石河汇流进三叉戟河的支流红叉河的三角洲尖端，河流构成了三角形的两边，而一旦遇到危险，徒利家便打开上游的闸门，在第三边造出宽阔的护城河，将奔流城变为河中孤岛。城墙自水中高高拔起，守军自塔楼上可以看清对岸数里格之内的所有事物。若要切断各方支援，攻城方必须在腾石河北岸、红叉河南岸以及护城河西岸，亦即两条河之间，各放置一支军队。除此之外，别无他法。"

"诸位大人，凯冯爵士说得没错，"信使说，"我军已在营地周围密布削尖木栅，但在没有任何预警，河水又把我们的营地互相切断的情况下，这样的准备仍远远不够。他们首先袭击北方的营地，时机完全出乎我们的意料。先前，马柯·派柏不断骚扰我军的补给车队，但他手下只有五六十人。遭受攻击的前一晚，詹姆爵士亲自带兵去对付他们……唉，当时我们以为目标就是派柏那伙人。我们听说史塔克军还在绿叉河东岸，正朝南而去……"

"你们的斥候呢？"格雷果·克里冈爵士的脸活像石雕，火光为他的皮肤罩上了一层阴森的橙色，在他的眼眶底投下深深的阴影。"莫非他们什么都没看到？没给你们任何警讯？"

满身血污的信使摇摇头。"我们的侦察部队最近不断失踪，

206

我们以为是马柯·派柏搞的鬼。而偶尔回来的人又说什么也没发现。"

"什么也发现不了表示他用不着眼睛,"魔山宣布,"把他们的眼睛挖出来,交给替补的斥候,告诉他:希望四只眼睛可以比两只眼睛看得清楚……如果他还是不行,那么下一个人就会有六只眼睛了。"

泰温·兰尼斯特公爵转头审视格雷果爵士,提利昂看到父亲眼瞳中金光一闪,但他说不准那是赞许抑或嫌恶。泰温公爵在会议上通常保持缄默,宁可在发言前先倾听别人的意见,提利昂一直很想仿效他这个习惯。然而就算是父亲,如此沉默也很不寻常,他连酒都没碰。

"你说他们发动夜袭?"凯冯爵士提问。

来人疲累地点点头。"前锋由黑鱼率领,砍倒我们的卫兵,清除栅栏,以利主力攻击。等我们的人醒悟过来,对方骑兵已经跃过沟渠,手执刀剑和火把冲进了营区。我睡在西寨,就是两条河之间的地方。我们这边的人听到打斗,看见帐篷着火,布拉克斯大人便领着大家上了木筏,想划到对岸去援救。然而水流湍急,直把我们往下游冲,徒利家的守军发现后,便用城墙上的投石机发动轰击。我亲眼看到一艘木筏被砸得稀烂,另外三艘翻倒,上面的人都被卷进河里淹死……而好不容易过河的,却发现史塔克军正在对岸等着。"

佛列蒙·布拉克斯爵士穿着一件银紫相间的罩袍,脸上露出难以置信的表情。"我父亲,我父亲大人他——"

"大人,我很遗憾。"信使说,"布拉克斯大人的筏子翻船时,他穿戴着全身板甲和锁甲。他是个勇士。"

他是个蠢蛋,提利昂心想,一边摇晃酒杯,朝杯中的漩涡望去。大半夜的,全副武装,乘着简陋的木筏穿过急流,朝对岸严阵以待的敌人扑去——假如这叫做勇士,他宁可每次都当懦夫。不知布拉克斯伯爵被沉重的盔甲拖进漆黑的深水时,有没有觉得特别英勇啊?

"随后,两河之间的营地也被敌人攻陷,"信使续道,"我们忙着渡河时,史塔克军的重骑兵排成两个纵队,从西边杀出。我看到安柏伯爵的碎链巨人旗和梅利斯特家族的老鹰纹章,但最可怕的却是那个带头的小鬼,他身边跟了一头怪物似的狼。我没和他们交手,听说那只怪物杀了四个活人,咬死十几匹马。后来我军的长枪兵组成盾墙,挡住他们的冲锋,谁料徒利家一看咱们无暇他顾,便打开奔流城门,由泰陀斯·布莱伍德率军渡过吊桥出击,偷袭我军后方。"

"诸神保佑。"莱佛德伯爵咒道。

"大琼恩·安柏放火烧了我们辛苦建造的攻城塔,布莱伍德大人则找到了被我们锁起来的艾德慕·徒利爵士以及其他战俘,并将他们通通救走。南寨由佛勒·普莱斯特爵士指挥,眼见相邻的阵地纷纷失守,他便率领手下两千枪兵和两千弓箭手井井有条地向西撤退了,但那掌管自由骑手的泰洛西佣兵却砍断旗帜,投靠了敌方。"

"该死的家伙,"凯冯叔叔的口气不仅惊讶,更充满了愤怒。"我早警告过詹姆别相信这混蛋,为钱而战的人只会为自己的腰包卖命。"

泰温公爵十指交叉,顶着下巴,倾听报告时只有眼睛在动。他两颊的金黄短须围出一张纹丝不动的脸,活像一张面具。然而,提利昂注意到父亲的光头上密布细小汗珠。

"这怎么可能?"哈瑞斯·史威佛爵士再度哀号。"詹姆爵士被俘,围城军队又遭击溃……简直是大难临头!"

亚当·马尔布兰爵士道:"哈瑞斯爵士,我们都很感激您指出显而易见的事实,但眼下的当务之急是,我们下一步该怎么走?"

"还能怎么样?詹姆的军队不是被杀、被俘就是逃散,而史塔克家与徒利家的部队正好扼住我们的补给线,我们与西边的联系完全被切断了!他们甚至可以大摇大摆地进军凯岩城,谁又能阻止他们呢?诸位大人,我们战败了,应该立刻求和。"

"求和?"提利昂若有所思地晃着酒杯,一饮而尽,随后将空杯往地上一掷,摔成千百碎片。"哈瑞斯爵士,这就是求和的结果。打从我那好外甥决定拿艾德大人的头来装饰红堡的那一刻起,所有和谈的机会都粉碎了。眼下要跟罗柏·史塔克求和,比用地下这破杯装酒还难。占上风的是他……难道您没发现?"

"两场战役的胜负并不能决定整个战争的成败,"亚当爵士坚持,"我们还远远没有战败。我很乐意跟这史塔克小鬼在战场上亲自较量较量。"

"或许他们会答应暂时停战,以便双方交换人质。"莱佛德伯爵提议。

"除非他们愿意三个换一个——这样我们都嫌不够咧。"提利昂尖酸地说,"再说了,我们拿谁去换我哥哥?拿艾德大人烂掉的头么?"

"听说瑟曦太后手上握有首相的两个女儿,"莱佛德满怀希望地说,"假如我们提出把这小子的妹妹还给他……"

亚当爵士轻蔑地哼了一声。"他疯了才拿詹姆·兰尼斯特的命来换两个小女生。"

"那就把詹姆爵士赎回来,不管花多少金子。"莱佛德伯爵道。

提利昂翻起白眼。"史塔克家要真那么缺钱,把詹姆的盔甲拿去熔掉不就得啦。"

"我们求和,他们就会看轻我们。"亚当爵士争辩,"依我之见，我们应该立刻进兵。"

"嗯，想必我们宫中的朋友会乐意提供补充兵力，"哈瑞斯爵士说，"同时也应当派人回凯岩城组织新军。"

这时，泰温·兰尼斯特公爵霍地起身。"我儿子在他们手上！"他重复了一遍，声音穿透众人喧哗，宛如利剑划破油脂。"退下，统统退下。"

提利昂向来习于听命，于是他立即起身，准备和其他人一起离去。但父亲看了他一眼，"不，提利昂，你留下。凯冯，你也是。其他人给我出去。"

提利昂坐回板凳，惊讶得说不出话来。凯冯爵士穿过房间，走到酒桶边。"叔叔，"提利昂叫道，"可否麻烦您——"

"拿去。"父亲把自己面前那杯一动未动的酒递给他。

这下提利昂真有些不知所措。他只有喝的份。

泰温公爵坐下来。"关于史塔克那边，你的判断没错。假如艾德大人还活着，我们可以用他当筹码，与临冬城和奔流城达成停战，如此一来，便有时间全力对付劳勃的两个弟弟。眼下他死了……"他的手紧握成拳，"胡来，完全是胡来。"

"小乔只是个孩子，"提利昂解释，"我在他这年纪的时候，也干过不少蠢事。"

父亲目光锐利地瞪了他一眼。"是么？好在他没娶妓女为妻。"

提利昂啜着酒，心想他若把酒杯朝父亲的脸上泼去，泰温公爵会是什么表情。

"目前形势比你们所知的更糟，"父亲续道，"我们有了个新国王。"

凯冯爵士浑身一震。"新国王——是谁？他们把乔佛里怎样了？"

一抹极细微的嫌恶扫过泰温公爵的薄唇。"没怎么样……至少到目前为止,我外孙依旧坐在铁王座上,但那太监收到南方的消息:两周前,蓝礼·拜拉席恩在高庭娶了玛格丽·提利尔为妻,并登基为王,新娘的父亲和兄长都已向他下跪宣誓效忠。"

"这真是坏消息。"凯冯爵士皱眉时,额上的沟纹深如峡谷。

"我女儿命令我们立刻前往君临,协防红堡,抵御蓝礼'国王'和百花骑士。"他嘴唇一抿。"注意,她是以国王和御前会议之名'命令'我们。"

"乔佛里国王对此事有何反应?"提利昂带着某种黑色的兴致发问。

"瑟曦认为现在还不宜告诉他,"泰温公爵说,"她恐怕他会坚持亲自出兵征讨蓝礼。"

"出兵?哪来的军队?"提利昂问,"你该不会打算把这支军队交给他吧?"

"他曾宣称要率领都城守备队出征。"泰温公爵道。

"他带走都城守备队,城里势必防御空虚,"凯冯爵士说,"那么龙石岛的史坦尼斯公爵……"

"是的。"泰温公爵睥睨着侏儒儿子。"提利昂,我原以为你生来只有杂耍的份,不过看来我是错了。"

"哟,老爸,"提利昂说,"这听起来好像赞美哩。"他笑着往前靠去。"那么,史坦尼斯方面有何行动?他才是长兄,蓝礼只是三子。对于弟弟称王一事,他有何反应?"

父亲皱眉道:"从一开始,我就认为史坦尼斯比其他所有人加起来还要危险,但他却毫无动静。嗯,瓦里斯那儿是有些情报,比如史坦尼斯正在建造船只,史坦尼斯正在招募佣兵,还说史坦尼斯从亚夏找来一个缚影师,可这究竟代表着什么?其中又有多少属实?"他有些恼怒地耸耸肩。"凯冯,拿地图来。"

凯冯爵士即刻照办。泰温公爵展开皮地图,将之摊平。"詹姆留给我们一个烂摊子。卢斯·波顿及其残部在我们北方,我们的敌人还握有李河城和卡林湾;另一方面,罗柏·史塔克坐镇西边,除非强行开战,否则我们无法退回兰尼斯港和凯岩城。詹姆既已被捕,他的军队便也不复存在,密尔的索罗斯和贝里·唐德利恩将继续骚扰我们的征粮部队。往更远的地方看,东有艾林家族和盘踞龙石岛的史坦尼斯·拜拉席恩,南边的高庭和风息堡也已经整兵待发。"

提利昂狡猾地笑了笑。"父亲,别担心,至少雷加·坦格利安还没死而复生。"

"提利昂,我希望你能提供一点有用的建议,不要只耍嘴皮子。"泰温·兰尼斯特公爵说。

凯冯爵士看着地图皱眉,额头又挤成条条深缝。"眼下罗柏·史塔克得到艾德慕·徒利和三河诸侯的支持,总兵力已然超过了我军,我们后方还有卢斯·波顿……泰温,留在这里,只怕会被三面夹击。"

"我不打算留在这里。我们得在蓝礼从高庭出兵前解决掉小史塔克公爵。波顿那边我不担心,他是个谨慎的人,想必绿叉河之战只会使他更谨慎,因此他的追击不会很快。所以……明日一早我们便朝赫伦堡出发。凯冯,命令亚当爵士的斥候掩蔽我军行踪,他要多少人就给他多少人,四人为一小队,不准再发生失踪的事……"

"遵命,大人,可是……为什么去赫伦堡?那是个阴森不祥的地方,听说还受了诅咒。"

"让他们去说,"泰温公爵道,"把格雷果爵士放出去,要他领着他那群屠夫四处劫掠。把瓦格·赫特和他的佣兵以及亚摩利·洛奇爵士也派出去,让他们各带三百骑兵,告诉他们:从神眼湖到红叉河,我希望河间地带化为焦土。"

"大人，请拭目以待。"凯冯爵士说罢起身。"我这就去传令。"他鞠躬离去。

剩下父子俩之后，泰温公爵瞄了提利昂一眼。"你的野蛮人可能也喜欢来点掠夺，你去通知他们：他们尽可以随瓦格·赫特出动，任意劫掠——不论财货、牲口还是女人，喜欢的就抢，不中意的就烧。"

"教夏嘎和提魅如何抢劫，就跟教公鸡怎么报晓一般多此一举。"提利昂表示，"但我宁可把他们留在身边。"他们或许粗鲁难驯，但终究是他的手下，相较于父亲的人马，他宁愿信任自己的人。他可不想就这么将他们拱手让人。

"那你得学会如何管束他们，我不想见到他们在城里打家劫舍。"

"城里？"提利昂糊涂了，"哪个城？"

"君临。我要派你进宫。"

这是提利昂·兰尼斯特最没预料到的事。他举起酒杯，边喝边想，"派我进宫做什么？"

"管事。"父亲唐突地说。

提利昂哈哈大笑。"我亲爱的老姐对此恐怕有意见哟！"

"随她去说，总得有人管管她儿子，以免他把我们全部搞垮。我认为这都是那群三心二意的重臣搞的鬼——我们的朋友培提尔、年高德劭的大学士，还有那个少了老二的活宝瓦里斯大人。乔佛里做出一桩又一桩蠢事时，他们都在干什么？到底是谁出的馊主意，竟把这个杰诺斯·史林特拔擢为贵族？这家伙的父亲是个屠夫，而他们竟给了他赫伦堡，**赫伦堡**！那是国王住的城堡！只要我一息尚存，他就别想踏进去。听说他挑了一支染血长枪作家徽，假如我在，非逼他改成染血的菜刀不可。"父亲并未提高音量，但提利昂从他的金黄眼瞳里体会得出他的愤怒。"他们还赶走了赛尔弥，到底是哪根筋有问题？没错，他是一把年纪了，但'无畏的巴利斯坦'光这名号在王国里就很有分量，他服侍谁，谁就跟着沾光，猎狗起得了这种作用？狗是在桌子底下啃骨头的，不是拿来平起平坐的。"他伸出一根手指，指着提利昂的脸。"既然瑟曦管不了那小鬼，就由你来管。倘若那几个重臣胆敢跟我们耍两面派……"

提利昂太清楚了。"砍头，"他叹道，"枪尖插着，挂上城墙。"

"你总算还从我这儿学了点东西。"

"父亲，我学的可多了。"提利昂平静地说。他喝干了酒，若有所思地把杯子放到一边。一方面，他很高兴，高兴到自己不敢承认的地步；另一方面，他又想起了不久前在绿叉河上游打的那场仗，不知自己是否又要被派去防守"左翼"。"为什么派我？"他歪头问，"为何不派叔叔？为何不派亚当爵士、佛列蒙爵士或沙略特大人？为何不派……一个个头大点的人？"

泰温公爵陡地起身。"因为你是我儿子。"

他这才明白。原来你已经放弃他了，他心想，你这天杀的王八蛋，你认为詹姆与死无异，所以你只剩下了我。提利昂想一巴掌掴去，想朝他脸上吐口水，想抽出匕首把他的心掏出来，看看究竟是不是如老百姓所说的那样用黄金铸成。然而最终，他只是静静地坐着，一言不发。

泰温公爵穿过房间，碎酒杯在他脚下"咔啦"作响。"最后一件事，"他走到门边时说，"不准你带那个妓女进宫。"

父亲离去之后，提利昂在旅店大厅里静坐良久，最后他终于爬上楼梯，回到钟塔下舒适的阁楼房间。房间的天花板虽矮，但对侏儒来说并无妨碍。从窗户看出去，他见到父亲在院子里搭的绞刑架，夜风吹起，绳子上老板娘的尸体晃个不休。她身上的肌肉就和兰尼斯特家的希望一般微薄而破败。

他回身在羽毛床边坐下，雪伊睡意惺忪地呢喃着，翻身朝向他。他把手伸到棉被下，握住她柔软的乳房，她张开了眼睛。"大人。"她慵懒地微笑。

当她的乳头逐渐变硬，提利昂俯身亲吻她。"小宝贝，我想带你去君临。"他悄声说。

琼恩

琼恩·雪诺扎紧马鞍上的皮带,母马则轻声嘶叫。"好女孩,别怕。"他轻声安抚它。寒风在马厩间细语,宛如迎面袭击来的冰冷死气,但琼恩未加理会。他把铺盖捆上马鞍,结疤的手指僵硬而笨拙。"白灵,"他轻声呼唤,"过来。"狼立刻出现,双眼如两团火烬。

"琼恩,求求你,别这样。"

他骑上马,握紧缰绳,策马转头,面对黑夜。山姆威尔·塔利站在马厩门口,一轮满月从他肩膀后照进,洒下一道巨人般的影子,硕大而黑暗。"山姆,别挡道。"

"琼恩,你不能这样一走了之,"山姆说,"我不会放你走。"

"我不想伤害你,"琼恩告诉他,"山姆,你走开,不然我就踩过去。"

"你不会的。听我说,求求你……"

琼恩双脚一踢,母马立即朝门飞奔而去。刹那间,山姆站在原地,脸庞如同身后那轮满月般又圆又白,嘴巴惊讶地张成一个大圆。就在人马即将撞上的最后一刻,他跳了开去,并如琼恩所预料的,步履踉跄,跌倒在地。母马跳过他,冲进黑夜。

琼恩掀起厚重斗篷的兜帽,拍拍母马的头。他骑马离开静谧的黑城堡,白灵紧随在旁。他知道身后的长城上有人值守,但他们面朝极北,而非南方。除了正从马厩的泥地上挣扎起身的山姆·塔利,不会有人见到他离去。眼看山姆摔成那样,琼恩暗自希望他没事才好。他那么肥胖,手脚又笨拙,很可能因此摔断手腕,或扭到脚踝。"我警告过他了,"琼恩大声说,"而且本来就不干他的

事。"他一边骑，一边活动自己灼伤的手，结疤的指头开开阖阖。疼痛依旧，不过取掉绷带后的感觉真好。

他沿着蝴蝶结般蜿蜒的国王大道飞奔，月光将附近的丘陵洒成一片银白。他得在计划被人发觉前尽可能地远离长城。等到明天，他将被迫离开道路，穿越田野、树丛和溪流以摆脱追兵，但眼下速度比掩护更重要。毕竟他的目的地显而易见。

熊老习惯黎明起床，所以琼恩至少还有天亮前的时间，用来尽量拉开与长城间的距离……*假定山姆·塔利没有背叛他*。胖男孩虽然尽忠职守，且胆子又小，但他把琼恩当亲兄弟看待。若是被人问起，山姆肯定会说出实情，不过琼恩不认为他有那个勇气，敢大半夜去找国王塔的守卫，把莫尔蒙吵醒。

等到明天，发现琼恩没去厨房帮熊老端早餐，大家便会到寝室来查找，随后看到孤零零躺在床上的长爪。留下那把宝剑很不容易，但琼恩还不至于恬不知耻地将它带走。就连乔拉·莫尔蒙亡命天涯前，也没有这么做。莫尔蒙司令一定能找到更适合佩带那把剑的人。想起老人，琼恩心里很不好受。他知道自己这样弃营逃跑，无异是在总司令丧子之痛上撒盐。想到他对自己如此信任，这实在是忘恩负义的做法，但他别无选择。不管怎么做，琼恩都会背叛某个人。

即使到了现在，他依旧不知自己的做法是否荣誉。南方人的作派比较简单，他们有修士可供咨询，由他们传达诸神意旨，协助理清对错。然而史塔克家族信奉的是无名古神，心树就算听见了，也不会言语。

当黑城堡的最后一丝灯火消失在身后，琼恩便放慢速度，让母马缓步而行。眼前还有漫漫长路，他却只有这匹马可供依凭。往南的路上，沿途都有村庄农舍，如有必要，他可以和他们交换新的马匹，不过若是母马受伤或瘫倒在地就不成了。

他得尽快找到新衣服,恐怕还只能去偷。眼下的他从头到脚都是黑色:高筒黑皮革马靴,粗布黑长裤黑外衣,无袖黑皮革背心,厚重的黑羊毛披风。长剑和匕首包在黑鞘里,鞍袋里则是黑环甲和头盔。如果他被捕,这每一件都足以置他于死地。在颈泽以北,任何穿黑衣的陌生人进了村舍庄园,都会被投以冷漠的怀疑眼光,并遭到监视。而一旦伊蒙师傅的乌鸦送出消息,自己便再也找不到容身之所,即便临冬城也一样。布兰或许会放他进城,但鲁温师傅很清楚该怎么做,他会履行职责,关上城门,把琼恩赶走。所以,打一开始他就没动临冬城的主意。

虽然如此,在他脑海里,却能清晰地见到城堡的影像,仿佛昨天才刚离开:高耸的大理石墙;香气四溢、烟雾弥漫的城堡大厅,里面到处是乱跑的狗;父亲的书房;自己在塔楼上的卧室。在他心底的某一部分,只想再瞧瞧布兰的欢笑,再吃一个盖奇做的牛肉培根派,再听老奶妈说关于森林之子和傻瓜佛罗理安的故事。

可是,他并非因为这些才离开长城:他之所以离开,只因为他是父亲的儿子,罗柏的兄弟。他不会因为别人送他一把剑,即便像长爪么好的剑,就变成莫尔蒙家族的人。他也不是伊蒙·坦格利安。老人做了三次抉择,三次都选择了荣誉,但那是他。即便现在,琼恩还是不敢确定,老学士做出那样的选择,究竟是因为懦弱无力,还是因为心地坚强、忠于职守。但无论如何,他了解老人的困惑,关于抉择的痛苦,他太了解了。

提利昂·兰尼斯特曾说:多数人宁可否认事实,也不愿面对真相,但琼恩已经想透了种种磨难。他清楚地知道自己是谁:他是琼恩·雪诺,不但是私生子,更是背离誓约的逃兵,既无母亲,亦无朋友,将遭天谴。终其一生——不论他这一生能有多长——都将被迫流浪,成为阴影中沉默的孤民,不敢说出真名。无论走到七国何处,必将生活在谎言之中,否则别人会对他群起而攻之。但是,只

要他能与兄弟并肩作战,为父亲报仇雪恨,所有这些都无足轻重。

他记得自己最后一次见到罗柏的情景。当时罗柏站在广场上,红褐头发间雪花融化。如今琼恩可能必须易容之后,才能偷偷去见他。他试着想象当自己揭开真面目时,罗柏脸上会是什么表情。他的兄弟会摇摇头,面露微笑,然后他说……他会说……

他拼凑不出那抹微笑,无论怎么努力,就是想不出来。他反而不自觉地想起他们找到冰原狼那天,被父亲砍头的逃兵。"你立下了誓言,"艾德公爵告诉那人,"你在你的弟兄们以及新旧诸神面前立下了誓约。"戴斯蒙和胖汤姆把逃兵拖到木桩前。布兰的眼睛睁得像盘子,琼恩还特意提醒他别让小马乱动。他忆起当席恩·葛雷乔伊递上寒冰时,父亲脸上的表情,随后又想起鲜血溅落雪地,席恩扬腿把人头踢到他脚边。

他不禁想,假如逃兵是艾德公爵的亲弟弟班扬,而非一个衣着破烂的陌生人,他会怎么做?两者会有差别吗?一定会,一定会的,一定……毫无疑问,罗柏也一定会欢迎他。*他怎么可能不欢迎他呢?除非……*

还是别多想的好。他握紧缰绳,手指隐隐作痛。琼恩再度夹紧马肚,顺着国王大道疾驰,仿佛要驱离心中的疑惑。琼恩不怕死,但他不要这种被五花大绑,像个寻常强盗般斩首示众的死法。倘若他非死不可,他甘愿手握利剑,死在与杀父仇人的决斗中。他生来就不是真正的史塔克族人,从来不是……但他可以死得像个史塔克。就让大家都知道艾德·史塔克膝下不止三个儿子,而是四个。

白灵跟着他的速度跑了一里,红红的舌头伸在嘴巴外悬荡。他催马加速,人马低头飞奔。冰原狼则放慢脚步,停了下来,左顾右盼,眼睛在月色中闪着红光。不久,他消失在后方,琼恩知道他会按自己的步调跟随。

前方的道路两旁,摇曳的灯火穿过树林照过来。这里是鼹鼠村。他催马奔过,听到一阵狗吠,以及马厩里传来的驴叫,除此之外,村子悄然无声。有几处炉火微光从禁闭的窗户中穿透而出,或自房舍木板间流泻出来,但寥寥无几。

其实鼹鼠村比乍看之下要大得多,只是四分之三的部分位于地底,由一个个既深且暖的地窖组成,经由错综复杂的隧道彼此衔接。就连妓院也在地下,从地面上看,它们只是比厕所大不了多少的小木屋,门上挂了盏红灯笼。长城上守军把妓女们叫做"地底的宝藏",他不禁揣测今晚有多少黑衣弟兄在下面挖宝呢?这当然也算是一种背誓,只是无人在意。

直到把村子远远地抛在后面,琼恩方才再次减速。这时,他和母马都已经满身大汗。于是他跳下马背,只觉浑身发抖,灼伤的手更是疼痛。树丛下有大堆融雪,在月光下映射发亮,涓滴细流从中淌出,汇聚成浅浅的小池。琼恩蹲下来,双手合掌,捧起雪水。融雪冰冷刺骨,他喝了几口,接着洗脸,直洗得两颊发麻。他感觉到头昏脑涨,手指也好几天没有痛得这么厉害。*我做得没错*,他告诉自己,*可我为何这么难受?*

马儿仍旧气喘吁吁,于是琼恩牵它走了一段。道路很窄,只能勉强容两人并肩而骑,表面更被细小沟渠所切割,布满碎石。刚才那样狂奔委实愚蠢,分明就是自找麻烦,稍不小心就会摔断脖子。琼恩不禁纳闷,自己究竟怎么搞的?就这么急着寻死么?

远方的树林里传来动物的受惊尖叫,他立刻抬头,母马也不安地哼着。是他的狼找到猎物了?他把手环在嘴边,"白灵!"他叫道,"白灵!到我这儿来!"但唯一的回应只是身后某只猫头鹰振翅高飞的声响。

琼恩皱起眉头,继续上路。他牵马走了半小时,直到它身上干透为止。但白灵始终没有出现。琼恩想上马赶路,却又担心不知去向的狼。"白灵,"他再度叫喊,"你在哪里?快过来!白灵!"

这片林子里应该没什么能威胁到冰原狼——就算这只冰原狼尚未发育完全也罢,除非……不,白灵绝不会蠢到去攻击熊,而假使这附近有狼群,琼恩也一定能听见它们的号叫。

最后他决定先吃点东西再说。食物可以稍微安抚脾胃,更能多给白灵一点时间跟上。此时尚无危险,黑城堡依然在沉睡中。于是他从鞍袋里找出一块饼干,一小片乳酪和一个干瘪的褐色苹果。他还带了腌牛肉,以及从厨房偷来的一片培根,但他想把肉留到明天。因为等食物没了,他就得自己打猎,而那一定会拖延他的行程。

琼恩坐在树下,吃着饼干和乳酪,任母马沿着国王大道吃草。他把苹果留到最后,虽然摸起来有些软,果肉仍然酸甜多汁。听到声音时,他正在啃果核:是蹄声,从北方来。琼恩一跃而起,奔向母马。跑得掉吗?不,距离太近,一定会暴露声音,何况假如他们从黑城堡来……

于是他牵着母马离开大路,走到一丛浓密的灰青色哨兵树后。"别出声哦。"他悄声说,一边蹲伏下来,透过树枝缝隙向外窥视。倘若诸神保佑,对方就会不经意地骑马跑过。八成鼹鼠村的农民,正返回自己的田地,可他们干吗大半夜走呢?……

他静静聆听,蹄声沿着国王大道急速而来,步伐坚定,逐渐增大。依声音判断,大概有五六个人。对方的话音在林木间穿梭。

"……确定他走这边?"

"当然不确定。"

"搞不好他朝东去了。或是离开道路,穿越树林。换了我就会这么做。"

"在这一团漆黑的晚上?你别傻了。就算没摔下马来,折了脖子,辨不清路乱走,等太阳升起大概也绕回长城了。"

"我才不会,"葛兰听起来很气愤。"我会往南骑,看星星就知道哪边是南方。"

"要是被云遮住呢?"派普问。

"那我就不走。"

又一个声音插进来。"换做是我,你们知道我会怎么做?我会直接去鼹鼠村挖宝。"陶德尖锐的笑声在林间回响,琼恩的母马哼了一声。

"你们通通给我闭嘴,"霍德说,"我好像听到了什么。"

"在哪儿?我啥都没听见。"蹄声停止。

"你连自己放屁都听不见。"

"我听得见啦。"葛兰坚持。

"闭嘴!"

于是他们都安静下来,凝神倾听。琼恩不自觉地屏住呼吸。一定是山姆,他心想。他既没去找熊老,也没上床睡觉,而是叫醒了其他几个男孩。真要命,若是天亮前他们还未归营,也会被当成逃兵处理。他们到底在想什么呀?

寂静无限延伸。从琼恩蹲的地方,透过树丛,可以看到他们坐骑的脚。最后派普开口道:"你刚才到底听到什么?"

"我也不知道。"霍德承认,"但的确有什么声音,我认为是马叫,可……"

"这儿什么声音都没有啊。"

琼恩的眼角余光瞥见一个白色影子在林间蹿动。树叶窸窣抖动,白灵从阴影中跑了出来,由于来得突然,琼恩的母马不禁轻声惊叫。"在那里!"霍德大叫。

"我也听到了!"

"我被你害死了。"琼恩一边翻身上马,一边对冰原狼说。他调转马头,往森林走去,但不出十尺,他们便追了上来。

"琼恩!"派普在身后喊。

"停下来，"葛兰说，"你跑不掉的。"

琼恩抽出佩剑，策马旋身。"通通退后。我不想伤害你们，但如果情非得已，我会动手的。"

"你想以一对七？"霍德挥手，男孩们一拥而上，将他团团围住。

"你们要拿我怎样？"琼恩质问。

"我们要把你带回属于你的地方。"派普说。

"我属于我的兄弟。"

"我们就是你的兄弟。"葛兰说。

"他们逮到你，你会被砍头的，知道吗？"陶德紧张地笑笑，"这么笨的事，只有笨牛才做得出来。"

"我才不会呢。"葛兰道，"我不会违背誓言，我发过誓，说话算话的。"

"我也一样，"琼恩告诉他们，"可你们难道不懂么？他们谋害了我父亲！这是一场战争，我兄弟罗柏正在河间地作战——"

"我们都知道，"派普严肃地说，"山姆跟我们说了。"

"你父亲的事我们很遗憾，"葛兰说，"但那与你无关。一旦发了誓，你就不能离开，不管怎样都不行。"

"我非走不可。"琼恩激动地说。

"你发过誓了。"派普提醒他，"我从今开始守望，至死方休，你是不是这么说的？"

"我将尽忠职守，生死于斯。"葛兰点头附和。

"用不着你们告诉我，我跟你们背得一样熟。"这下他真的生气了。他们为何不能干脆一点，放他走呢？这样子大家都不好过。

"我是黑暗中的利剑。"霍德诵道。

"长城上的守卫。"癞蛤蟆跟着念。

琼恩开始一个一个咒骂他们，但他们置之不理。派普催马上前，继续背诵："抵御寒冷的烈焰，破晓时分的光线，唤醒眠者的号角，守护王国的坚盾。"

"别过来，"琼恩挥剑警告他，"派普，我是说真的。"他们连护甲都没穿，假如真的动手，他可以把他们统统砍成碎片。

梅沙绕到他身后，加入了念诵："我将生命与荣耀献给守夜人。"

琼恩双脚一踢，调转马头。然而男孩们已将他彻底包围，步步逼近。

"今夜如此……"霍德堵住了左边的缺口。

"……夜夜皆然。"派普说完最后一句，伸手抓住琼恩的缰绳。"你有两个选择：要么杀了我，要么跟我回去。"

琼恩举起长剑……最后还是无助地放了下来。"去你的，"他说，"你们通通该死。"

"我们该不该把你的手绑起来？你愿不愿乖乖回去呢？"霍德问。

"我不跑便是。"这时白灵从树下跑出来，琼恩瞪着他，"你可真会帮倒忙。"他说，但那双深沉的红眼却仿若洞悉一切地看着他。

"我们最好赶快，"派普道，"假如天亮前回不去，只怕熊老会把我们的头通通砍了。"

回程途中发生过什么，琼恩·雪诺记得不多，只觉这趟路似乎比南行短暂得多，或许是他心不在焉的缘故吧。派普带队，不时飞奔，慢走，小跑，接着又恢复奔驰。鼹鼠村来了又去，妓院门口悬着的红灯早已熄灭。派普把时间掌握得很好，距离天亮刚好还有一个小时，琼恩见到黑城堡的黑塔楼出现在前方，衬着背后硕大无朋的苍白长城。只是这回，城堡再也没了家的感觉。

他们可以抓他回去，琼恩告诉自己，但他们无法留住他。南

方的战争不是一两天就能解决的事，而他的朋友不可能日夜都守着他。他只需耐心等待时机，让他们放松警惕，以为他心甘情愿留下来……然后就再度逃走。下一次，他不走国王大道，而是沿着长城东行，或许就这么一直走到海边，然后往南翻越崇山峻岭。那是野人们常走的路，崎岖难行，危机四伏，却足以摆脱追兵。从始至终，他与国王大道和临冬城都将保持一百里格以上的距离。

老旧的马房里，山姆威尔·塔利正等着他们。他坐在泥地上，靠着一堆稻草，紧张得睡不着。一见他们，他立刻起身，拍拍尘土道："琼恩，我……我很高兴他们找到你了。"

"我可不高兴。"琼恩说着下马。

派普也跳下坐骑，一脸嫌恶地望着逐渐泛白的天空。"山姆，帮个忙，把马儿安顿好。"矮个男孩说，"这一天还长着呢，可咱们半点觉都没睡成，这都得感谢雪诺大人。"

天亮之后，琼恩像往常一样走进厨房。三指哈布把熊老的早餐交给他，什么也没说。今天的早餐包括三颗褐色的白煮蛋，油炸面包，火腿肉片以及一碗有些皱的李子。琼恩端着东西回到国王塔，发现莫尔蒙正坐在窗边写东西。乌鸦在他肩膀上来回踱步，边走边念："玉米！玉米！玉米！"琼恩一进房间，乌鸦便提声尖叫。

"把早餐放桌上。"熊老抬头道，"我还想喝点啤酒。"

琼恩打开一扇紧闭的窗户，从外面的窗台上拿了啤酒瓶，倒满一角杯。之前哈布给了他一个刚从长城储藏室里拿出来的柠檬，现下还是冰的。琼恩用拳头捏破它，果汁从指缝间滴下。莫尔蒙每天都喝掺柠檬的啤酒，宣称这是他依旧一口好牙的原因。

"你一定很爱你父亲，"琼恩将角杯端给他时，莫尔蒙开口："孩子，我们爱什么，到头来就会毁在什么上面，你还记不记得我跟你说过这话？"

"记得。"琼恩面带愠色地说。他不想谈父亲遇害的事，即便对莫尔蒙也不行。

"你要仔细记好,别忘记。残酷的事实是最应该牢牢记住的。把我的盘子端过来。又是火腿?算了,我认了。你没什么精神。怎么,昨晚骑马就这么累啊?"

琼恩喉咙一干,"您知道?"

"知道!"莫尔蒙肩头的乌鸦应和,"知道!"

熊老哼了一声。"雪诺,他们选我当守夜人军团总司令,莫非因为我是个呆头鹅?伊蒙说你一定会走,我则告诉他你一定会回来。我了解我的部下……也了解我的孩子们。荣誉心驱使你踏上国王大道……荣誉心也将你鞭策回来。"

"带我回来的是我朋友们。"琼恩说。

"我指的就是'你的'荣誉心么?"莫尔蒙检视着眼前的餐盘。

"他们杀害了我父亲,难道我应该置之不理?"

"说真的,你的行为不出我们所料。"莫尔蒙咬了口李子,吐出果核。"我专派了一个人看守你,知道你何时离开。即便你的弟兄们没把你追回来,你也会在途中被逮住。到时候,抓你的可就不是朋友了。哼,除非你的马像乌鸦,生了翅膀。你有这样的马吗?"

"没有。"琼恩觉得自己像傻瓜。

"真可惜。我们倒急需那样的马。"

琼恩挺直身子。他已经对自己说过,要死得有尊严,至少,他能做到这点。"大人,我知道逃营的惩罚。我不怕死。"

"死!"乌鸦叫道。

"我希望你也别怕继续活下去。"莫尔蒙边说边用匕首切开火腿,还拿一小块喂乌鸦。"你不算逃兵——因为你没走成。眼下你不就好端端站在这里?要是我把每个半夜溜到鼹鼠村的孩子都抓来砍头,那防守长城的就只剩鬼魂了。不过呢,或许你打算明天再跑,或许再隔两个星期。是不是?小子,你有没有这样想?"

琼恩默不作声。

"我就知道。"莫尔蒙剥开白煮蛋的壳,"小子,你父亲死了,你有办法让他起死回生吗?"

"没有。"他闷闷不乐地回答。

"那敢情好。"莫尔蒙道,"你我都见识过死人复活是什么样,我可不想再碰上那种事。"他两大口吞下煮蛋,从齿缝间吐出几片蛋壳。"你的兄弟虽然上了战场,但他身后有全北境的军力,随便他哪一个封臣手下的士兵都比整个守夜人军团的人加起来还多,你觉得他们会需要你的帮助?难道说你真那么厉害,还是说你随身带着古灵精怪,帮你的剑附加魔法?"

琼恩无话可说。乌鸦啄着一颗蛋,穿破蛋壳,将长长的喙伸进去,拉出丝丝蛋白和蛋黄。

熊老叹道:"你也不是唯一被战争波及的人。依我看,我妹妹此刻也应该带着她那群女儿,穿着男人的盔甲,加入你兄弟的军队去了南方。梅格是个上了年纪的老怪物,个性固执,脾气又差,说实话,我根本受不了那糟女人,但这并不代表我对她的感情不如你爱你的异母妹妹。"莫尔蒙皱着眉头拾起最后一颗蛋,用力握住,直到外壳碎裂。"或许不如你。但总之,她若在战场上被杀,我一定很难过,可你瞧,我并没打算逃跑。因为我和你一样都发过誓,我的职责所在是这里……你呢,孩子?"

我无家可归,琼恩想说,我是个私生子,没有权利、没有姓氏、没有母亲,现在连父亲都没了。可他说不出口。"我不知道。"

"可我知道,"莫尔蒙总司令说,"雪诺,冷风正要吹起,长城之外,阴影日长。卡特·派克的来信中提到大群麋鹿向东南沿海迁徙，之外还有长毛象。他还说，他有个部下在距离东海望仅三里格的地方发现了巨大的畸形脚印。影子塔的游骑兵则回报，长城外有好些村落完全被遗弃，到了晚上，丹尼斯爵士说能看到群山中的火光，大把大把的烈焰，从黄昏直烧到天亮。'断掌'科林在大峡谷抓到了一个野人，对方发誓说曼斯·雷德正躲在一个新的秘密要塞里，召集属下所有臣民，至于他的目的为何，我看只有天上诸神知道。你以为你叔叔班扬是这几年来我们唯一失去的游骑兵么？"

"班扬！"乌鸦歪头嘎嘎怪叫，蛋白从嘴角流下。"班扬！班扬！"

"不。"琼恩说。除了他还有其他人，太多人。

"你觉得你兄弟的战争比我们这场战争更重要？"老人喝道。

琼恩噘起嘴唇。乌鸦朝他拍拍翅膀，"战争！战争！战争！战争！"它唱道。

"我看不然。"莫尔蒙告诉他，"诸神保佑，孩子，你眼睛没瞎，人也不笨。等哪天死人在黑夜里大举入侵，你觉得谁坐在铁王座上还有差别么？"

"没有。"琼恩没想到这层。

"琼恩，你父亲大人把你送来这里，你可知为什么？"

"为什么？为什么？为什么？"乌鸦又叫道。

"我知道你们史塔克家人体内依旧流淌着先民的血液，而长城正是先民所建筑，据说他们还记得早已被人遗忘的事情。至于你那头小狼……引领我们找到尸鬼的是他，警告你楼上有死人的也是他。杰瑞米爵士多半会说一切纯属巧合，但他死了，我还好端端地活着。"莫尔蒙司令用匕首刺起一块火腿。"我认为你是命中注定要来这里的。等我们越墙北进时，我希望你和你那头狼与我们同在。"

他的这番话使琼恩的背脊为之一颤。"越墙北进？"

"不错。我打算把班·史塔克找回来,不论是死是活。"他嚼了几口,吞下火腿。"我不会在这里坐等风雪来临,我们一定要知道究竟发生了什么。这次守夜人军团将大举出动,与塞外之王、异鬼,以及其他什么的东西作战。我将亲自领军。"他拿匕首指着琼恩的胸膛。"依惯例,总司令的事务官就是他的侍从……但我可不想每天早上醒来,都还要担心你是不是又逃了。所以呢,雪诺大人,你现在就给我个答案:你究竟是守夜人的弟兄……还是个只爱玩骑马打仗的私生小毛头?"

琼恩·雪诺站直身子,深吸一口气。父亲、罗柏、艾莉亚、布兰……请你们原谅我,原谅我不能帮助你们。他说得没错,我属于这里。"我……随时听候您差遣,大人。我郑重发誓,绝不再逃跑了。"

熊老哼了一声。"那敢情好。还不快把剑佩上?"

凯特琳

多年以前，凯特琳怀抱襁褓里的儿子，离开奔流城，搭乘小船渡过腾石河，北上临冬城。而今想起来，仿佛是千年前的事。而今，他们同样渡过腾石河，重返家园，然而当初那个婴儿，已经长成了披甲戴剑的英挺战士。

划桨起起落落，罗柏和灰风坐在船首，他把手放在冰原狼的头上，席恩·葛雷乔伊陪伴着他。布林登叔叔坐在后面的第二艘船上，与大琼恩和卡史塔克伯爵一道。

凯特琳坐在船尾，他们乘船顺流而下，任腾石河强劲的水流载着他们经过高大的水车塔。塔内巨大水车辘辘轮转，水声哗啦，儿时种种回忆牵起凯特琳嘴角一抹哀伤的微笑。城中军民排列在砂岩城墙上，高喊着他们母子的名字，高喊着"临冬城万岁！"每一座壁垒上都飘扬着徒利家族的旗帜：一尾腾跃的银色鳟鱼，衬着波动的红蓝底色。这是一幅令人振奋的景象，然而凯特琳的心却高兴不起来，她怀疑自己的心这辈子还能不能再感受到喜悦。噢，奈德……

他们在水车塔下转了个大弯，直直地穿越汹涌河水，船夫使劲划桨，水门的巨大拱形映入眼帘，她听见绞链卷动，巨大的铁闸门缓缓升起。当他们逐渐接近，凯特琳发现闸门下半部几乎全是红色铁锈，它长年浸在水中，"水门"正是因此而得名。穿过闸门时，褐色烂泥不住滴下，门底尖刺距离头顶仅有几寸。凯特琳抬头看着铁栅，不禁纳闷其锈蚀的程度有多严重，若是遇上撞锤，这道闸门又究竟能撑多久，到底该不该换新的？这些日子以来，她脑中所想尽是这类事情。

他们穿过拱门和城墙,从阳光下走进阴影中,接着又回到日光照耀下。四周停泊着大小船只,均稳固地系在石中铁环上。弟弟正带着父亲的卫士们在临水阶梯上等候他们。艾德慕·徒利爵士是个体格壮硕的年轻人,一蓬枣红头发,一把火红胡须,胸甲上尽是战争遗留的刮痕和凹陷,红蓝披风沾染了血渍与烟尘。站在他身边的是泰陀斯·布莱伍德伯爵,身躯硬挺,留了短短的灰胡子,生了个鹰钩鼻,亮黄色的盔甲上用黑玉镶成繁复的藤蔓图案,瘦削的肩膀上垂着乌鸦羽毛织成的披风。率兵出城突击,将弟弟从兰尼斯特军营地里救出来的人,正是泰陀斯伯爵。

"带他们进来。"艾德慕爵士下令。三个人步下阶梯,走到及膝深的水里,用长钩把小艇拉过去。灰风一跃而出,却将对方一人吓得慌忙后退,步履踉跄,跌坐水中,众人哈哈大笑,那人则露出难为情的表情。席恩·葛雷乔伊跳到船边,将凯特琳拦腰抱到干燥的石阶上,任凭流水拍打自己的靴子。

艾德慕走下阶梯拥抱她。"亲爱的姐姐。"他哑着嗓子说。他生了一对深邃的蓝眼睛,那双唇天生便该用来微笑,只是现在他却笑不出来。他的模样精疲力竭,因为一连串的战争、压力而显得憔悴不堪,脖子上受伤的地方还绑了绷带。凯特琳紧紧地搂住他。

"凯特,我和你一样难过。"他们分开时,他这么说,"当我们听说艾德大人出事的时候……兰尼斯特家会付出代价的,我对天发誓,一定为你复仇雪恨。"

"那能让奈德活过来吗?"她语气尖锐地说。伤口还太新,听不得安慰的话语。现在她无法去想与奈德有关的事,也不愿去想。这样是不行的,她必须坚强。"这些以后再说,我要去见父亲。"

"他正在书房里等你。"艾德慕道。

"夫人,霍斯特大人卧病在床。"父亲的总管解释。这好人何时变得如此灰白苍老?"他吩咐我立刻带您去见他。"

"让我带她去。"艾德慕陪着她步上临水阶梯,穿越下层庭院,培提尔和布兰登·史塔克就在那里为她拼斗过。巍峨的砂岩城墙高耸于头顶,他推开由一道两名头戴鱼纹盔的卫士把守的门,她借机询问:"他的情形有多坏?"她一边说,心里一边害怕即将听到的答案。

艾德慕神情严肃。"学士说他在人世的时间不长了。病痛时常发作……而且相当厉害。"

一股无名怒火陡然充斥了她的内心,她痛恨这整个世界,痛恨弟弟艾德慕和妹妹莱沙,痛恨兰尼斯特家族,痛恨学士,痛恨奈德和父亲,尤其痛恨将他俩自她身边夺走的狰狞诸神。"你应该早点告诉我,"她说,"你知道情形就应该跟我说。"

"是他不准,他不想让敌人知道自己将不久人世。眼下王国如此动乱,若是兰尼斯特家知道他这么虚弱,他怕他们会……"

"……出兵进攻?"凯特琳艰难地替他说完。一切都是你的错,你的错啊,她心中有个声音在说,假如你没有头脑发热,逮捕那侏儒……

他们沉默地登上螺旋梯。

主堡和奔流城本身一样是三边造型,霍斯特公爵的书房也是三角形,东边有一突出的石制阳台,像是一艘巨大砂岩舰只的船首。从那里,公爵大人可将自己的城墙、堡垒和对面河流交界处尽收眼底。父亲的床已被移到阳台上。"他喜欢晒太阳,观看河上风景。"艾德慕解释,"父亲,看看我带谁来了?凯特来看您了……"

霍斯特·徒利一向体形硕大:年轻时高大魁梧,步入老年后则显得有些臃肿。然而如今的他看起来却似乎有点萎缩,全身肌肉都融进了骨头,脸庞是那么干瘪。凯特琳上次见他时,他的头发和胡子还是棕褐里带了点灰,如今却整个变成了雪白。

听到艾德慕的声音，他睁开眼睛。"小凯特，"声音细小，充满痛苦，"我的小凯特。"他脸上露出一抹颤巍巍的微笑，他摸索着要握她的手。"我在等你哪……"

"你们谈吧。"说着弟弟轻轻吻了父亲大人的额头，然后转身离开。

凯特琳跪下来，握住父亲的手。那手从前虽大，如今却显得枯槁，皮肤松垮垮地覆盖着骨头，早已丧失了所有的力量。"您早该跟我说，"她说，"派人送信，或是叫鸟儿……"

"使者会被抓，被严刑逼供，"他回答，"乌鸦会被射下来……"一阵剧痛突然袭来，他的指头紧紧抓住她的手。"螃蟹在我肚子里……夹啊夹，夹个不停，日夜不休地夹。他们的钳子好生锐利啊，这些螃蟹。韦曼师傅调了梦酒给我喝，还有罂粟奶……所以我睡得很多……但你来的时候，我一定要醒着，好好看看你。兰尼斯特家抓走你弟弟那会儿……我好害怕……到处是他们的营地……我好怕我就这么走了，没机会再见你一面……我好怕……"

"父亲，我这不就来了么？"她说，"我和罗柏一道来的，他是您的外孙呢，他很想见您。"

"你的孩子，"他小声说，"他继承了我的眼睛，我记得的……"

"是的，如今依然。我们还为您带来了詹姆·兰尼斯特，他是我们的阶下囚了。父亲，奔流城之围已经化解。"

霍斯特公爵微笑："我看到了，昨晚开战的时候，我跟他们说……我非看不可，于是他们把我抬上城门楼……我从城垛上看去。啊，真是太美了……火把像潮水一般涌过来，我听见河对岸的惨叫……多美妙的惨叫……攻城塔整个烧起来了，诸神保佑……我要是那时候就死了也没关系，还会很高兴地走，只是我想先看看你的孩子。昨晚是你儿子干的么？就你家那个罗柏？"

"是，"凯特琳的口气坚定而骄傲，"正是罗柏……还有布林登。父亲大人，叔叔他也回来了。"

"他，"父亲的声音成了微弱的呓语，"黑鱼……也回来了？从艾林谷回来了？"

"是的。"

"莱莎呢？"一阵冷风吹过他稀疏的白发。"诸神保佑，你妹妹……她也回来了吗？"

他的话中充满希望和渴盼，要说出真相实在困难。"没有，我很抱歉……"

"噢，"他脸色一垮，眼里少了些许光芒。"我本希望……我本想再看看她，然后才……"

"她在鹰巢城守着她儿子。"

霍斯特公爵虚弱地点点头。"可怜的艾林一死，眼下他成了劳勃公爵……我明白……但她怎么不跟你一道来？"

"父亲大人，她很害怕，只是在鹰巢城里才有安全感。"她吻了吻他满是皱纹的眉头。"罗柏正在外面等候，您要不要先看看他？还有布林登？"

"你儿子，"他小声说，"对，小凯特的孩子……他有我的眼睛，我记得的，他刚出生时……好……带他进来吧。"

"那叔叔呢？"

父亲望了河流一眼。"黑鱼，"他说，"他结婚了么？娶……娶妻了没？"

到了临终还是念念不忘，凯特琳哀伤地想。"他没结婚。父亲，你知道的，他这辈子都不会结婚了。"

"我跟他说了……*我命令他结婚！*我是他的领主，他知道我有权替他安排婚事。雷德温家族血统古老，门当户对，那女孩人既漂亮，又乖巧……只是有一点雀斑……蓓珊妮，对，就是这名字。可怜的孩子,一直等到现在,是啊,可是……"

"蓓珊妮·雷德温多年以前就嫁给了罗宛伯爵,"凯特琳提醒他,"都已经是三个孩子的母亲了。"

"是么,"霍斯特公爵喃喃自语,"是这样的么,那女孩该死,雷德温家该死,我最该死。我是他的领主,他的哥哥……这条黑鱼,不然我也有其他对象啊,布雷肯大人的女儿,瓦德·佛雷……三个随他挑,这是那家伙自己说的……他到底成婚了没?娶妻了没?娶了没?"

"他谁也没娶,"凯特琳说,"但他却不远千里,一路奋战,回到奔流城来看您。若没有布林登爵士协助,我也不会在这里。"

"他向来是块打仗的料,"他喉咙干涩,"他的确有这方面的本领,血门骑士,对不对?"他向后躺去,闭上眼睛,似乎浑身虚脱。"等会儿再叫他来,现在我要睡一会儿,太累了,没力气吵架,晚点,再叫他进来,这条黑鱼……"

凯特琳轻轻吻了他,整整他的头发,把他留在自己城堡的阴影里,与下方奔涌流淌的河流为伴。她还未离开书房,他便已入睡。

当她回到下层庭院,只见布林登·徒利爵士正站在临水阶梯上,鞋子淌水,一边和奔流城的侍卫队长交谈。一见她面,他立刻问道:"他是不是——?"

"他时候不多了,"她说,"和我们料想的一样。"

叔叔那张粗犷的脸上明显流露出痛苦之色,他伸手拨拨蓬厚的灰发。"他愿意见我吗?"

她点点头,"是的,但他说自己现在太累,没力气吵架。"

黑鱼布林登忍俊不禁。"我相信才有鬼。就算他已经上了火葬堆,我们一边给他点火,霍斯特这家伙还是会念个没完,说我没娶那个雷德温家的女孩,这老浑球。"

凯特琳露出微笑，心照不宣。"我没看到罗柏。"

"他应该同葛雷乔伊一起到大厅去了。"

席恩·葛雷乔伊坐在奔流城大厅的板凳上，一手拿着麦酒角杯，一边跟父亲的手下叙述呓语森林大捷的经过。"……那群人想逃，可我们把河谷两头堵得死死的，然后拿刀拿枪从黑暗里冲出来，罗柏那头狼杀进去时，兰尼斯特家的人八成以为是异鬼来了。我亲眼看见它把一个人的胳膊活生生地扯下来，周围的马闻到它的气味就发了狂，落马的人不可胜数……"

"席恩，"她打断他，"我儿子到哪里去了？"

"夫人，罗柏大人去了神木林。"

奈德以前也每每如此。他是他父亲的儿子，正如他是我的儿子，我必须牢牢记住。噢，诸神慈悲，奈德……

她在绿叶编织的树篷下找到罗柏，四周满是大红杉和老榆树。他跪在心树之前，那是一棵纤瘦的鱼梁木，刻画其上的脸庞多了几许哀伤，少了几分坚毅。他的长剑插在面前，剑尖深入土中，他双手戴着手套，紧紧握住剑柄，跪在他身旁的是大琼恩·安柏、瑞卡德·卡史塔克、梅姬·莫尔蒙、盖伯特·葛洛佛等人，泰陀斯·布莱伍德亦在其中，硕大的鸦羽披风摊在身后。这些是依旧信奉古老诸神的人，她明白，但当她扪心自问：如今的自己究竟信奉哪个神？却找不到答案。

她只觉不应打扰他们祷告，诸神行事自有其理由……即便是从她手中夺走奈德，夺走父亲大人的残酷神祇，于是凯特琳静静等候。河风吹动树梢，她看到右边远方的水车塔，上面爬满了常春藤。伫立原地，所有的回忆排山倒海般向她袭来，当年父亲正是在这片树林里教她骑马，艾德慕曾经从那棵榆树上摔下来，跌断了手臂，她和莱莎还在那片树荫下与培提尔玩亲吻游戏。

她已有多年不曾回想起这些事，记得他们当时年纪还小——她

自己与现在的珊莎相若，莱莎比艾莉亚年幼，培提尔则更小，却最迫不及待。两个女孩轮流和他接吻，一会儿郑重其事，一会儿咯咯直笑，如今回想起来，历历在目。她仿佛还可以感觉到他搭着她肩膀的手，大汗淋漓，闻到他嘴里的薄荷气味。神木林里薄荷遍地，培提尔没事最爱嚼个几片。那时的他真是个胆大的小鬼，一天到晚闯祸。"他想把舌头伸进我嘴里呢。"独处时，凯特琳偷偷跟妹妹说。"他也这么对我做，"莱莎悄声道，面带羞怯，但兴奋得喘不过气。"我很喜欢。"

罗柏缓缓起身，收剑入鞘，凯特琳突然想到：她的儿子曾否在神木林里吻过女孩子呢？一定有吧。她看见珍妮·普尔睁着水汪汪的眼睛望着他，城堡里好些女侍也是，其中有几个已经满了十八岁……他既然已经打过仗、杀过人，一定也吻过女孩子。她眼里充满泪水，连忙愤怒地将之抹去。

"母亲，"罗柏看到她站在那里，便开口道，"我们必须召开会议，很多事情需要讨论决定。"

"你外公想见你，"她说，"罗柏，他病得很重。"

"艾德慕爵士把他的情况跟我说了。母亲，我很为霍斯特大人难过……也为你难过，但我们必须先开会，我们刚刚接到南方传来的消息，蓝礼·拜拉席恩已经登基称王。"

"蓝礼？"她大为震惊，"应该是史坦尼斯大人……"

"夫人，我们也都这么想。"盖伯特·葛洛佛道。

战争会议在大厅举行，四张长折叠桌排成向上开口的方形。霍斯特公爵病情太重，无法与会，他依旧浅眠于阳台上，做着年轻时长河落日的梦。艾德慕坐上了徒利家族的高位，身旁是黑鱼布林登，他父亲的封臣则分坐于左右两侧。原本兵败逃亡的三河贵族们，接获奔流城捷报后，又纷纷回来了。卡利尔·凡斯的父亲战死于金牙山城，如今他已继承了爵位。与他同来的有马柯·派柏，还有雷蒙·戴瑞爵士的儿子，那孩子年纪和布兰差不多。杰诺斯·布雷肯伯爵怒火冲天地从石篱城的废墟中赶来，并尽可能地跟泰陀斯·布莱伍德伯爵保持距离。

凯特琳、罗柏和北境诸侯坐在高位对面，面朝她弟弟。他们人数较少。大琼恩坐在罗柏左手，之后是席恩·葛雷乔伊，盖伯特·葛洛佛和莫尔蒙伯爵夫人坐在凯特琳右侧。遭受丧子之痛的瑞卡德·卡史塔克伯爵形容憔悴，眼神空洞，宛如噩梦缠身，长长的胡子也不再梳洗。他的两个儿子战死于呓语森林，长子则率领卡史塔克部队在绿叉河与泰温·兰尼斯特作战，至今生死未卜。

接下来是持续的争吵，直至深夜。每位贵族都有权发言，他们也各自把握机会，铆足全力……或大吼大叫，或高声咒骂，或晓之以理，或连哄带骗，或语带玩笑，或讨价还价，或拿杯拍桌，或出言要挟，时时有人愤而离席，然后沉着脸或微笑着回来。凯特琳静静地坐着，凝神倾听。

根据情报，卢斯·波顿已在颈泽的堤道口重整败军，赫曼·陶哈爵士和瓦德·佛雷则依旧握有孪河城。泰温公爵的部队已经回头渡过三叉戟河，正朝赫伦堡前进。目前国内有两人称王，且彼此互不相让。

许多诸侯希望即刻进军赫伦堡，与泰温公爵决战，一举消灭兰尼斯特势力。血气方刚的年轻人马柯·派柏更力主派兵西进凯岩城。但仍有不少人建议暂缓行动。杰森·梅利斯特特别指出：眼下奔流城刚好扼住兰尼斯特军的补给线，不妨把握这个优势，阻止泰温大人获得补充兵力和物资，并借机加强自身防御，让疲累的军队得到休整。对所有谨慎的提议，布莱伍德伯爵一概听不进去，他认为应该乘着呓语森林之战的势头，早日结束战事，所以不但要立刻进军赫伦堡，还要卢斯·波顿的部队南下配合支援。依照惯例，只要是布莱伍德家族的主意，布雷肯家族一定反对到底，于是杰诺

斯·布雷肯起身力促大家向蓝礼国王效忠，并南下与其大军会师。

"蓝礼不是国王。"罗柏说。这是会议以来他首次开口。他知道何时该留心倾听，这点颇有乃父之风。

"大人，您总不能向乔佛里效忠吧？"盖伯特·葛洛佛道，"令尊就死在他手里啊。"

"这代表他是个恶人，"罗柏回答，"却不代表蓝礼是国王。乔佛里是劳勃的嫡长子，依照王国律法，王位理应归他所有。若他死了——请诸位相信我打算亲眼看着他死——他也还有个弟弟。王位的继承权会传到托曼手中。"

"托曼也是个不折不扣的兰尼斯特。"马柯·派柏爵士斥道。

"没错，"罗柏有些困扰，"但即便两人皆死，也轮不到蓝礼称王。他是劳勃的三弟，好比布兰不能先于我成为临冬城公爵，蓝礼也不能先于史坦尼斯取得王位。"

莫尔蒙伯爵夫人表示同意："史坦尼斯大人的确比他有资格。"

"但蓝礼已经接受了加冕，"马柯·派柏说，"高庭和风息堡都支持他，多恩领想必也不会袖手旁观。倘若临冬城和奔流城的势力与之结合，七大家族中便有五家归他指挥。若是艾林家族也肯出兵，那就是七分之六的势力！以六敌一，诸位大人，用不了一年，我们便可把太后、小鬼国王、泰温公爵、小恶魔、弑君者、凯冯爵士他们的头通通插在枪尖上！我们只需加入蓝礼国王，便可取得这样丰硕的战果，何必抛开一切去投效史坦尼斯大人呢？他能给我们什么好处？"

"依照律法，他的权利先于蓝礼。"罗柏固执地说。凯特琳觉得他说话的模样像极了他父亲，竟有些害怕。

"那么，你的意思是要我们投效史坦尼斯大人？"艾德慕问。

"我不知道。"罗柏说，"我向诸神祈求，希望他们指点接下来的方向，但他们并未回答。兰尼斯特说我父亲是叛徒，并谋害了他，我们都知道这是无耻的谎言，可是，倘若乔佛里是合法的国王，而我们又举兵反抗，那我们就真的成了叛徒了。"

"在目前的情势下，家父会敦促各位谨慎行事，"年长的史提夫伦爵士说，露出佛雷家黄鼠狼般的招牌微笑。"何妨静观其变，让两个国王大玩权力游戏呢？等他们打完了，我们既可以向胜利者称臣，也可以举兵反抗，一切任凭我们抉择。而目前蓝礼既已起兵，泰温大人应该会急于与我方谈和……并换取他儿子平安归去。诸位可敬的大人，就让我前往赫伦堡，与他谈判休兵的条件，并提出赎金……"

一声怒吼淹没了他的话音。"你这个懦夫！"大琼恩吼道。"乞和就是示弱。"莫尔蒙伯爵夫人也宣布。"去他妈的赎金，说什么我们都不能放走弑君者！"瑞卡德·卡史塔克伯爵叫道。

"为什么不议和？"凯特琳问。

诸侯们全转过头来，盯着她，但她只感觉得出罗柏注视她的眼神。"母亲，他们谋杀了我的父亲，您的丈夫。"他沉痛地说。他抽出长剑，放在面前的桌子上，精钢打造的利刃在粗糙的木头上闪着寒光。"我拿这个跟他们谈判。"

大琼恩高声附和，其他人也表示同意，他们或随之呐喊，或握拳拍桌，并纷纷抽出佩剑。凯特琳静待他们平息。"诸位大人，"她接着说，"艾德大人是各位的主子和同僚，但我与他同床共枕，为他生儿育女，难道我对他的爱不如各位么？"她哀恸得险些没了声音，但她深吸一口气，用力安抚情绪。"罗柏，假如用剑可以使他起死回生，那么直到奈德再次站在我身边为止，我都绝不允许你收剑入鞘……然而逝者已矣，纵然有一百次呓语森林大捷也改变不了这事实。奈德走了，戴林恩·霍伍德走了，卡史塔克大人两个英勇的儿子，以及除此之外许许多多的人都走了，他们都不会再回

来。难道我们还要赔上更多人命？"

"夫人，您毕竟是女人家，"大琼恩用那浑厚低沉的声音说，"女人家不懂这种事。"

"女人家心肠软，"卡史塔克伯爵道，他脸上刻满悲伤的痕迹，"男人是需要复仇的。"

"卡史塔克大人，把瑟曦·兰尼斯特交到我手上，我就让您见识一下女人家的心肠有多软。"凯特琳回答，"我或许不懂战术谋略……但我知道什么是徒劳无功。我们出兵打仗，是为了阻止兰尼斯特军在河间地烧杀掳掠，是为了拯救遭人诬陷，身陷囹圄的奈德。我们的目的在于保护领土，并使我夫君重获自由。"

"目前我们已经达成一个目的，而另一个则永远不可能达成。虽然直到我死的那一天，我都会为奈德哀悼，然而我必须首先为生者考虑。我希望我的两个女儿能平安归来，她们如今还在太后手里。倘若我必须拿四个兰尼斯特家人去交换两个史塔克家人，我认为这样非常划算，并为此感谢天上诸神。罗柏，我希望你平平安安，接替你父亲的爵位，统治临冬城。我希望能见你幸福快乐地生活，亲吻女孩的双唇，娶妻生子。我希望能结束这一切。诸位大人，我渴望重返家园，并为亡夫哭泣终老。"

凯特琳语毕，大厅一片寂然。

"议和，"布林登叔叔说，"夫人，能议和自然好……但在什么条件之下呢？如果今日议和，马放南山，明日便得拿起武器，重返战场，这是没有意义的。"

"假如我只能带着儿子的尸骨返回卡霍城，那么我的托伦和艾德死了又有何价值？"瑞卡德·卡史塔克质问。

"没错，"布雷肯伯爵道，"格雷果·克里冈烧光我的田地，屠杀我的子民，石篱城而今只剩一片焦黑废墟。难道我还得向派他来的人卑躬屈膝？假如能这么轻易地忘记一切，何必辛辛苦苦打仗呢？"

令凯特琳意外和沮丧的是，布莱伍德大人竟也同意他的说法："就算我们和乔佛里国王达成和议，岂不又成了蓝礼国王眼中的叛徒？若是狮鹿相争鹿得胜，我们又怎么办？"

"无论你们作何决定，反正我绝不承认兰尼斯特家的人是国王。"马柯·派柏爵士宣布。

"我也不会！"戴瑞家的小男孩叫道，"我绝不会！"

众人再度互相大呼小叫。凯特琳绝望地坐着，差一点就说服他们了，她心想，他们几乎就要听从她了，就差那么一点……然而时机稍纵即逝，议和的希望已然破灭，再也没有机会疗伤止痛，保护儿女们安全了。她看看儿子，看着他聆听诸侯争论。他皱眉、困扰，已经全然与这场战争密不可分。他承诺将娶瓦德·佛雷的女儿为妻，但她看得出他真正的新娘是眼前桌上的那把剑。

凯特琳想着两个女儿，不知今生是否还有机会见面，这时大琼恩一跃而起。

"诸位大人！"他高声大喝，声音在屋宇间回荡。"听我说说我对这两个国王的看法！"他啐了一口。"蓝礼·拜拉席恩对我来说狗屁不是，史坦尼斯也一样，凭什么让坐在满地开花的高庭或多恩领的人来统治我们？他们哪里懂得绝境长城、狼林和先民荒冢？就连他们信奉的神也不是真神。至于兰尼斯特，叫异鬼把他们抓去吧，老子受够了。"他伸手过肩，抽出那把骇人的双手巨剑。"咱们为什么不能像以前一样自己管自己？咱们娶的是真龙的女儿，眼下真龙已经死光啦！"他剑指罗柏。"诸位大人，要我下跪没问题，但我只跟这一位国王下跪。"他话声如雷，"北境之王万岁！"

然后他跪下来，将佩剑放在她儿子脚边。

"这样的话，我也同意停战。"卡史塔克伯爵道，"就让他们

继续保有红城堡和铁椅子吧。"他抽出长剑。"北境之王万岁！"说罢他跪在大琼恩身边。

梅姬·莫尔蒙站起来。"冬境之王万岁！"她高声宣布，接着将她的带刺钉头锤放在两把剑旁边。这时河间贵族们也纷纷起身，虽然布莱伍德、布雷肯和梅利斯特等家族从未被临冬城统辖，凯特琳却见他们一一起立，拔出佩剑，屈膝下跪，口中高喊着三百年来无人听过的古老名讳。自从龙王伊耿一统六国，这个称号首度堂皇重现，响彻于她父亲的木造殿堂：

"北境之王万岁！"

"北境之王万岁！"

"北境之王万岁！"

丹妮莉丝

此地遍野红沙，四下死寂，干枯焦裂，木柴难寻。

她手下的人带回纠结的绵木、紫灌木以及束束褐草。他们还找来两棵生得最直的树，砍下树枝，剥去树皮，然后将之劈开，把所得木柴堆成方形，中间放满稻草、灌木、树皮屑和干草。拉卡洛从剩下的小马群里挑了一头骏马，虽然比不上卓戈卡奥的赤红坐骑，但世间原本就少有与之匹敌的畜生。阿戈把它牵到木柴堆成的方形中间，喂它吃了一颗干瘪的苹果，然后照它面门一斧砍去，利落地把它放倒。

弥丽·马兹·笃尔手脚被缚，站在漫漫烟尘中，睁大那双黑眼，不安地看着这一切。"杀马是不够的，"她告诉丹妮，"血液本身没有力量，你既不懂魔咒的语言，更没有寻求这种语言的智慧。你以为血魔法是小孩子玩的把戏？你称呼我为'巫魔女'，仿佛那是个诅咒，但它真正的意思其实是'智慧'。你只是个年幼无知的孩子，无论你打算做什么，都注定不会成功。为我松绑，我会帮你。"

"我听够了巫魔女的废话。"丹妮对乔戈说。他取出鞭子交给她，在那之后，女祭司沉默了。

他们拿柴薪在马尸上堆起一座平台，用上了小树的主干、大树的枝丫，以及所有能找到的最粗最直的枝条。他们将木柴从东摆到西，象征日升到日落，然后在平台上放置卓戈卡奥的宝物：他的大帐篷、他的彩绘背心、他的马鞍和缰绳、他成年时父亲所赠的马鞭、他那把曾击杀奥戈卡奥父子的亚拉克弯刀，还有他巨大的龙

骨长弓。阿戈原本要把卓戈的血盟卫赠与丹妮作新娘礼的武器也放上去,却被她阻止。"那些是我的东西,"她对他说,"我要留着。"卡奥的宝物上又铺了一层灌木枝条,然后放上几捆干草。

太阳逐渐朝天顶爬去,乔拉·莫尔蒙爵士把她拉到一边。"公主殿下……"他开口。

"你为何如此称呼我?"丹妮质问他,"我哥哥韦赛里斯从前是你的国王,不是吗?"

"是的,小姐。"

"如今韦赛里斯死了,我就是他的继承人,是坦格利安家族的最后血脉,过去属于他的东西,现在都是我的。"

"是……女王陛下。"乔拉爵士说着单膝跪下。"丹妮莉丝,我的剑是您的,我的心也是您的——而在过去,我这颗心却不曾属于您哥哥。我仅是一介骑士,遭遇放逐,身无长物,但我求求您,听我说。让卓戈卡奥去吧,你绝不会孤身一人。我向你保证,除非你自愿,否则谁都别想带你回维斯·多斯拉克,你无须加入多希卡林。跟我走吧,我们去东方,去夷地、魁尔斯、玉海和阴影之地旁的亚夏,我们将会看到前所未见的奇观,啜饮天上诸神赐予我们的玉露琼浆。我求求您,卡丽熙,我知道您的打算,但请您千万别这么做,千万不要啊。"

"我必须这么做,"丹妮一边说,一边伸出手,爱怜而哀伤地轻抚他的脸颊,"你不了解。"

"不,我了解您深爱着他,"乔拉爵士的声音里充满绝望。"过去,我也深爱着我的妻子,但我并不曾与她生死相随。您是我的女王,我的剑是您的,但你若要爬上卓戈的火葬台,休想叫我袖手旁观,我绝不能眼睁睁地看着你被火焚烧。"

"你怕的就是这个?"丹妮轻轻地吻了他宽阔的额头。"好爵士,我没有孩子气到那种地步啊。"

"你不会陪他殉死？女王陛下，您发誓不会这么做？"

"我发誓。"她用七大王国——那些照理归她统治的国度——的通用语答道。

平台的第三层用跟手指一般粗细的树枝搭成，上面铺满干叶和枯枝。他们将枝叶从北摆到南，象征玄冰到烈火，最后把柔软的枕头和丝被堆在最上，积得老高。等到一切备妥，太阳已经渐渐西沉。丹妮将所剩无几、尚不满一百的多斯拉克人召集到身边。当年伊耿扬帆出征时，最初又带了多少人呢？她不禁好奇地想。多少都没有关系。

"你们将是我的卡拉萨。"她对他们说，"在你们当中，我看到了奴隶的脸庞，首先，我放你们自由。取下你们的奴隶项圈吧，如果你们要走，没人会加以阻止，但如果你们选择留下，你们将彼此成为兄弟姐妹、男女夫妻。"一双双黑眼睛看着她，充满戒心，面无表情。"在这里，我更看到幼儿、妇女和满是皱纹的老人的脸孔。昨天我尚为幼儿，今夕我已成为女人，明日我便将衰老。我告诉你们中每一个：把你们的双手和你们的心灵交给我，这里永远有你们的一席之地。"她转身面对自己卡斯部众的三名年轻战士。"乔戈，这把银柄长鞭是我的新娘礼，在此我把它送给你，并任命你为寇，同时要求你宣誓成为吾血之血，与我同生共死，并肩作战，保护我免于危难。"

乔戈从她手中接过鞭子，脸上却满是困惑。"卡丽熙，"他有些犹豫地说，"这事不成的。当女人的血盟卫，会令我感到羞耻的。"

"阿戈，"丹妮唤道，不理会乔戈的话。*如果我回头，一切就都完了。*"这把龙骨长弓是我的新娘礼，在此我把它送给你，"那把双弧龙弓，雕工精细，乌黑发亮，立起来比她还高。"我也任命你为寇，同时要求你宣誓成为吾血之血，与我同生共死，并肩作战,保护我免于危难。"

阿戈垂下眼睛,接受了那把弓。"我无法宣誓。只有男人才能领导卡拉萨,或是任命别人为寇。"

"拉卡洛,"丹妮不理会他的拒绝。"这把亚拉克巨弯刀是我的新娘礼,它的刀鞘和刀身都镶上了金线,在此我把它送给你,并任命你为寇,同时要求你成为吾血之血,与我同生共死,并肩作战,保护我免于危难。"

"您是卡丽熙,"拉卡洛说罢接过亚拉克弯刀。"我将与您并肩骑到圣母山下的维斯·多斯拉克,保护您免于危难,直到您加入多希卡林的老妪。除此之外,我无法作任何承诺。"

她冷静地点点头,仿佛压根儿没听见他的回答,然后她转身面对她的最后一名武士。"乔拉·莫尔蒙爵士,"她说,"你是追随我的第一个,也是最忠勇的骑士,我虽无新娘礼相赠,但我向你发誓,有朝一日,你将会从我手中得到一把举世无双的长剑,它将由真龙打造,以瓦雷利亚钢铸成。我也要求你宣誓效忠。"

"女王陛下,我的命是您的,"乔拉骑士说着单膝跪下,将佩剑放在她脚边。"我宣誓为您效力,奉行您一切旨意,牺牲性命,在所不辞。"

"至死不渝?"

"至死不渝。"

"我将谨记你的誓言,希望你永不后悔。"丹妮扶他起身,然后踮起脚尖,轻柔地在骑士唇上印下一吻。"你是我第一个女王铁卫。"

她进帐时,感觉整个卡拉萨都在注目她。多斯拉克人窃窃私语,睁着杏仁形的黑眼睛,用眼角余光怪异地打量她。他们一定以为我疯了,丹妮明白,或许我真疯了,究竟是不是这样,很快就能揭晓。如果我回头,一切就都完了。

伊丽搀她进入浴缸,洗澡水烫得吓人,但丹妮既未退缩,也未吭声。她喜欢这种热,让她有干净的感觉。姬琪在水里洒了香油,那是她在维斯·多斯拉克的市集里收的礼物,此刻帐篷里蒸汽四溢,馨香弥漫。多莉亚为她洗净头发,把纠缠打结的地方都梳理柔顺,伊丽则替她刷背。丹妮阖上双眼,任香气和暖意裹住全身。她可以感觉热气渗进双腿间的酸痛,当热气进入体内时,她禁不住颤抖,接着,所有的疼痛和僵硬似乎都随之融化,令她飘飘欲仙。

沐浴干净后,女仆扶她走出浴缸。伊丽和姬琪为她擦干身体,多莉亚则为她梳整头发,将她一头长发梳成银色瀑布,流泻到后背。她们为她抹上辛香花和肉桂:双腕、耳后、肿胀的乳头各轻触一点,最后抹在下体。伊丽的手指轻轻滑过细部,冰凉而温柔,有如爱人的吻。

在这之后,丹妮把她们都遣走,亲自帮卓戈卡奥准备前往夜晚国度的最后一趟旅程。她洗净他的身体,梳理他的头发,并为之搽上香油。她最后一次伸手滑过他的头发,感觉到它们的重量,想起新婚当晚自己初次碰触的情景。他的头发从未修剪,有多少死者有如此殊荣呢?她把脸深埋其中,吸进发油朦胧的芳香。他闻起来有青草和大地的感觉,有轻烟、精液和骏马的气息,他闻起来有卓戈的味道。*我生命中的太阳,请你原谅我*,她想,*原谅我所做的一切,以及我必须做的一切。我的星星,我付出了代价,可这个代价实在太高、太高了……*

丹妮为他扎起发辫,把银环穿上他的胡子,又把铃铛一个个系在他发梢。这么多铃铛,其中有金、银,还有青铜,这些铃铛将向他的敌人宣告他的到来,令他们胆怯害怕。她为他穿上马鬃绑腿和高筒长靴,在他腰间系上一条满是金银奖牌的沉重皮带。最后,她为他穿上彩绘背心,遮住胸膛的伤疤,这背心虽然老旧褪色,却是他最喜欢的一件。至于自己,她选了一件宽松的沙丝长裤,一双绑到膝盖的凉鞋，以及和卓戈穿的相似的背心。

当她召唤他们来把卓戈的遗体搬到火葬台上时，太阳已经快要下山。乔戈和阿戈抬着他走出帐篷，多斯拉克人在旁静默地观看。丹妮走在他们之后。他们让他躺在自己的枕头和丝被上，头朝遥远东北的圣母山。

"拿油来。"她一声令下，他们便抱来那一罐罐香油，浇淋在火葬堆上，浸湿了丝被、树枝和捆捆干草，渗进下面的木柴，空气中弥漫着香气。"把我的蛋也拿来。"丹妮吩咐女仆，声音里的某种东西促使她们拔腿就跑。

乔拉爵士抓住她的臂膀。"女王陛下，卓戈在夜晚的国度是用不着龙蛋的，不如拿到亚夏去卖了，只需卖一颗，我们便足以买下一艘大船，返回自由贸易城邦。而卖掉三颗所换来的财富，够您一辈子享用不尽。"

"他送我这些蛋，不是要我拿去卖的。"丹妮告诉他。

她爬上火葬堆，亲自将龙蛋放置于她的日和星身边。黑色的放在他心上，用手掌按住；绿色的放在他头旁，用发辫卷起；乳白和金黄相间的那颗则放在他双腿之间。随后，丹妮最后一次与他吻别，尝到他嘴唇上香精的甜蜜。

从火葬台上爬下来时，她注意到弥丽·马兹·笃尔注视着自己。"你疯了。"女祭司嘶声道。

"疯狂与智慧，真有那么大差别吗？"丹妮问，"乔拉爵士，将这巫魔女绑上火葬台。"

"绑上火……不，女王陛下，请您听我说……"

"照我的话去做，"看他依旧犹豫不决，终于燃起了她的熊熊怒火，"你不是宣誓奉行我的意旨，至死不渝么？拉卡洛，你来帮他。"

于是女祭司被他俩拖到卓戈卡奥的火葬台上，跟他的宝物绑在一起。她没有叫喊。丹妮亲自将香油倒在那女人头上。"我感谢你，弥丽·马兹·笃尔，"她说，"感谢你教会我的一切。"

"你绝不会听见我的哀号。"弥丽回答。香油从她的发际流下，渗进衣服。

"不，我会的，"丹妮说，"但我要的不是你的哀号，而是你的生命。我记得你曾对我说：唯有死亡方能换取生命。"弥丽·马兹·笃尔张口欲言，但最后还是没有答话。丹妮步下火葬台，发现巫魔女那双平板黑眼里的轻蔑已经不见，取而代之的是近似恐惧的神色。能做的都已经做了，接下来就是等待太阳落幕，群星现身。

每当马王死去，他的坐骑也会被杀陪葬，如此他才可以骑乘骏马，昂然进入夜晚的国度。当他们的遗体在苍天之下火葬时，卡奥将骑着烈焰熊熊的炎马，腾越而出，化为天际的星斗。遗体燃烧得越旺，他在黑暗中的星宿就越是熠熠发光。

第一个发现的是乔戈。"在那里。"他压低声音说。丹妮朝他指的方向望去，低低的东方天际，有一颗红色的彗星，那是血的红色，火的红色，拖着龙的尾巴。她无法要求比这更强的征兆了。

丹妮从阿戈手中接过火把，插进柴堆。香油立即起火燃烧，细枝和干草只隔了一个心跳的瞬间也马上跟进。细小的火苗从柴堆各处蹿出，有如动作迅捷的红鼠，滑过油层，从树皮跃到枝干，再跳上叶子。一股热气从火中升腾，朝她迎面扑来，轻柔而突兀，恍如爱人的呼吸，但几秒之后，就热得令人难以忍受了。丹妮向后退去，木柴噼啪作响，声音越来越大，弥丽·马兹·笃尔开始用高亢尖锐的声音歌唱。火焰时而盘旋，时而扭动，彼此竞相追逐，朝台顶节节攀升。空气也仿佛因高热而液化，在暮色中闪闪发亮。丹妮听见柴薪爆裂，烈焰淹没了弥丽·马兹·笃尔，她的歌声变得更嘹亮、更尖锐……然后她突然喘了口气，再喘一口、一口，接着歌声成了颤抖的号啕，尖细高亢，充满痛苦。

火焰烧到了卓戈,很快将他团团围住。他的衣服着了火,刹那间,卡奥仿佛穿着翻飞的橙色丝衣,身上冒出缕缕灰烟。丹妮张大了嘴巴,这才发现自己早已屏住呼吸。正如乔拉爵士所担心的,她心中的一部分只想冲进烈焰,请求他宽恕自己,最后一次进到自己体内。火熔肌肤,只余枯骨,长相厮守,直到永远。

她闻到人肉烧熟的味道,这与营火上烤马肉的气息并无二致。在渐渐深沉的暮色里,火葬台宛如一只咆哮的巨兽,盖过了弥丽·马兹·笃尔微弱的惨叫,吐出长长的火舌,舔舐夜空的肚腹。烟雾愈加浓密,多斯拉克人一边咳嗽,一边纷纷后退。橙色的巨焰鼓起炼狱的强风,将附近的旗帜吹得啪哒作响,木柴嘶声爆裂,发光的余烬自烟幕中升起,朝无边的黑夜飘去,仿若千百只新生的萤火虫。烈焰高升,挥动着巨大而火红的翅膀,逼得多斯拉克人节节退后,连莫尔蒙也走避开来,只有丹妮纹丝不动。她是真龙传人,体内有熊熊烈焰。

早在很久以前,她便已察觉了真相,只是当时的火盆不够热,丹妮一边想,一边朝大火走近一步。焰火在她面前蠕动,活如婚礼当天的女舞者,旋转着,高歌着,舞动着她们红橙黄三色的头纱。它们模样虽然骇人,形体却随着高热展现生机,显得异常美丽。丹妮张开双臂,迎向它们,她的皮肤泛红发光。**这也像一场婚礼啊,**她心想。弥丽·马兹·笃尔已经安静下来。女祭司当她是小孩子,但孩子是会成长,会学习的。

丹妮再踏前一步,感觉到沙土的高热透过凉鞋底传到脚掌。汗水流过她的大腿和乳房,如河流一样自她双颊奔泻而下,那里本是她流干泪水的地方。乔拉爵士在背后喊她,但他已不重要了,唯一要紧的是火。火焰是如此美丽,她此生没见过比这更漂亮的事物,每一簇火,都像身穿红橙黄三色袍子,肩披飘舞冒烟长斗篷的巫师。她看见鲜红的火狮、金黄的巨蛇和淡蓝火苗组成的独角兽,她看见鱼、狐狸和怪物，看见狼、鲜丽的飞鸟和繁花的大树，一个比一个漂亮。最后，她看见一匹浓烟绘成的灰骏马，飞扬的马鬃是一团发光的蓝火。是的，吾爱，我的日和星，是的，上马吧，勇敢地骑马前行吧。

她的背心开始冒烟，丹妮把它脱开，任它落到地面，彩绘皮革立即爆出朵朵红焰。她朝火再迈一步，双乳暴露，火焰炙烤下，奶水如溪流般从她红润肿胀的乳头流下。就是现在，她明白，就是现在。刹那间，她瞥见卓戈卡奥正在她前方，骑着那匹烟灰骏马，手握火焰长鞭。他朝她微笑，只听嘶的一声，长鞭如蛇般朝火葬台蹿去。

咔啦，声音好似顽石挣裂。由木柴、细枝和干草搭建而成的平台开始摇晃，向内倒塌。燃烧的碎木片散落在她身旁，丹妮沐浴在一片灰烬和火星之中。某个不知名的东西轰隆滚落，弹跳之后掉在她脚边：那是一颗有弧度的石头，乳白色中有金黄纹路，正裂开冒烟。火势轰隆震天，隔着崩塌的烈焰，丹妮隐约听见妇女的尖叫和孩童惊奇的呼喊。

唯有死亡方能换取生命。

喀啦，尖声轰隆有如雷霆。火葬台再度摇晃，浓烟卷起，在她周围旋绕，烈焰烧至中心，干柴纷纷爆裂。她听见马儿的惊叫，听见多斯拉克人惊恐的叫喊，听见乔拉爵士唤着她的名字，不停咒骂。不，她想吼回去，不，我亲爱的好骑士，毋须为我担心。你可知道？火焰本属于我，我是风暴降生丹妮莉丝，龙的女儿，龙的新娘，龙的母亲，你难道看不到吗？你难道听不见吗？随着一柱高达三十尺的擎天烈焰和浓烟，火葬台终于彻底崩塌，朝她四周坍倒下来。丹妮毫不畏惧地向前走去，走进火焰风暴，呼唤她的孩子。

咔啦，震耳欲聋，仿佛天崩地裂。

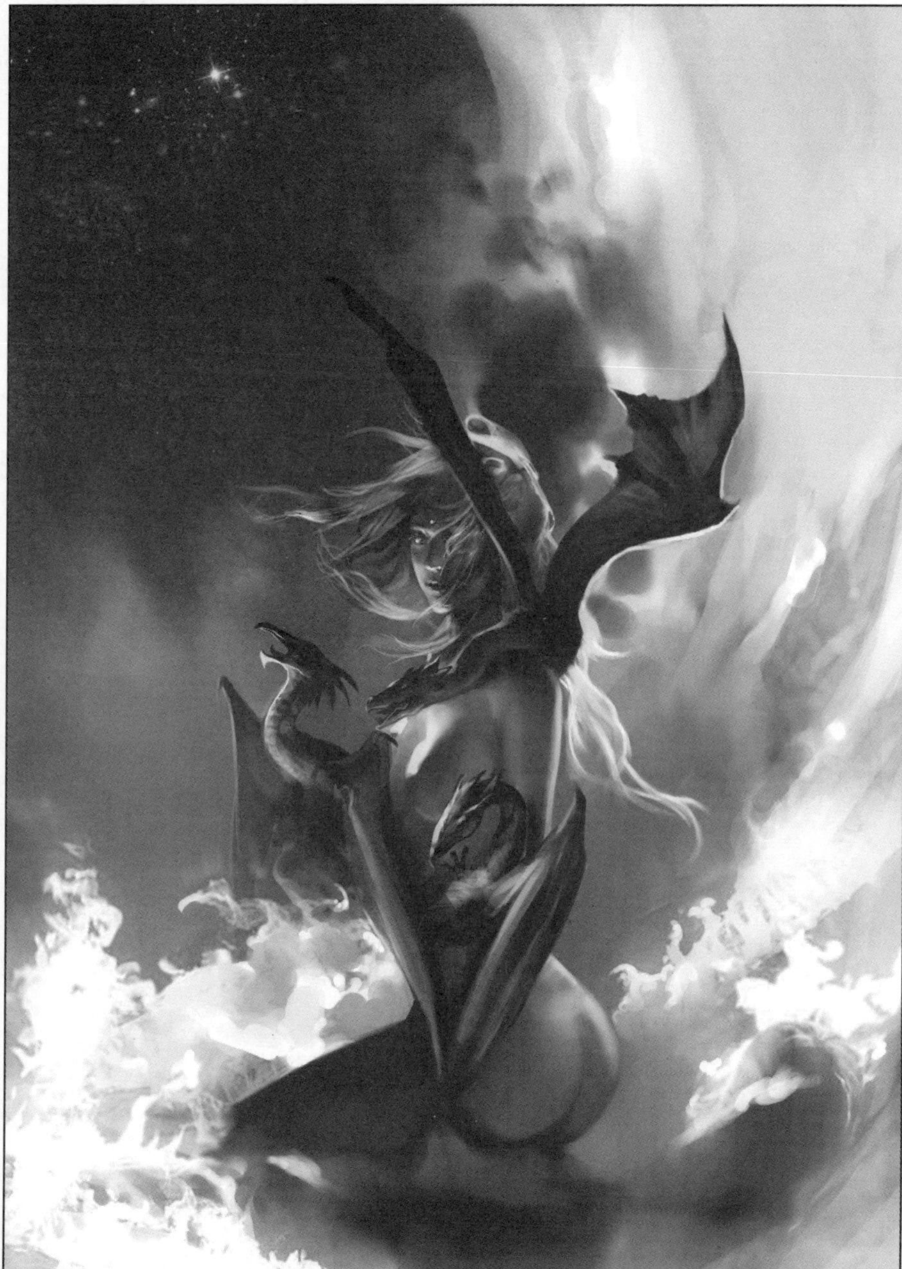

当火焰终于熄灭，地面稍稍冷却之后，乔拉·莫尔蒙爵士在一片灰烬之中找到了她。在她身旁，尽是焦黑的木炭和发光的火烬，以及男人、女人和骏马烧焦的骨头。她浑身赤裸，覆盖烟灰，华裳全成灰屑，美丽的头发也焚烧殆尽……但她本人却安然无恙。

那只乳白和金黄相间的龙吸吮着她的左乳，青铜与碧绿的那只吸着右乳，她用双手环抱着它们。黑红相间的那只龙垂挂在她肩头，用长长而蜿蜒的脖子缠绕着她的下巴。当它看到乔拉，便抬起头，睁大亮红如炭的眼睛盯着他。

骑士一言不发地跪下，她的卡斯部众也跟上来。乔戈头一个将亚拉克弯刀放在她脚边。"吾血之血，"他喃喃道，将脸贴近冒烟的地面。"吾血之血，"她听见阿戈应和。"吾血之血，"拉卡洛叫道。

在他们之后，她的女仆们也来了，接着是其他的多斯拉克人，不论男女老幼，丹妮只需看看他们的眼睛，便知他们已经臣服于她，今日如此，明日亦然，直到永远，不是惧于卓戈威势的臣服，而是打从心底的心悦诚服。

丹妮莉丝·坦格利安站起身来，她的黑龙嘶的一声从口鼻吐出几缕白烟，另外的两只也同时松开她的乳头，齐声加入它的怒吼。它们张开半透明的翅膀，拍打空气。

于是，龙族齐声高鸣的乐音响彻夜空，数百年来，这是头一次。

跋

有人说，写作时恶魔藏身于诸多细节之中。

这么厚的一本书，自然有着许多许多的恶魔，稍不注意，每个都会咬你一口。幸运的是，我也认识许多天使。

在此我要感谢所有慷慨倾听，或以他们本身专长(或是书本)协助我的好心人，由于他们，我才能将所有的小细节做到尽善尽美。感谢赛奇·渥克、马丁·莱特、玛琳达·史诺葛拉斯、卡尔·凯姆、布鲁斯·波夫、提姆·奥布莱恩、罗杰·泽拉兹尼、珍·林斯寇，以及萝拉·米克森，当然，还有亲爱的派莉丝。

此外，特别感谢珍妮佛·赫西，她为这本书倾注了远超职责的心血……

附录

Appendix

附录一　主要家族谱系表

拜拉席恩家族

拜拉席恩家是王国数大家族中最年轻的一家，崛起于征服战争时期。相传第一代族长奥里斯·拜拉席恩本是龙王伊耿的私生兄弟，但他在战争中级级晋升，最后成为伊耿麾下最勇猛的将领之一。在他击杀末代风暴国王"骄傲的"亚尔吉拉之后，伊耿将亚尔吉拉的城堡、领土和女儿赐给奥里斯作为奖赏。奥里斯娶了那名女孩为妻，并继承了她家族的旗帜、家徽和箴言。

拜拉席恩家族的家徽是金色原野上的一头黑色宝冠雄鹿。他们的家族箴言是"怒火燎原"。

劳勃·拜拉席恩一世，七大王国国王。
　　——他的夫人：兰尼斯特家族的瑟曦王后。
　　——他们的儿女：
　　　　——乔佛里王子，长子，铁王座继承人，十二岁。
　　　　——弥赛菈公主，女儿，八岁。
　　　　——托曼王子，幼子，七岁。
　　——他的兄弟：
　　　　——史坦尼斯·拜拉席恩，龙石岛公爵。
　　　　——他的夫人，佛罗伦家族的赛丽丝。
　　　　——他们的女儿，希琳小姐，九岁。
　　　　——蓝礼·拜拉席恩，风息堡公爵。

——他的御前会议：

  ——派席尔大学士。

  ——培提尔·贝里席伯爵，外号"小指头"，财政大臣。

  ——史坦尼斯·拜拉席恩公爵，海政大臣。

  ——蓝礼·拜拉席恩公爵，法务大臣。

  ——巴利斯坦·赛尔弥爵士，御林铁卫队长。

  ——瓦里斯伯爵，太监，外号"八爪蜘蛛"，情报总管。

——他的部属及宫廷成员：

  ——伊林·派恩爵士，御前执法官，刽子手。

  ——桑铎·克里冈，外号"猎狗"，乔佛里的贴身护卫。

  ——杰诺斯·史林特，出身平民，君临都城守备队队长。

  ——贾拉巴·梭尔，一位身遭放逐的盛夏群岛王子。

  ——月童，国王的小丑兼弄臣。

  ——蓝赛尔·兰尼斯特，国王的侍从，王后的堂弟。

  ——提瑞克·兰尼斯特，国王的侍从，王后的堂弟。

  ——艾伦·桑塔加爵士，教头。

——他的御林铁卫：

  ——巴利斯坦·赛尔弥爵士，铁卫队长。

  ——詹姆·兰尼斯特爵士，外号"弑君者"。

  ——柏洛斯·布劳恩爵士。

  ——马林·特兰爵士。

  ——亚历斯·奥克赫特爵士。

  ——普列斯顿·格林菲尔爵士。

  ——曼登·穆尔爵士。

  风息堡的主要封臣包括赛尔弥家族、威尔德家族、特兰家族、庞洛斯家族、埃洛尔家族、伊斯蒙家族、塔斯家族、史文家族、唐德利恩家族和卡伦家族。

龙石岛的主要封臣包括赛提加家族、瓦列利安家族、席渥斯家族、巴尔艾蒙家族和桑格拉斯家族。

史塔克家族

　　史塔克家族的起源可以追溯到"筑城者"布兰登和远古的冬境之王。数千年来，他们坐镇临冬城，以北境之王自居，直到"降服王"托伦·史塔克为避免战端，向龙王伊耿宣誓效忠为止。

　　他们的家徽是冰雪皑皑大地上的一头灰色冰原奔狼。史塔克家族的箴言是"凛冬将至"。

艾德·史塔克公爵，临冬城公爵，北境守护。
　　——他的夫人：徒利家族的凯特琳。
　　　　——他们的儿女：
　　　　　　——罗柏，长子，临冬城继承人，十四岁。
　　　　　　——珊莎，长女，十一岁。
　　　　　　——艾莉亚，幼女，九岁。
　　　　　　——布兰登，次子，小名"布兰"，七岁。
　　　　　　——瑞肯，幼子，三岁。
　　——他的私生子：琼恩·雪诺，十四岁。
　　——他的养子：席恩·葛雷乔伊，铁群岛继承人。
　　——他的手足：
　　　　——【布兰登】，他的长兄，被伊里斯二世下令杀害。
　　　　——【莱安娜】，他的妹妹，死于多恩山区。
　　　　——班扬，他的弟弟，现任守夜人军团首席游骑兵。
　　——他的部属：
　　　　——鲁温学士，身兼顾问、医生和家教。
　　　　——维扬·普尔，临冬城总管。
　　　　　　——珍妮·普尔，他的女儿，珊莎的密友。

——乔里·凯索，侍卫队长。
　　——哈里斯·莫兰、戴斯蒙、杰克斯、波瑟、昆特、埃林、托马德、瓦利、海华、凯恩、维尔，皆为临冬城侍卫。
——罗德利克·凯索爵士，教头，乔里的伯伯。
　　——贝丝·凯索，他的女儿。
——茉丹修女，艾德公爵千金的家教。
——柴尔修士，城堡小圣堂和藏书塔的管理员。
——胡伦，马房总管。
　　——哈尔温，他的儿子，亦为城堡侍卫之一。
　　——乔赛斯，马夫兼驯马人。
——法兰，兽舍掌管。
——老奶妈，说故事的人，曾任保姆。
　　——阿多，她的曾孙，为一弱智的马童。
——盖奇，大厨。
——密肯，铁匠和武器师傅。
——他的部分封臣和骑士：
——赫曼·陶哈爵士。
——瑞卡德·卡史塔克，卡霍城伯爵。
——卢斯·波顿，恐怖堡伯爵。
——琼恩·安伯，外号"大琼恩"。
——盖伯特·葛洛佛和罗贝特·葛洛佛。
——威曼·曼德勒，白港伯爵。
——梅姬·莫尔蒙，熊岛伯爵夫人。

　　效忠临冬城的主要封臣包括卡史塔克家族、安柏家族、菲林特家族、莫尔蒙家族、霍伍德家族、赛文家族、黎德家族、曼德勒家族、葛洛佛家族、陶哈家族和波顿家族。

兰尼斯特家族

  金发白肤，高大俊美，兰尼斯特家族人体内流着在西方山陵峡谷间建立起强大王国的安达尔冒险者的血液。他们的母系血源，则可追溯到英雄纪元时期最具传奇性的骗子"机灵的"兰恩。凯岩城和金牙城出产的金矿使他们成为各大家族中最富裕的一家。

  他们的家徽是鲜红土地上的金色雄狮。兰尼斯特家族箴言是"听我怒吼！"

泰温·兰尼斯特公爵，凯岩城公爵，西境守护，兰尼斯港之盾。
　——他的夫人，【乔安娜】，亦为他的堂妹，生提利昂时死于难产。
　　　——他们的儿女：
　　　　——瑟曦王后，劳勃·拜拉席恩一世的夫人，詹姆的双胞胎姐姐。
　　　　——詹姆爵士，外号"弑君者"，瑟曦的双胞胎弟弟。
　　　　——提利昂，外号"小恶魔"，是名侏儒。
　——他的手足：
　　——凯冯爵士，他的大弟。
　　　——他的夫人，史威佛家族的多娜。
　　　　——他们的儿女：
　　　　　——蓝赛尔，长子，国王的侍从。
　　　　　——威廉和马丁，双胞胎。
　　　　　——珍娜，小女儿。
　　——吉娜，他的妹妹，嫁给艾蒙·佛雷爵士。
　　　——他们的儿子：

——克里奥·佛雷爵士，长子。
　　——提恩·佛雷，次子，现为侍从。
——【提盖特爵士】，他的二弟，死于天花。
　　——他的遗孀，马尔布兰家族的达丽莎。
　　　　——他们的儿子，提瑞克，国王的侍从。
——【吉利安】，他的幼弟，死于海难。
　　——他的私生女，裘依，十岁。
——史戴佛·兰尼斯特爵士，他的堂哥，乔安娜夫人的哥哥。
　　——他的女儿，莎琳娜和蜜莉儿。
　　——他的儿子，达冯·兰尼斯特爵士。
——他的顾问：克雷伦学士。
——他的主要封臣和骑士：
　　——里奥·莱佛德伯爵。
　　——亚当·马尔布兰爵士。
　　——格雷果·克里冈爵士，外号"会走路的魔山"。
　　——哈瑞斯·史威佛爵士，凯冯爵士的岳父。
　　——安卓斯·布拉克斯伯爵。
　　——佛勒·普莱斯特爵士。
　　——亚摩利·洛奇爵士。
　　——瓦格·霍特，来自自由贸易城邦科霍尔的佣兵。

　　效忠凯岩城的主要封臣包括派恩家族、史威佛家族、马尔布兰家族、莱顿家族、班佛特家族、莱佛德家族、克雷赫家族、沙略特家族、布隆家族、克里冈家族、普莱斯特家族和维斯特林家族。

艾林家族

艾林家族是山谷王国的王族传人,是一支历史最悠久、血统最纯正的安达尔贵族后代。他们的家徽是以天蓝为底的一弯白色新月和猎鹰。艾林家族的箴言是"高如荣誉"。

【琼恩·艾林】,前鹰巢城公爵,峡谷守护者,东境守护,国王之手,最近刚刚去世。

——他的第一任夫人:【罗伊斯家族的珍妮】,生女儿时难产而死,女儿亦胎死腹中。

——他的第二任夫人:【艾林家族的露云娜】,亦为他的堂妹,死于冬天风寒,膝下无子。

——他的第三任夫人和遗孀:徒利家族的莱莎夫人。

——他们的儿子:劳勃·艾林,一个体弱多病的六岁男孩,为现任鹰巢城公爵及峡谷守卫者。

——他们的部属和宫廷成员:

——柯蒙学士,顾问、医师和家教。

——瓦狄斯·伊根爵士,侍卫队长。

——布林登·徒利爵士,外号"黑鱼",受封为血门骑士,亦是莱莎夫人的叔叔。

——奈斯特·罗伊斯男爵,艾林谷最高总管。

——艾尔拔·罗伊斯爵士,他的儿子。

——米亚·石东,在他手下服务的一名私生女。

——伊恩·杭特伯爵,莱莎夫人的追求者。

——林恩·科布瑞爵士,莱莎夫人的追求者。

——米歇尔·雷德佛,他的侍从。

——安雅·韦伍德伯爵夫人,一位寡妇。
　　——莫顿·韦伍德爵士,她的长子,莱莎夫人的追求者。
　　——唐纳尔·韦伍德爵士,她的次子。
——莫德,一位残暴的狱卒。

鹰巢城的主要封臣包括罗伊斯家族、贝里席家族、伊根家族、韦伍德家族、杭特家族、雷德福家族、科布瑞家族、贝尔摩家族、马尔寇家族和赫席家族。

徒利家族

从古至今，徒利家族始终未曾称王，然而一千年以来，他们坐拥奔流城的雄伟要塞以及周围的肥沃土地。征服战争时期，三河流域属于河屿国王"黑心"赫伦，这份领地是赫伦的祖父"铁手"赫尔文自风暴国王亚列克手中夺来之物。而仅仅三百年前，风暴国王的先祖们的势力曾一度北达颈泽，并将古代的河流王尽数诛杀。黑心赫伦是个好大喜功、嗜杀成性的暴君，不受臣下爱戴，因此战事一起，许多河间贵族都弃他而去，转而投效伊耿。首开此例的即是奔流城的艾德敏·徒利。及至赫伦全族在赫伦堡大火中灰飞烟灭后，为犒赏徒利家族，伊耿将艾德敏伯爵拔擢为三叉戟河流域的统治者，命令其他河间贵族向他宣誓效忠。徒利家族的家徽是一尾自河中跃出的银色鳟鱼，底色则是红蓝波纹。徒利家族箴言是"家族，责任，荣誉"。

霍斯特·徒利，奔流城公爵。
　　——他的夫人：河安家族的米妮莎，难产而死。
　　　　——他们的子女：
　　　　　　——长女凯特琳，嫁给艾德·史塔克公爵。
　　　　　　——次女莱莎，嫁给琼恩·艾林公爵。
　　　　　　——儿子艾德慕爵士，奔流城继承人。
　　——他的弟弟：布林登爵士，外号黑鱼。
　　——他的部属：
　　　　——韦曼学士，顾问、医师和家教。
　　　　——戴斯蒙·格瑞尔爵士，教头。
　　　　——罗宾·莱格爵士，侍卫队长。

——加尔斯，高庭总管。
——乌瑟莱斯·韦恩，奔流城总管。
——他的部分封臣与骑士：
——杰森·梅利斯特，海疆城伯爵。
——派崔克·梅利斯特，他的儿子和继承人。
——瓦德·佛雷，河渡口领主，李河城侯爵。
——膝下儿孙、私生子众多。
——杰诺斯·布雷肯，石篱城伯爵。
——泰陀斯·布莱伍德伯爵，鸦树城伯爵。
——雷蒙·戴瑞爵士。
——卡列尔·凡斯爵士。
——马柯·派柏爵士。
——希拉·河安，赫伦堡伯爵夫人。
——维里·渥德爵士，为她服务的一名骑士。

奔流城的主要封臣包括戴瑞家族、佛雷家族、梅利斯特家族、布雷肯家族、布莱伍德家族、河安家族、莱格家族、派柏家族和凡斯家族。

提利尔家族

　　提利尔家族原本世代担任河湾国王的总管之职，河湾王国的领土囊括维斯特洛西南部的肥沃平原，南起冬恩边疆，北至黑水河，西迄日落之海滨，这是七大王国中人口最为稠密的地区。提利尔家族宣称他们的母系血源承继自先民的园丁王"青手"加尔斯，加尔斯头戴藤蔓和繁花编织而成的王冠，使万物欣欣向荣。当最后的河湾王孟恩死于"怒火燎原"之役后，他的总管哈兰·提利尔将高庭献给伊耿·坦格利安，并宣誓效忠。作为回报，伊耿将高庭城堡和河湾地区的统治权赐给他。提利尔家族的家徽是一朵盛开于青翠绿野之上的金玫瑰。他们的族语是"生生不息"。

梅斯·提利尔，高庭公爵，南境守护，边疆守护者，河湾至高统领。
　　——他的夫人：旧镇的海塔尔家族的艾勒莉夫人。
　　　　——他们的子女：
　　　　　　——长子维拉斯，高庭继承人。
　　　　　　——次子加兰爵士，外号"勇武的"加兰。
　　　　　　——幼子洛拉斯爵士，外号"百花骑士"。
　　　　　　——女儿玛格丽，十四岁的闺女。
　　——他守寡的母亲：雷德温家族的奥莲娜夫人，外号"荆棘女王"。
　　——他的妹妹：
　　　　——米娜，嫁给派克斯特·雷德温伯爵。
　　　　——洁娜，嫁给了琼恩·佛索威爵士。
　　——他的叔叔：
　　　　——加尔斯，高庭总管。

——他的两个私生子：贾尔斯·佛花和盖略特·佛花。
　　　　——莫林爵士，旧镇守备队司令。
　　　　——葛曼学士，一名学城的学者。
——他的部属：
　　　　——洛米斯学士，顾问、医师与家教。
　　　　——艾耿·莱维尔，侍卫队长。
　　　　——佛提莫·克连恩爵士，教头。
——他的部分封臣与骑士：
　　　　——派克斯特·雷德温，青亭岛伯爵。
　　　　　　——他的夫人，提利尔家族的米娜。
　　　　　　　　——他们的子女：
　　　　　　　　　　——霍拉斯爵士，被嘲弄作"恐怖爵士"，霍伯的孪生哥哥。
　　　　　　　　　　——霍伯爵士，被嘲弄作"流口水爵士"，霍拉斯的孪生弟弟。
　　　　　　　　　　——黛丝梅拉，十五岁的闺女。
　　　　——蓝道·塔利，角陵伯爵。
　　　　　　——山姆威尔，他的长子，现于守夜人军团服役。
　　　　　　——狄肯，他的次子，角陵继承人。
　　　　——艾雯·奥克赫特，古橡城伯爵夫人。
　　　　——马图斯·罗宛，金树城伯爵。
　　　　——雷顿·海塔尔，旧镇之音，海港之主。
　　　　——琼恩·佛索威爵士。

　　高庭的主要封臣包括莱维尔家族、佛罗伦家族、奥克赫特家族、海塔尔家族、克连恩家族、塔利家族、雷德温家族、罗宛家族、佛索威家族和穆伦道尔家族。

葛雷乔伊家族

派克岛的葛雷乔伊家族自称为英雄纪元时代的"灰海王"后裔。传说灰海王不仅统治西海诸岛,更掌有整片汪洋,并娶人鱼为妻。

数千年来,铁群岛的海盗——受害者称他们作"铁民"——纵横海疆,使人闻之丧胆,航行北及伊班港,南至盛夏群岛。他们以骁勇善战和神圣的自由为傲。每座岛屿均有其"海盐王"或"磐岩王",诸岛的至高头领亦由诸王中选出。直到约五千年前,葛雷乔伊家族的乌伦王在选王会议上谋害其他头领,使继承变为世袭。乌伦的血脉在四千年前安达尔人大举入侵群岛时灭绝,葛雷乔伊家族和诸岛其他头领一样,与征服者相互通婚。

列位铁岛国王统辖的不仅是西海诸岛,他们更以刀剑和烈火在大陆上开辟出一片天地。科瑞国王曾自夸道——与事实相去不远——"凡能闻到海水气息,或能听见浪涛声响的地方,皆为我的领土。"最近的几个世纪里,他的子孙虽然失去了青亭岛、旧镇、熊岛和西海沿岸的多数地盘,但在征服战争期间,黑心赫伦王依旧辖有群山之间所有的领土,北起颈泽,南迄黑水河。赫伦全家随赫伦堡消逝之后,伊耿·坦格利安把三叉戟河流域的领地赐给徒利家族,并允许残余的铁岛诸侯恢复古老习俗,自行选择领袖。他们选择了派克岛的维肯·葛雷乔伊为头领。

葛雷乔伊家族的标记是一片黑海上的一只金色海怪,他们的族语是"强取胜过苦耕"。

巴隆·葛雷乔伊大王,铁群岛总头领,海盐王与磐岩王,海风之子,派克岛掠夺者之首。

——他的夫人：哈尔洛家族的亚拉妮丝夫人。
　　——他们的子女：
　　　　——罗德利克，长子，葛雷乔伊家族叛乱期间战死于海疆城。
　　　　——马伦，次子，葛雷乔伊家族叛乱期间战死于派克岛城墙上。
　　　　——阿莎，女儿，在子女中排行第三，"黑风号"船长。
　　　　——席恩，幼子，也是他们唯一剩下的儿子，派克城的继承人，现为艾德·史塔克公爵养子。
　　——他的兄弟：
　　　　——攸伦，外号"鸦眼"，"宁静号"船长，为一凶徒、海盗和掠夺者。
　　　　——维克塔利昂，铁舰队总司令。
　　　　——伊伦，外号"湿发"，为一侍奉淹神的僧侣。

　　效忠派克岛的主要势力包括哈尔洛家族、斯通浩斯家族、梅林家族、桑德利家族、波特利家族、陶尼家族、温奇家族和古柏勒家族。

马泰尔家族

很久以前,洛伊拿人的战士女王娜梅莉亚率领由万艘船只组成的舰队横渡狭海,登陆七大王国最南端的多恩领,并收莫尔斯·马泰尔伯爵为夫。在她的协助下,马泰尔击败了众多敌对诸侯,一统多恩领全境,因此洛伊拿民族的影响深远,多恩领的统治者从此以"亲王"自称,而不称"国王"。在洛伊拿习俗的影响下,多恩领律法规定:土地和封号传给最年长的孩子,而非最年长的男性。七大王国之中,多恩领是唯一没有被龙王伊耿征服的国度,直到两百年后,多恩才算正式并入王国之中,而且是出自联姻和议,并非败于战争。爱好和平的戴伦二世娶多恩公主弥丽亚为妻,同时将妹妹嫁给当时的多恩亲王,借此完成了之前靠武力无法达成的壮举。

马泰尔家族的旗帜是一轮红日为一柄金枪所贯穿,他们的族语是"不屈不挠"。

道朗·纳梅洛斯·马泰尔,阳戟城公爵,多恩领亲王。
——他的夫人:自由贸易城邦诺佛斯的梅拉莉欧。
——他们的子女:
——亚莲恩公主,长女,阳戟城继承人。
——昆廷王子,长子。
——崔斯丹王子,次子。
——他的手足:
——他的妹妹,【伊莉亚公主】,嫁给雷加·坦格利安王子,君临城陷时遇害。
——他们的孩子:

　　　　——【雷妮丝公主】，君临城陷时遇害。
　　　　——【伊耿王子】，襁褓中的婴儿，君临城陷时遇害。
　——他的弟弟：奥柏伦亲王，外号"红毒蛇"。
——他的部属：
　　　　——阿利欧·何塔，诺佛斯佣兵，侍卫队长。
　　　　——卡洛特学士，顾问、医者与家教。
——他的部分封臣和骑士：
　　　　——艾德瑞克·戴恩，星坠城伯爵。

　　阳戟城的主要封臣包括乔戴恩家族、桑塔加家族、艾利昂家族、托兰家族、伊伦伍德家族、韦尔家族、佛勒家族和戴恩家族。

旧王朝之
坦格利安家族

坦格利安家族是真龙血脉,是古瓦雷利亚自由堡垒大贵族的后裔。他们继承了异常(甚至被形容为"非人")的美貌,有紫罗兰或靛蓝色眼瞳,银金或白金色头发。

龙王伊耿的祖先逃离了瓦雷利亚的灭亡末日,躲过了随之而来的种种混乱与屠杀。他们一族定居于狭海中崎岖多岩的龙石岛,在此盘踞了两百年,直到伊耿和他的两个妹妹,维桑尼亚和雷妮丝,以此为根据地,渡海征服七大王国。为保持王室血统高贵纯正,坦格利安家族通常遵循瓦雷利亚传统,兄妹通婚。第一任国王伊耿便娶了两个妹妹为妻,两人也都为他产下子嗣。

坦格利安家的旗帜是黑底红色的三头火龙,三个龙头分别代表伊耿和他的两个妹妹。坦格利安家族的族语是"血火同源"。

坦格利安世系表
自伊耿征服维斯特洛始

年代	国王	备注
1—37	伊耿一世	征服者伊耿，龙王伊耿。
37—42	伊尼斯一世	伊耿与雷妮丝之子。
42—48	梅葛一世	"残酷的"梅葛，伊耿与维桑尼亚之子。
48—103	杰赫里斯一世	"人瑞王"，"仲裁者"，伊尼斯王之子。
103—129	韦赛里斯一世	杰赫里斯之孙。
129—131	伊耿二世	韦赛里斯长子（伊耿二世的继承权为长他一岁的姐姐雷妮拉所阻，两人均死于后世诗人称为"血龙狂舞"的内战中）。
131—157	伊耿三世	"龙祸"，雷妮拉之子（坦格利安家族最后一头巨龙即死于伊耿三世在位期间）。
157—161	戴伦一世	少龙主，少年王，伊耿三世长子（戴伦征服了多恩，但未能守住，且英年

早逝）。

161—171　贝勒一世　　　伊耿三世次子，别号"受神爱护的"贝勒和"受神祝福的"贝勒，身兼国王与总主教二职。

171—172　韦赛里斯二世　伊耿三世的四子。

172—184　伊耿四世　　　"庸王"，韦赛里斯二世的长子（他的弟弟，龙骑士伊蒙王子，曾任奈丽诗王后的代理骑士，相传亦是她的爱人）。

184—209　戴伦二世　　　奈丽诗王后之子，父亲是伊耿或伊蒙未知（戴伦娶多恩公主弥丽亚为王后，借此将冬恩领收入王国版图）。

209—221　伊里斯一世　　戴伦二世的次子，膝下无子。

221—233　梅卡一世　　　戴伦二世的四子。

233—259　伊耿五世　　　"不该成王的王"，梅卡一世的四子。

259—262　杰赫里斯二世　"不该成王的王"，伊耿的二子。

262—283　伊里斯二世　　"疯王"，杰赫里斯二世的独子。

伊里斯后被人推翻并遭杀害，他的继承人，雷加·坦格利安王太子亦被劳勃·拜拉席恩于三叉戟河上击杀，龙之王朝至此中断。

最后的坦格利安

【伊里斯二世】，国王，君临城陷时遭詹姆·兰尼斯特杀害。

——他的夫人与妹妹：坦格利安家族的【雷拉王后】，在龙石岛死于难产。

——他们的儿女：

——【雷加王子】，铁王座继承人，龙石岛亲王，在三叉戟河一役为劳勃·拜拉席恩所杀。

——他的夫人：马泰尔家族的【伊莉亚公主】，君临城陷时遇害。

——他们的儿女：

——【雷妮丝公主】，君临城陷时遇害。

——【伊耿王子】，襁褓中的婴儿，君临城陷时遇害。

——韦赛里斯王子，自称韦赛里斯三世，七国统治者，被人唤作乞丐王。

——丹妮莉丝公主，人称"风暴降生"丹妮莉丝，十三岁的闺女。

附录二 地图

南境

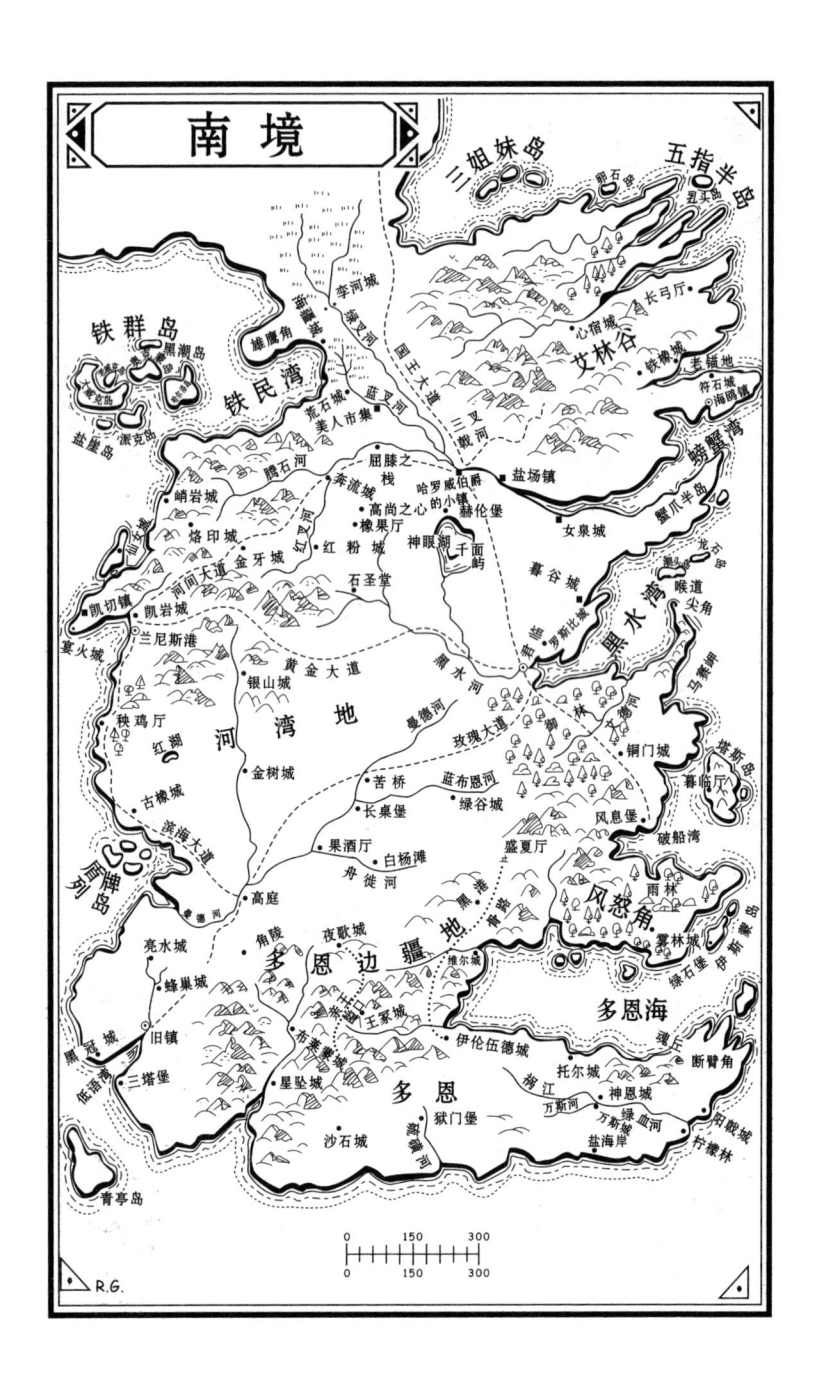

附录三　度量衡表
本书中所有计量单位皆为英制

1英寸=2.45厘米

1英尺=12英寸=0.3048米

1英码=3英尺=0.9144米

1英里=1760码=1.6093公里

1里格=3英里=4.8279公里

1英亩=4046.86平方米

1石=6.35公斤

"冰与火之歌"与我的七个瞬间

此"后记"者,原是一篇小随笔,在"冰火"电视剧第一季播得火热时,应诸多朋友的要求和鼓励,本人所作出的回应及对之前多年经历的纪念。新版"冰与火之歌"推出时,应编辑之邀将此文附在全书之末,基本仍是当初网络上的原文,仅作少许润色而已。

此文虽是肺腑之言,却深愧个人色彩浓重,亦深感将来责任之重大。勉之勉之!

一、游戏

我爱"冰与火之歌",从我在大二时代第一次读了第一卷的大约三分之一起,就被它深深地吸引住了。

我坚信它是我见过的最棒的奇幻小说。

所以我从那时开始,就一直怀有这个颇有些不知天高地厚的理想:
我要让王者最终成为王者,
我要让更多的人知道这套书,
我要通过自己的力量让它传播出去。

当等了又等,努力了又努力,终于机会被我争取到手的时候,我的想法是:
我不是最棒的译者。
我的文笔不算很好,
我的知识面有缺陷,
英语表达是我的弱项,
甚至我的写作经验当时也非常匮乏。
但我相信,在那个时间点上,有一定的写作能力、有比较丰富的知识、有对奇幻的了解,更重要的是怀有真诚的热情和投入干劲,可以用细致的耐心和苦心经营来做好这个书的,并没有几个人。
我可以去挑战它。

托出版社邹禾编辑的福,最初四卷书的出版大体还算顺利,虽然有过一些波折,如某卷初版只能印刷5000册、某卷出版连续遇阻拖延等等,但事后看来,真的都不算什么。
我毕竟完成了自己力所能及的事,对自己许诺的事。
并看着冰火一步步地成长,一步地接近王位。

回首往事,我似乎没有朋友诸君们的那种世事沧桑感、别离之后的回归感。因为我一直在它身边,我感谢它带给我的过分夸张的荣耀,我跟着它走下去。

二、纷争

翻译冰火时,我最大的挑战,或许也是最大的成就,乃是对原文里若干线索和伏笔的还原。这些伏笔是马丁先生的精妙所在,也是史诗奇幻的魅力所依。
为达成这个目标,我便不能以主观的态度按照我自己的想法去遣词造句。
我必须考虑到,我的文字能不能把同样的迷团传达给读者,一如马丁先生的原著一样。

于是我进入外文论坛里跟进各种讨论帖子。

那时冰火的英文官方论坛还没有搬家,那个老论坛我记得有200万以上的回帖——当然我不可能全部看完——我重点阅读的,是reread(重读、精读)帖。

老外每提出一种新奇的观点,我就记录下来,然后去对照同样地方的中文翻译。我把自己当成是一个刚入门的读者,抛开一切先入为主的认识,当我读某个地方的时候,我能联想到老外联想到的那些个新奇观点吗?

如果想不到,那么就得改,那说明我的文字并未能够准确还原马丁的意图。

在"冰与火之歌"的翻译里,修改和真正翻译所用的时间比,至少在2:1以上。

与之类似,在冰火系列的专门资料站中,有关于冰火的衣食住行、武器法律、纹章地理等等各种设定的大全,全部是从书里摘录的细节,纷繁复杂,而我把它们全部打印了出来。

厚厚的几大本。

在冰火几卷书最后的修改中,我捧着这几大本打印材料,一条一条逐条对照小说确认和修订。

也许我文笔做不到最好,但一切基本事实必须保证。

那厚厚的几大本资料,现在我还留着。

三、风暴

"冰与火之歌"的半官方论坛建在"龙骑士城堡",是其文学区的子版块之一,它始建于2005年,到现在已有了整整六年多历史,而我从建坛第一天起就是那里的版主。

它最终成为了整个龙骑士城堡里最活跃、帖子最多的版块,同时也是惹起纠纷最多的地方。

许多朋友可能很难想象,它一开始建立时有多么"渺小",为发起一场讨论,又有多么费劲,因为只有极少的几位朋友对冰与火之歌感兴趣。

论坛最初的5000个或10000个帖子是费了九牛二虎之力才达到的。

然后冰火迎来了发展期。
随着老版卷二、卷三、卷四的陆续出版，读者大大增加。
我早年在某些论坛里的不愉快经历和我素来的自由主义想法结合在一起，
使得我从一开始就定下了该分区论坛的极大宽容主义政策，它包容一切思想——当然，宣传盗版或辱骂马丁先生是我不能容忍的——除此以外，论坛里可以尽情发表看法。
我一直认为，这是冰火论坛能够兴盛的原因之一，
但这也给我自己带来了无穷的麻烦。

因为各种极端观念的涌现和碰撞，
导致其他分区的版主纷纷用怀疑的眼光看向这个"熔炉"。
时不时的，有人跳进来"抓人"，
封掉冰火区的朋友，
而我每次都要进龙堡的骑士圆桌会中，去"保释"这些人，并为他们辩护。
这样的争斗，最频繁时，一月竟然发生了两三回，
也一度让我跟一些老朋友的关系搞得很不好。

我想说的是，我对这一切并不后悔，我这么做，不单是因为我喜欢。

冰火，企图宣传冰火，更是我认为任何兴旺发达的地方，都应该做到包容、宽容，并在此基础上的引导。
这也不只是关于冰火，而更关乎咱们奇幻事业乃至一切文化事业的兴旺发达。

四、盛宴

我喜欢上豆瓣，部分原因也是因为冰火，因为那里有冰火书籍的页面。
很长一段时间来，我上豆瓣的第一反应就是直奔冰火那几本书的页面，看看那个"读过"的人数增加了多少。
我知道，这是一个silly idea……也许一周只有几人的变化，但我

就那么看着人数从500到了1000，终于过了1000……到了2000……
而评价始终没有低下去。

早几年，每当我打开baidu，不知道干什么的时候，也就搜索"冰与火之歌"。
我会连续翻过几十个标签页，希望找到某人博客上有相关的新评论，
这代表我们又增加了一个热心读者，
而我会津津有味地看完他所有的话，
并从中获得力量！
所以，今天很多朋友的博客，其实我都是看过的，只是我通常木有留言，
而到现在，冰火的评论已经太多太多，终于到了我看不完的地步。
尤其突出的就是冰火的百度贴吧。

我最近一次望眼欲穿的守候，是冰火的人人网公共主页"权力游戏"，
我看着它一个人一个人的增加，
而这个主页本身，也是我守候了几十个晚上方才申请下来。

我蹲在每一个角落里，看着文化的生长。

五、狂舞

随着HBO改编电视剧的播出，冰火及其文化在全球范围内迎来了前所未有的高潮期。若顺利按照既定计划，把冰火改编为七—八季电视剧，再加上中间推出的后几卷冰火小说原著以及电脑游戏等等，那么至少在未来十年内，冰火都将是史诗奇幻界，乃至整个幻想文学圈的头号热门。

对于冰火的粉丝们而言，这是何等的幸福与荣耀呢？

在这份幸福面前，我也忍不住"下海"去做字幕翻译，甚至忍不住对电视剧观众里的"原著党"指手画脚起来：
电视剧和小说是不同的有木有！！
影视有影视的规律，也有其创作的自由，不应是照本宣科有木有！！！

人家老外比你看书看得精,人家还知道心平气和地讨论,你急着跳出来吐嘈为哪样啊?有木有!!!!

眼看着这蒸蒸日上的局面,我不由得心生狂想:
也许真能有一天,"冰与火之歌"会成为中国流行文化里一朵夺目耀眼的奇葩,并传承光大。
——而这,当然照例会收到很多不可能、不可能、不可能的评价。
但这些"不可能"犹如史塔克的族语"凛冬将至"般在我耳边絮绕,却被我的热血下意识地弹开。
路,一步一步走,这是我的坚持。

六、寒风

其实,故事的一开始是冬天。
大四的冬天,我是在学校附近一个屋顶临时盖的房子里度过的。
就那种顶楼带屋顶花园的,业主就着花园搭了两房子租出去。
一千块三个月,就那时来说,不贵也不便宜。
但那实际上不是一个住人的好地方,所谓的冬凉夏暖。
那个冬天,我在那里完成了冰火第一卷的最后修订,本意是想找一个恬静的地方,结果却时常冷得浑身发抖。
基本上,我的速度是一天一章,遇到长的章节,那一两天还完成不了。我要在中英文间反复比对,仔细思考。
冷到受不了的时候,就考虑下楼去买点吃的。
悲剧的是,那个楼有八层,而且没电梯。

于是跑上跑下成了一种别有味道的挣扎。
没有哪个冬天像那时那么冷。
却好在有几位朋友一直在网络上鼓励我。
他们说我好,说我牛X,但其实那时我除了玩票似的张贴过一些翻译,什么也没做过。
我不知道他们为什么对我那么有信心,真的很感激。

到现在每天都可能有许多朋友来夸我,说我是所见过的最好的译者。

我没有故意推脱过，因为这话说起来确实很入耳。
但我知道我没有那么好、远远不及。
每当有人说我的翻译不好，往往立刻有十个人站出来反驳，我觉得很v5、很nice。
但在我心里面，我觉得我只是在正确的地方做了一件正确的事情，而我担心在意的，是怎么把以后搞得比以前更好。

不要让大家失望，重复着这个简单的愿望，
这个愿望简单到说出来肯定让大家失望。

七、梦想

简单是我。我看了很多关于冰火的文章，轮到自己写的时候，我发现其实我没办法发出那么多的煽情。
我是真把冰火当成了自己生活的一部分。

我爱冰与火之歌，它在我手中最初只是一棵小小的树苗。
没有人知道它，没有人了解它。
更没有人谈论它。
我满心希望它能够长大，
不只是我私密的读书爱好，更能走向广阔的天地，赢得大家的赞扬。
我不只是作为译者，更是作为一个介绍者、推广者、爱好者，
一直活跃着。

这期间，我经历过感情的风波和许多不如意。

追寻中的我，时常感到孤单寂寞。
同时，我也并非始终若一个狂信徒般追着冰火，
我也有一段时间把它放下。
那时候，每当有人来追问我冰火的各种设定，
我都会说待我回去查查，其实我根本就记不清楚了。

但它毕竟像一棵小树慢慢长大，慢慢有了更多的枝丫，
而我总是会回来呵护它。

它让我相信，默默耕耘的价值，
有那么一种油然滋生的豪迈感，
实实在在的骄傲。

如果她，"冰与火之歌"是一道阳光的话，
她不偏不倚地照在我对于灿烂春天的信仰上。

屈 畅
2011.10.28